plaisir d'amour

Sawyer Bennett

CODENAME:

GHOST

-Jameson Force Security Group-

Ins Deutsche übertragen
von Joy Fraser

plaisir d'amour

Sawyer Bennett
Codename: Ghost (Jameson Force Security Group Teil 5)

Aus dem Amerikanischen ins Deutsche übertragen von Joy Fraser

www.plaisirdamour.de
info@plaisirdamourbooks.com
Englischer Originaltitel: „Code Name: Ghost (Jameson Force Security Book 5)"
Covergestaltung: © Mia Schulte/Sabrina Dahlenburg (www.art-for-your-book.de)
Coverfoto: © Shutterstock
ISBN eBook: 978-3-86495-506-8
ISBN Taschenbuch: 978-3-86495-505-1

Kapitel 1

Malik

Ich ziehe die Decke fester um mich und versuche, ein Zittern zu unterdrücken. Am blauschwarzen Licht um mich erkenne ich, dass die Nacht gekommen ist, doch ich habe keine Ahnung, wie spät es ist. Ich habe vor langer Zeit aufgehört, auf die Tageszeiten zu achten.

Ich weiß nur, dass ich seit Monaten in dieser Holzhütte bin, deren Ritzen mit Lehm ausgestopft sind. So viel weiß ich genau, aber nicht, wie viele Hütten es gibt.

Die Hütte ist lediglich ein Bretterverschlag auf dem steinharten Wüstenboden. Dieser ist eine geologische Besonderheit, genannt Wüstenasphalt. Steine und Sand sind fast wie Asphalt verdichtet. Einer der Gründe, warum ich annehme, mich in der syrischen Wüste zu befinden, was jedoch nicht allzu viel aussagt, da über fünfzig Prozent dieses Landes aus Wüste bestehen.

Meinen Entführern genügt es nicht, mich in dieser Hütte gefangen zu halten. Irgendwann vor meiner Ankunft haben sie ein 3 x 3 Meter großes Loch in den Boden gegraben und einen Stab in der Mitte befestigt, an dem ich nun angekettet bin. Im Stehen reicht mein Kopf kaum bis an die Decke. Selbst auf Zehenspitzen kann ich nicht mehr sehen als das Dach der Hütte. Es gibt keine Tür, nur ein Fenster ohne Scheiben oder Klappläden. Ich bin wie ein Hund angekettet. Ich frage mich oft, warum sie mich in ein Loch gesperrt haben, und die einzige Erklärung ist, dass es Teil der Folter ist. Ich muss sagen, dass es scheiße ist, weder den Himmel noch die Sonne zu sehen oder ihre Wärme zu spüren.

Die Nächte werden langsam recht kalt, weshalb ich annehme, dass in Syrien der Winter beginnt. Ich schätze, dass es nachts so um die 5 °C Grad wird. Die beiden kratzigen Wolldecken, die man mir gegeben hat, kommen dagegen nicht an. Ich kann nachts nicht schlafen, friere zu sehr und fühle mich elend, sodass ich mich mehr tagsüber ausruhe, wenn es wärmer ist.

Ich erhebe mich von meinem Lager, das nur aus den zusammengefalteten Wolldecken besteht und so weit wie möglich vom Nachttopf entfernt liegt. Nicht, dass das eine Rolle spielt. Meinen Geruchssinn habe ich schon lange verloren, was in diesem Fall ein Gottesgeschenk ist. Ich kann mir gar nicht vorstellen, wie ich stinken muss. Ich trage noch dieselben Klamotten, in denen ich gefangen genommen wurde, abgesehen von den Stiefeln, die sie mir weggenommen haben. Schwarze Arbeitshose, langärmeliges schwarzes Thermohemd und Baumwollsocken. Die sind steif und unbeweglich, durchtränkt von Schweiß, Blut und Urin, nach Monaten der Gefangenschaft.

Allerdings nicht von meinen Tränen.

Nicht ein Mal in meiner Gefangenschaft haben sie meine Tränen bekommen.

Steif bewege ich mich durch das Loch im Boden, halte die dicke Kette an meinem Knöchel fest, um nicht darüber zu stolpern. Ich gehe auf die Zehenspitzen und versuche, etwas zu sehen, doch es ist sinnlos. Es gab eine Zeit, da hätte ich mich mühelos aus diesem Loch stemmen können, aber jetzt fehlt mir die Kraft. Sie wurde aus mir herausgeprügelt und -gehungert. Außerdem ist da noch das Problem der

Kette um meinen Knöchel.

Als ich geschnappt wurde, war ich nicht erleichtert, noch zu leben. Mir war klar, in den Händen des Feindes zu sein – höchstwahrscheinlich der ISIS –, was bedeutete, auf dem Weg in den Foltertod zu sein. Zusätzlich trauerte ich heftig um meine verlorenen Teamkameraden.

Schnell bin ich gefesselt worden, habe einen Sack über den Kopf gezogen bekommen und bin gefühlte Stunden von dem kurzen Feuergefecht weggefahren worden, in das wir geraten waren. Ich habe immer noch das qualvolle Stöhnen der Männer in den Ohren, die erschossen wurden.

Was als Nächstes kam, ist zu erwarten gewesen. Ich gehörte zur Special-Forces-Einheit der Marines, bevor ich der Privatarmee Jameson Force Security beitrat und das SERE-Training mitmachte.

Survival. Evasion. Resistance. Escape.

Überleben. Flucht. Widerstand. Ausbruch.

Ich bekam nicht die Gelegenheit, meine Überlebens- und Ausbruchsfähigkeiten zu testen. Sie warfen mich direkt in den Widerstandsteil, als sie mir den Sack vom Kopf nahmen und mit der Folter anfingen, damit ich drauflos plauderte.

Gern würde ich behaupten, ich hätte der Folter tagelang widerstanden, aber das wäre nicht die Wahrheit. Der menschliche Körper kann nur bis zu einer gewissen Grenze mithalten, doch im Grunde lag es daran, dass ich einfach nicht die Informationen hatte, die sie haben wollten. Ich gehöre ja nicht mehr dem aktiven Dienst an. Als sie begriffen, dass ich einer privaten Sicherheitseinheit angehöre und in die Hände des Feindes gefallen bin, änderte sich ihr Interesse an mir.

Bevor sie mich verlegten, sagten sie, dass ich wertvoll sein könnte, um beim Austausch von Spionen mit anderen Ländern benutzt zu werden. Oder sie könnten mich vielleicht brauchen, um eine gute alte Enthauptung ins Internet zu stellen, was sich dann viral verbreiten würde, wie die meisten solcher Videos.

Sie stülpten mir wieder einen Sack über, fuhren mich stundenlang durch die Gegend und warfen mich in dieses Loch, in dem ich seit weiß Gott wie lange hocke. Es ist schwer, den Zeitraum im Auge zu behalten, besonders in den letzten paar Wochen, seit ich immer schwächer werde. Ich schlafe viel. Und morgens und abends bin ich oft wie benebelt, und die Zeit verläuft zu gleichförmig, um sie zu begreifen.

Ob ich bei guter Gesundheit bin, ist denen nicht wichtig. Ich bekomme zu essen, aber nicht regelmäßig. Meine Rippen stehen hervor und meine Knie sind knochig. Meistens bringen sie mir Reis, manchmal ein schales und trockenes Gebäck, das sie Ka'ak nennen. Ab und zu mal etwas Ziegenfleisch. Wasser bekomme ich genug, aber es schmeckt rostig. Ich muss mich dazu zwingen, es zu trinken. Mein Urin ist so braun wie das Wasser, was bestimmt bedeutet, dass ich langsam sterbe.

Diese Tatsache habe ich inzwischen akzeptiert.

Ich lasse mich auf meiner Decke nieder, lehne mich an die kalte, schmutzige Wand und wickele die andere Decke enger um mich. Mit geschlossenen Augen denke ich an meine Familie. Ich wette, dass meine Eltern und Geschwister jeden Winkel nach mir absuchen. Und mit Sicherheit nutzt mein Boss Kynan McGrath jeden seiner Regierungskontakte, um dasselbe zu tun. Ohne Zweifel hat mich noch niemand aufgegeben, so wie ich mich selbst. Sie werden nicht ruhen, bis sie Klarheit über meinen Verbleib haben. Das tut mir leid für sie, denn mich zu finden, gefangen in einem Loch mitten in der syrischen Wüste, ist, wie eine Stecknadel im Heuhaufen zu suchen.

Ich bin unauffindbar.

Ich höre Stimmen draußen, aber ich verstehe kein Arabisch. Schon gar nicht kann ich Dialekte unterscheiden. Ich kann nur sagen, dass ich immer zwei Bewacher habe, die sich alle paar Tage abwechseln. Einer ist normalerweise immer wach und der andere pennt auf dem Boden der Hütte. Manchmal höre ich ein Fahrzeug kommen und wieder fahren, wahrscheinlich, um die Wachen zu wechseln und Lebensmittel zu bringen.

Nie reden sie mit mir, und zwar nicht unbedingt, weil sie kein Englisch können, sondern weil ich ein Niemand für sie bin. Nur ein Gefangener, den sie in dem Loch lassen müssen. Sie empfinden mich nicht als Bedrohung, also ignorieren wir uns einfach gegenseitig. Ich glaube, sie müssen mich nur ansehen, um zu merken, dass ich vor langer Zeit schon sämtliche Fluchtpläne aufgegeben habe.

Schritte stapfen über den Wüstenasphalt. Jemand betritt die Hütte und das Gesicht eines Mannes erscheint über mir. Bill starrt mich an.

Nun ja, nicht wirklich. Ich kenne deren Namen nicht, aber da ich diese Männer täglich sehe, habe ich ihnen meine eigenen Namen gegeben.

Bill ist der netteste meiner Bewacher, doch das bedeutet nicht viel. Nur, dass er mir den Behälter mit meinem Essen nicht zuwirft, sondern sich an den Rand kniet und ihn mir reicht, damit nichts ausschwappt. Außerdem ist er der Einzige, der mich ab und zu aus dem Loch holt, aber ich glaube, nicht, weil er ein Herz hat. Er lässt mich nur raus, damit ich in die Wüste kacken oder pissen kann anstatt in den Eimer, den er am Ende auskippen muss.

Diesmal hat er kein Essen dabei, sondern winkt mir nur wortlos zu, ob ich raus will, um mich zu erleichtern.

Diese Chance lasse ich nie aus, ob ich rausmuss oder nicht, also nicke ich schnell.

Bill ist ein starker Mann und weiß, dass ich es mit ihm nicht mehr aufnehmen kann. Er schwingt das Gewehr auf seinen Rücken und legt sich am Rand des Lochs auf den Bauch. Wenn er einen Befehl ruft, den ich nicht verstehe, weiß ich, dass ich meine Hände zusammenlegen soll, damit er sie mir fesseln kann. Ich trete unter ihn, halte die Hände hoch, falte die Finger zusammen, sodass er ein Seil um meine Handgelenke wickeln kann.

Wenn das getan ist, springt er in das Loch und öffnet die Klammer um meinen Knöchel, die an der dicken Kette hängt. Stumm faltet er die Hände zur Räuberleiter zusammen, und ich stelle – wie schon so oft – einen Fuß hinein, sodass er mich hochhieven kann. Er ist stark und kann mich direkt hinauskatapultieren. Meine Landung ist hart und presst mir die Luft aus den Lungen. Bill ist genauso fit wie groß und springt mühelos hinter mir aus dem Loch.

Grob packt er mich am Arm und zerrt mich auf die Beine. Er schubst mich grob und befördert mich aus dem Eingang in die Nachtluft. Es ist frostig, aber gleichzeitig erfrischend. Ich erlebe einen kurzen Moment der Klarheit und eine Welle der Kraft. Sollte ich ihn angreifen? Versuchen, ihm die Waffe abzuringen? Ich blicke zu seinem Partner, meinem anderen Wärter, den ich Mortimer genannt habe. Er sitzt neben einem kleinen Feuer und nagt an einem Knochen mit knorpeligem Fleisch. Wahrscheinlich Ziege. Ich würde töten für einen Bissen, doch ich weiß, dass ich keinen bekommen werde.

Unerwartet schubst mich Bill erneut. Ich stolpere vorwärts und falle auf ein Knie. Über die Schmach, mich nicht wehren zu können, bin ich lange hinaus. Es ist mir egal, dass ich nicht einmal die Kraft habe, stehen zu bleiben, wenn mich jemand stößt.

Bill brüllt etwas auf Arabisch und zerrt mich wieder auf die Füße. Mortimer antwortet etwas und die beiden lachen. Ich starre Bill an und frage mich, ob er eine Familie hat und warum er solche Dinge tut. Wird er gut dafür bezahlt? Glaubt er an die Ziele, die meine Entführer anstreben?

Wieder sagt er etwas zu mir, das ich in einer Million Jahre nicht verstehen werde. Genauso verstehe ich das zischende Geräusch nicht, das ich höre.

Plötzlich explodiert sein Kopf in einer Wolke aus Blut, Knochen und Hirn.

Mortimer flucht scharf. Zumindest glaube ich das, und dann höre ich noch ein zischendes Geräusch und sein Kopf explodiert ebenfalls.

Beide Männer fallen auf den Wüstenasphalt, Bill mir direkt vor die Füße. Erstarrt sehe ich zu, wie Blut aus dem herausläuft, was von seinem Kopf übrig ist, und wie die Pfütze auf meine dreckigen Socken zukommt. Sie glänzt im Mondlicht und sieht beinahe schön aus.

Und dann begreife ich.

Ich bin frei.

Ich sehe auf, blinzele in die Nacht, doch der Schein von Mortimers Lagerfeuer macht es unmöglich, viel zu sehen.

„Hände hoch“, befiehlt eine amerikanische Stimme am Rand der Dunkelheit.

Ohne zu zögern, hebe ich die gefesselten Hände und sehe mich um.

Und dann treten Schatten aus der Schwärze. Meine Teamkameraden von Jameson. Tank und Merritt, mit einer Handvoll anderer Männer, alle in Tarnkleidung und bis an die Zähne mit Gewehren und Granaten bewaffnet.

Im Juni waren Tank und Merritt zusammen mit mir auf einer Mission, um Geiseln zu befreien, als wir in eine Falle gerieten. Bis jetzt hatte ich keine Ahnung, ob sie überlebt haben. Mir wird schwindelig, als mir bewusst wird, was ich hier sehe. Ich hatte sämtliche Hoffnungen aufgegeben, dass dies je geschehen wird.

Plötzlich steht mein Freund Cage Murdock vor mir und meine Beine geben nach. Er schlingt die Arme um mich und hält mich aufrecht. Tank und Merritt kommen näher, um mich genauer zu betrachten, während die anderen Männer die Überreste von Bill und Mortimer untersuchen.

„Ich habe dich, Kumpel“, versichert mir Cage. „Keine weiteren Wächter, oder?“

Ich schüttele den Kopf. „Ich glaube nicht. Ich habe immer nur zwei gesehen.“

Tank sieht sich um und nickt zu der Hütte, in der ich gefangen war. „Wir beobachten alles seit ein paar Tagen. Haben auch sonst niemanden gesehen, aber wir müssen sichergehen.“

„Wir sind sicher“, murmele ich, obwohl ich mir momentan über gar nichts sicher bin.

„Gut“, antwortet Cage und lächelt, tätschelt nicht sehr hart meine Schulter. „Das bedeutet, wir können deinen Arsch nach Hause bringen. Ich wette, das gefällt dir, was?“

Ich knirsche mit den Zähnen und weiß, dass meine Antwort niemals gut genug wäre. Stattdessen gebe ich der Wüste, was ich monatelang zurückgehalten habe.

Ich lasse meinen Tränen freien Lauf.

Kapitel 2

Anna

Es ist erstaunlich, wie effizient ich geworden bin, Avery und mich morgens fertig zu machen. Nicht, dass es besonders schwer wäre, ein vier Monate altes Baby zu versorgen. Ich bade sie abends, sodass ich morgens hauptsächlich die Windel wechseln muss, ihr das niedlichste Outfit anziehe, das ich unbedingt habe kaufen müssen, und sie stillen. Letzteres dauert am längsten, aber es ist auch das Schönste. Fast meditierend sehe ich meiner Tochter zu, wie sie sich ihren Lebenssaft von mir holt.

Danach dusche ich schnell und betrachte Avery in ihrem Maxi-Cosi durch die Duschtür. Dann föhne ich mir die Haare, lege etwas Make-up auf und bin nach anderthalb Stunden aus der Tür, bringe Avery zu meiner Mutter und fahre zur Arbeit.

Ich muss daran denken, wie anders alles wäre, wenn die Umstände anders wären. Zum Beispiel wie viel einfacher, würde ich meiner Mutter nachgeben und zu ihr ziehen, damit sie sich um uns beide *kümmern* kann. Sie versteht einfach nicht, wie wichtig mir meine Unabhängigkeit ist.

Oder wie viel leichter es wäre, Avery zu versorgen, wenn Jimmy noch bei mir wäre.

Mein Ehemann ist vor sechs Monaten in Syrien umgekommen, als eine Mission schiefging. Jimmy ist der Typ Mann gewesen, der darauf bestanden hätte, sich ebenfalls um Avery zu kümmern. Er hätte Windeln gewechselt und sie morgens angezogen, da ich ja diejenige bin, die sie stillt. Doch auch da wäre er dabei gewesen. Er hätte sich neben mich auf die Couch gesetzt, mich in seine starken Arme genommen und sie genauso verträumt angesehen wie ich, denn sie ist unser kleines Wunder.

Zumindest glaube ich, dass er so gewesen wäre.

Die Zeit vernebelt den Menschen den Verstand, genau wie das Schicksal, schwanger mit dem ersten Kind zur Witwe zu werden. In Wahrheit hatten Jimmy und ich uns erst zwei Jahre gekannt, bevor er gestorben ist. Wir waren beide in der Army und lernten uns kennen, als wir in Ft. Bragg, North Carolina, stationiert waren. Es war eine wilde Romanze, eine versehentliche Schwangerschaft und eine schnelle Heirat. Manch einer mag sagen, dass ich gar nicht voraussagen könne, wie Jimmy als Vater gewesen wäre, denn ich kannte ihn kaum, aber das stimmt nicht. Jimmy war die Art Mensch, der Avery und mich sein ganzes Leben lang abgöttisch geliebt hätte. Nur weil er uns genommen wurde, bevor er das beweisen konnte, heißt das nicht, dass ich diese Tatsache nicht weiß.

Trotz allem will ich eins beweisen: dass ich die starke und unabhängige Frau bin, die Jimmy so bewundert hat. Das hat ihn an mir sofort angezogen. Obwohl er kein Problem damit hätte, dass ich mich auf meine Mutter stütze – was ich mit Sicherheit nach seinem Tod auch getan habe –, würde er von mir erwarten, dass ich Avery ein Vorbild dafür bin, dass man auch mit Schicksalsschlägen im Leben fertig werden kann. Und das versuche ich, indem ich einen Schritt nach dem anderen gehe und weitermache.

Täglich sage ich mir selbst: *Du schaffst das, Anna.*

Doch heute, während ich Avery im Auto festschnalle, habe ich meinen schwachen Moment. Einmal jeden Tag gebe ich mich der Trauer, dem Selbstmitleid und den Tränen hin. Ich habe noch nicht herausgefunden, wie ich das loswerden kann, aber der Moment dauert meist nicht lange. Manchmal ist es nur ein dumpfer Schmerz in meiner Brust und ein Brennen der Tränen in den Augen, wenn ich an Jimmy denke.

An anderen Tagen kann ich mich nicht zurückhalten. Während Avery babymäßig vor sich hin plappert und eine Rassel in ihrer winzigen Faust hält, rollen mir warm die Tränen über die Wangen. Es tut weh, das heftige Schluchzen zu unterdrücken, das sich den Weg freimachen will. Ich sacke gegen den Türrahmen, atme durch und verfluche den Himmel, dass er mir den Ehemann und Avery den Vater genommen hat. Kurz gebe ich mich dem Selbstmitleid hin, denn es ist verdammt schwer, eine junge Witwe und alleinerziehende Mutter zu sein. Das habe ich nicht verdient.

Dann fällt mein Blick auf Avery und sie sieht mich nachdenklich an. Ihr Blick ist stechend, und ich glaube, sie weiß, dass ihre Mutter einen schwachen Moment hat. Mit dem Handrücken wische ich die Tränen fort, schniefe durch die Nase und lächele mein kleines Mädchen an. Sie antwortet, indem sich ihre kleinen Mundwinkel heben und sie grinst. Sie schwingt die Rassel und stößt einen kleinen Quietscher aus, der eines Tages sicher ein wunderschönes Kichern werden wird.

Und schon ist mein Moment vorbei.

Ich beuge mich vor und küsse Avery auf die Stirn, ziehe an ihren Gurten, um sicherzugehen, dass sie festsitzen, und wiederhole mein Mantra.

„Du schaffst das, Anna."

*

Ich gehe am zweiten Stock vorbei, wo sich mein Büro befindet, und hoch in die Gemeinschaftsküche im vierten. Dort gibt es den besten Kaffee und meistens bringt irgendjemand etwas vom Bäcker mit.

Ich arbeite erst seit ein paar Monaten bei Jameson Force Security. Es war Jimmys Job und ich war nur die Ehefrau. Seine Erfahrungen bei der Army haben ihn für den Auftrag als Spezialist für die private Sicherheitsfirma prädestiniert. Er wurde für einen Auftrag, den unsere Regierung der Firma erteilt hatte, eingeteilt. In Syrien Helfer retten, die als Geiseln genommen worden waren.

Meine Rolle ist weit weniger heldenhaft, doch ich bin für sie wie geschaffen. Bei der Army bin ich im Büro tätig gewesen, was mich als Assistentin des Bosses qualifiziert. Kynan McGrath und seine Frau Joslyn haben mir nach Jimmys Tod sehr geholfen. Ständig haben sie sich nach mir erkundigt, mich besucht und mir versichert, dass sie für immer für mich und meine Tochter da sein werden.

Das habe ich nicht unbedingt gewollt, aber Kynan hat nicht gezögert, als ich ihn um eine Arbeitsstelle bat. Ich brauchte etwas, was mir das Gefühl gab, etwas wert zu sein. Seltsamerweise war es genau das, was ich brauchte, für die Firma zu arbeiten, in deren Auftrag mein Mann ums Leben kam.

Jameson ist eine interessante Firma. Sie wurde in Vegas von Kynans bestem Freund Jerico Jameson gegründet. Vor ein paar Jahren hat er sie an Kynan verkauft. Der verlegte das Hauptquartier nach Pittsburgh, damit er an der Ostküste war und näher an der Regierung in D.C.

Die Firma wickelt eine breite Spannweite an Sicherheitsservices ab. Wir haben Technik-Teams, die einfache Sachen wie das Installieren von Haus-Alarmsystemen übernehmen, bis hin zu Teams, die sogar in gefährliche Länder gehen und Menschen retten. Letzteres tun wir erstaunlich oft, denn die sprichwörtlichen Hände unserer Regierung sind oft gebunden, wenn es darum geht, wohin sie ihre Truppen schicken kann. In solchen Fällen, wenn etwas erledigt werden muss, und zwar vollkommen inoffiziell und geheim, heuern sie Privatfirmen an. Ich bin ein bisschen stolz, zu sagen, dass sie sich meistens an Jameson wenden.

Mom kann nicht verstehen, wieso ich bei der Firma arbeite, bei der mein Mann umgekommen ist. Ich habe versucht, es ihr zu erklären, doch sie wird es nie nachvollziehen können. Jimmy hat seinen Auftrag nicht vollenden können. Er hat sein Leben gegeben, als er etwas sehr Wichtiges tat. Das Leben Unschuldiger retten. Wenn ich dieser Firma irgendwie helfen kann, ihre Ziele zu erreichen, habe ich das Gefühl, Jimmy zu helfen, seine Mission zu Ende zu bringen.

Außerdem ist Jimmy nicht das einzige Opfer gewesen. Sein Teamkamerad Sal Mezzina wurde ebenfalls getötet. Und vielleicht noch schlimmer: Sein anderer Teamkamerad, Malik Fournier, war in Gefangenschaft geraten und monatelang festgehalten worden.

Vor zwei Wochen ist Malik jedoch befreit worden. Ich kann gar nicht in Worte fassen, welche Bürde das von meinen Schultern genommen hat.

Aus irgendeinem Grund bin ich sehr in die Suche nach Malik verstrickt worden. Monatelang hatte Jameson Hunderttausende Dollars in geheime Reisen nach Syrien investiert. Wir bezahlten Informanten, verstießen gegen die Wünsche unserer Regierung, von Befreiungsversuchen abzusehen, und durchsuchten das ganze Land nach ihm. Erst nachdem Kynan eine Million Dollar für brauchbare Informationen über Maliks Aufenthaltsort – tot oder lebendig – aussetzte, bekamen wir endlich einen soliden Beweis seiner Gefangenschaft.

Kynan traf die mutige Entscheidung, unser Team zu schicken, das Malik vor seinen Entführern rettete – die Mithilfe unserer Regierung vermeidend oder besser gesagt die Behinderung, denn die müssen immer nach bestimmten Regeln vorgehen.

Diese Nachricht hat mich glücklicher gemacht, als ich seit einer ganzen Weile war. Ich hatte das Gefühl, dass Jimmy und Sal ihre leitenden Hände über unserem Team hatten, das Malik erfolgreich nach Hause gebracht hat.

Seit zwei Wochen befindet sich Malik in Montreal und erholt sich bei seiner Familie. Da seine Mutter Amerikanerin ist und sein Vater Franko-Kanadier, besitzt er beide Staatsbürgerschaften. Sicherlich würde jeder an seiner Stelle eine Weile zu Hause bleiben wollen, um sich von den Strapazen zu erholen. Doch Kynan sagte, dass er bald wieder zur Arbeit komme, und ich kann es kaum erwarten, ihn zu sehen. Ich muss mich selbst davon überzeugen, dass Wunder geschehen können und dass Jimmys Tod vielleicht doch nicht ganz umsonst war.

Wie erwartet liegt eine Schachtel voller Donuts auf dem Tresen der großen Küche, die in den Gemeinschaftsraum übergeht. Auf dieser Etage befinden sich ein paar kleine Apartments, in denen unsere alleinstehenden Kollegen wohnen. In der Küche finden große Team-Essen statt, Zusammenkünfte, und der Aufenthaltsbereich ist wie ein großes Wohnzimmer, ausgestattet mit bequemen Sofas, Fernsehsesseln und einem riesigen Fernseher. Hier veranstaltet Kynan immer eine umwerfende Superbowl-Party, wurde mir erzählt.

Ich schaue auf meine Uhr und sehe, dass ich noch fünfzehn Minuten bis zu meiner Morgenbesprechung unten mit Kynan habe, in der wir seine Termine und Aufgaben für den Tag durchgehen. Ich nehme mir eine Tasse Kaffee, einen Ahornsirup-Donut, setze mich an die Kücheninsel und checke mein Handy. Schon hat Mom mir drei Fotos von Avery geschickt, die ich mir eine Weile ansehe, während ich dabei meinen Donut futtere.

Der frühere Lastenaufzug hält im vierten Stock und die Tür gleitet auf. Ich sehe nicht einmal von meinem Handy hoch, da ich annehme, es wäre Kynan, der sich Kaffee und einen Donut holen will.

„Hi, Kynan", sage ich und blättere zum ersten Foto von Avery zurück, auf dem sie eine kleine Spuckeluftblase vor den Lippen hat. „Sieh dir das an." Ich hebe den Kopf, drehe ihm das Handy zu, und dann bleibt mir der Mund offen stehen wegen des Mannes, der aus dem Aufzug tritt. Er hat eine große Militärtasche über der Schulter.

Malik Fournier.

Wir haben uns erst ein Mal gesehen. An dem Abend vor dem Einsatz, doch die Unterschiede zwischen diesem Mann und dem, der jetzt vor mir steht, sind mehr als deutlich.

Malik war ein großer Mann, und das trifft auf seine Höhe immer noch zu. Doch als ich ihn das letzte Mal gesehen habe, war er muskulös. Ein straffes Paket, und er schien genau zu wissen, wie er seine Kraft einsetzen kann. Der Mann vor mir ist viel dünner, auch wenn er in den letzten zwei Wochen bei seinen

Eltern sicherlich gut zugenommen hat. Seine Wangen sind leicht eingefallen und seine Augen haben Ringe. Vielleicht dauert es länger als zwei Wochen, um den Schlaf aufzuholen, den er sicherlich in der Gefangenschaft nicht bekommen hat.

Ich weiß, dass es ihm schlecht ergangen ist, denn ich habe Cage nach allen schrecklichen Details ausgefragt, als er nach der Rettung wieder in Pittsburgh war. Erst hat er sich geweigert, aber dann nachgegeben. Weil Cage ein sehr guter Freund geworden ist und besser als jeder andere weiß, wie sehr ich in Maliks Rettung verstrickt war, um endlich inneren Frieden zu finden und über Jimmys Tod hinwegzukommen.

Cage hat mir alle Details erzählt. Nachdem er damit fertig war, wünschte ich, er hätte es nicht getan. Ich kann mir gar nicht vorstellen, wie jemand so etwas überleben kann.

Und dennoch … ihn jetzt vor mir zu sehen, noch nicht wieder ganz der Alte und doch so stark, dass er die Gefangenschaft überlebt hat, trifft es mich so, wie ich es erwartet habe. Es ist wie Balsam für meine Seele, zu wissen, was für ein Wunder es ist, dass er überlebt hat. Obwohl es Jimmys Tod nicht leichter zu akzeptieren macht, nimmt es mir definitiv einen Teil der Trauer und ersetzt sie durch echte Freude, dass Malik das Unmögliche geschafft hat.

Wir sehen uns eine Weile an, dann blickt Malik auf das Handy.

„Süßes Kind.“

Kapitel 3

Malik

Natürlich ist es ein süßes Kind. Es ist das Produkt von Jimmy und Anna, die ein ungewöhnlich schönes Paar waren. Ich habe Anna erst ein Mal vor dem Einsatz getroffen, bei einem Jameson-Treffen auf ein paar Drinks am Abend, bevor wir abgeflogen sind. Ich habe mit Jimmy fast einen Monat gearbeitet und trainiert, seine Frau vorher aber noch nicht kennengelernt.

Ich weiß alles über das kleine Mädchen, das mich vom Display auf Annas Handy ansieht. Von dem Moment an, als ich von meinen Kameraden befreit wurde, konnte ich nicht aufhören, Fragen zu stellen. Cage musste mir wiederholt jedes schmerzvolle Detail, das er über Jimmy und Sal wusste, erzählen, und ich verglich es mit meinen eigenen Erinnerungen. Wie sie gestorben sind und wie ihre Leichen geborgen wurden. Sal ist an einer Schusswunde in die Hauptschlagader verblutet und Jimmy starb an einem Genickschuss.

Die Schuld an den beiden Toden erdrückt mich, und ich kann nichts tun, um diesen Schmerz zu lindern. Vielleicht interessieren mich Anna und ihr Baby Avery deshalb so sehr. Wie übersteht eine Frau es, ihren Ehemann zu verlieren und täglich seine Tochter zu sehen? Als ich vor ihr stehe und sie mich gelassen und willkommen heißend anlächelt, kann ich mir vorstellen, dass es ein anstrengender Akt sein muss.

Ich fühle mich ein bisschen unwohl.

In den letzten zwei Wochen habe ich viel nachgedacht. Erst habe ich mich hauptsächlich ausgeruht.

Dann jede Menge gegessen, um meinen Körper wieder aufzubauen. Bei meinen Eltern zu Hause in Montreal zu sein, war genau, was ich brauchte, denn meine Familie steht sich sehr nah und kennt mich ganz genau. Sie umsorgten mich nicht übertrieben. Ich kann mir gar nicht vorstellen, wie sehr meine Eltern und Geschwister getrauert und sich gesorgt haben mussten, doch sie machten keinen Wirbel um mich, weil sie wussten, dass ich das gehasst hätte.

Meine Geschwister kamen einzeln, um mich zu besuchen. Max und Lucas sind professionelle Eishockey-Spieler und kamen vorbei, als sie in Ottawa spielten. Meine Schwester Simone und ihr Mann Van – ein früherer Hockey-Spieler bei den Cold Fury – kamen für eine Woche, doch genau wie meine Brüder hingen sie nicht die ganze Zeit an mir und betrauerten die Tatsache, dass ich fünf Monate lang ein Gefangener im Mittleren Osten gewesen bin. Van und ich spielten zusammen viel auf der Xbox und Simone kochte mir all meine Lieblingsgerichte. Meine Eltern sahen mich oft nachdenklich an, doch das konnte ich ihnen nicht verübeln. Sicherlich konnten sie genauso wenig glauben, dass ich überlebt habe, wie ich selbst.

Doch dann wurde es Zeit, wieder nach Pittsburgh zu fliegen. Zu meinem Job. Erst da äußerten meine Eltern ihre Meinung und ihre Bedenken. Zwar begründeten sie es mit Worten wie *Vielleicht solltest du dich noch eine Weile ausruhen*, doch ich wusste, dass sie Angst hatten, dass ich auf die nächste gefährliche Mission gehen und sterben würde.

Das verstehe ich vollkommen, aber sie wissen auch eine andere Sache über mich. Ich laufe nicht vor meinen Ängsten davon und verstecke mich nicht hinter Was-wäre-wenn. Ich stelle mich den Dingen, und der einzige Weg, Syrien hinter mir zu lassen, ist, mir Pittsburgh und meinen Job vorzunehmen.

Allerdings machte ich einen kleinen Umweg und flog erst nach New York zu Sals Familie. Er war nicht verheiratet und hatte keine Kinder, also wurde es ein trauriger Besuch bei seinen alternden Eltern, die sich erstaunlich gleichgültig über seinen Tod gaben. Sie waren ziemlich überrascht, mich vor der Tür stehen zu sehen, ließen mich aber freundlich rein. Einen ganzen Nachmittag sprachen wir über Sal. Zwar habe ich ihn nicht allzu gut gekannt, doch ich hätte mein Leben für ihn riskiert. Sie haben mich nicht danach gefragt, was genau geschehen ist an dem Abend, als ich gefangen wurde, was gut so war. Ich habe meinen Bericht noch nicht abgegeben und hätte sowieso keine Details verraten dürfen. Und ich war froh, ihnen nicht erzählen zu müssen, dass es meine Schuld war, dass er und Jimmy sterben mussten.

Ich betrachte das Foto von Jimmys Tochter Avery und frage mich, ob es einmal so weit kommen würde, dass sie erfährt, welche Rolle ich beim Tod ihres Vaters gespielt habe. Anna wird ihr vielleicht alles erzählen, oder auch nicht, und bisher weiß ich noch gar nicht, was Anna genau darüber weiß. Da sie hier arbeitet, ist sie ein bisschen anders und wird wahrscheinlich manche Dinge eher für sich behalten.

Bevor ich Kynan nicht Bericht erstattet habe, kann ich ihr sowieso nicht sagen, was ich in der Wüste alles getan habe. Momentan muss ich meine Trauer und das schlechte Gewissen unter Verschluss halten.

Mein Blick schweift von Avery zu Anna. Sie ist eine unglaublich hübsche Frau mit goldenem Haar und ungewöhnlich blaugrauen Augen, die je nach Lichteinfall die Farbe zu ändern scheinen. In der Bar, in der wir an dem letzten Abend abhingen, hielt ich sie für kornblumenblau, doch in dem Neonlicht der Küche scheinen sie fast silbern mit einem Hauch Himmelblau zu sein.

„Also, du arbeitest jetzt hier, was?" Die lahmste Begrüßung, die es überhaupt gibt. Ich weiß, dass sie hier arbeitet, denn ich habe Cage gefragt, weil ich wissen musste, ob ich sie zerstört habe, als ich ihren Mann sterben ließ.

„Ja." Sie lacht leise, streicht sich Haare hinters Ohr und legt das Handy ab. Ihr Ausdruck wird trauriger und sie senkt kurz den Blick. „Ich musste einfach ein Teil hiervon werden, nachdem …" Ihre Worte hängen schwer in der Luft, und in meiner Kehle bildet sich ein Kloß. „Das klingt bestimmt albern, oder?" Sie sieht mich wieder an und versucht, gelassen zu lächeln.

„Nein, gar nicht", versichere ich ihr und denke mir, jetzt kann ich auch gleich sagen, was gesagt werden muss. Ich räuspere mich. „Hör zu, Anna, das mit Jimmy tut mir furchtbar leid. Ich kann mir kaum vorstellen, wie schwer es für dich sein muss."

Ich wappne mich für Tränen und bin überrascht, als ihr Ausdruck weicher wird, ihre Finger mit dem Handy spielen und sie den Blick senkt.

„Für dich war es auch hart. Ich freue mich wirklich, dass du wieder da bist. Das macht alles ein bisschen …"

Sie bricht ab, als ob sie nicht sicher wäre, was das alles zu bedeuten hat. Ich kenne das Gefühl. Den Verlust der Richtung und die Frage, was zum Geier sich das Schicksal dabei gedacht hat, diese Umstände zu erschaffen.

Nach einer gefühlten Ewigkeit hebt sie den Kopf und sieht mich wieder an. Obwohl ich diese Frau nicht kenne, sind wir durch das Geschehen in der Wüste miteinander verbunden. Es fühlt sich wie ein wichtiger Moment an, und ich habe keine Ahnung, wie ich darauf eingehen soll.

Anstatt etwas Vages zu sagen oder das Gespräch in harmlosere Gefilde zu leiten, sprudelt die brutale Wahrheit aus mir heraus. „Es fällt mir schwer, mit dir zu reden."

Anna blinzelt erstaunt und runzelt dann die Stirn.

Ich schüttele den Kopf und halte eine Hand hoch. „Es ist nur, weil … ich lebe noch und Jimmy ist tot. Ich hoffe, du weißt, dass ich sofort meinen Platz mit Jimmy tauschen würde, wenn ich die Möglichkeit hätte, alles noch einmal zu machen."

Anna richtet sich alarmiert kerzengrade auf. „Das würde ich nie von dir verlangen. Von niemandem. Und du darfst nicht so denken. Sei dankbar, dass du am Leben bist. Das musst du feiern, Malik. Ich tue es jedenfalls."

Tja, das ist leichter gesagt als getan. Arme Anna, die mit dem Tod ihres Mannes und der Erziehung ihres Kindes allein fertig werden muss. Sie wird nie verstehen, warum ich niemals über Jimmys Tod hinwegkommen werde.

Auf ihre Worte hin bringe ich ein Lächeln zustande, unterstütze es noch durch ein leichtes Kopfnicken und hoffe, dass es reicht, um sie von Trauer und Schuld abzulenken.

Dann nicke ich Richtung Flur hinter der Küche, wo sich die privaten Apartments befinden. „Ich werde eine Weile hier wohnen. Kynan hat mir gerade den Schlüssel gegeben, also richte ich mich mal eben häuslich ein.“

In meinem Ton schwingt etwas Endgültiges mit, was anzeigt, dass das Gespräch jetzt beendet ist.

Nickend greift Anna nach ihrem Kaffee. „Okay, klar. Ich wollte dich nicht aufhalten und muss jetzt auch nach unten an die Arbeit. Der Boss ist ziemlich fordernd und so.“

Anna nimmt sich ihre Handtasche, noch einen Donut und ihre Kaffeetasse. Noch ein Lächeln, das ich mit einem kurzen Heben meines Kinns beantworte, und sie ist fort.

Seltsamerweise war dieses Gespräch, auch wenn es mir schwergefallen ist, das ehrlichste seit meiner Befreiung. Ein Teil von mir wünscht sich mehr davon.

*

Mich in meinem neuen Apartment einzurichten, dauert ganze fünf Minuten. Ich muss nur meine Klamotten in die Kommode legen und in die Küchenschränke schauen, um festzustellen, was an Lebensmitteln da ist.

Als ich nach Pittsburgh gekommen bin, um bei Jameson zu arbeiten, habe ich keine Zeit gehabt, mich nach einer Bleibe umzusehen. Ich habe auf der Couch eines alten Marines-Kumpels gepennt, der am Rand der Stadt wohnt. Und dann bin ich sofort für die Mission in Syrien eingeteilt worden, wo Geiseln befreit werden sollten. Ich hielt es nicht für eine zu schnelle Veränderung, von den Marines zu einer Befreiungsmission im Mittleren Osten überzugehen. Ehrlich gesagt, kam es mir eher wie ein alter Hut vor.

Jetzt weiß ich nicht, was die Zukunft für mich bereithält, aber für den Moment ist es die Arbeit bei

Jameson, und das Angebot für dieses Apartment ist eine praktische Sache. Ich hätte mit demselben Mitbewohner von vorher zusammenziehen können, will aber diesmal lieber allein sein.

Ich bin hier, um das sprichwörtliche Pferd wieder zu besteigen und ein wertvolles Mitglied des Teams zu sein. Es ist wichtig, hier erfolgreich zu sein, denn bisher habe ich nur versagt, was mehr über mich aussagt, als ich akzeptieren kann.

Ein Klopfen an der Tür lässt mich zusammenzucken. Vor allem, weil ich fünf Monate in einem Erdloch gehaust habe. Das Konzept von geschlossenen Türen und Privatraum ist mir ein bisschen fremd geworden.

Ich gehe durch das kleine Wohnzimmer zur Tür und öffne sie schwungvoll. Kynan steht davor. Ich bitte ihn wortlos herein, indem ich zur Seite trete.

„Hast du dich schon eingerichtet?“, fragt er beim Eintreten.

„Fertig und zu allen Schandtaten bereit.“ Ich schließe die Tür und verriegele sie. Nicht aus Gewohnheit, sondern aus Vorsicht. Vielleicht auch nur aus purer Freude, eine richtige Tür zu haben, die man abschließen kann.

Kynan geht zur Couch und setzt sich, nickt zu dem Sessel, der ihm gegenüber steht. Das Apartment ist zwar klein, aber gemütlich ausgestattet. Die Möbel sind hochwertig. Zierleisten an den Decken in jedem Raum und die Küchengeräte sind top. Es ist die schönste Wohnung, in der ich je allein gelebt habe. Ich setze mich mit dem Hintern vorn auf die Kante, falte die Hände vor mir, lege die Ellbogen auf die Knie und sehe Kynan erwartungsvoll an.

„Debriefing morgen früh um 08:00“, sagt er direkt.

Ich nicke und halte seinen Blick. Zwar ist es das Letzte, was ich will, noch einmal alles durchzugehen, was geschah, aber es ist nun mal ein wichtiger Teil jeder Mission. So lernen wir aus unseren Fehlern, dokumentieren alles offiziell und verbergen das, was nicht öffentlich werden und nicht mal an die Regierung gelangen darf, die uns beauftragt hat.

„Kein Problem", sage ich. „Danach werde ich meinen schriftlichen Bericht auch schnell fertig haben."

Kynan nickt, reibt sich das Kinn und sieht mich prüfend an. „Corinne wird dabei sein."

Ich beiße die Zähne zusammen. „Das gehört nicht zum Standardablauf."

„Vielleicht nicht beim Militär, aber das hier ist meine private Firma", antwortet er, ohne den Tonfall zu verändern.

Verfickt noch mal.

Corinne Ellery ist die Psychologin für Jamesons Mitarbeiter. Bevor ich den Job hier angenommen habe, musste ich mich von ihr testen lassen. Ich bin nicht blöd … er will, dass sie dabei ist, um zu beurteilen, wie ich mit der Gefangenschaft umgehe.

„Zusätzlich", fährt Kynan fort, und ich spüre, dass noch mehr kommt, was mir nicht gefallen wird, „wirst du für eine Weile bei Corinne in Therapie gehen. Bis sie bestätigt, dass du wieder am aktiven Dienst teilnehmen kannst, wirst du zum Schreibtischhengst."

„Du willst mich wohl verarschen", schnaube ich. „Ich brauche keinen Irrenarzt und bin voll in der Lage, wieder normal zu arbeiten."

„Verleugnung."

Mehr sagt er nicht. Nur dieses eine Wort, und er glaubt, dass es mich völlig beschreibt.

„Ich will nichts leugnen", knurre ich. In dem Versuch, mich nicht darüber aufzuregen und zu beweisen, wie gesund ich bin, lehne ich mich bequem in den Sessel zurück und versuche, entspannt zu wirken. „Ich bin gut erholt, nehme an Gewicht zu und bin innerlich total im Reinen mit dem, was mir passiert ist."

„Und was ist mit dem, was Jimmy und Sal passiert ist?"

Ich kann meine körperliche Reaktion nicht verbergen. Unfreiwillig zucke ich zusammen und verziehe das Gesicht. Ich spüre es und weiß, dass er es sieht. Es ist dasselbe, wie wenn jemandem die Rippen gebrochen wurden und er hartnäckig behauptet, fit für den Dienst zu sein, aber wenn man ihm den geringsten Pikser verpasst, klappt er schmerzerfüllt vorn über und verrät seine Schwäche.

Er gibt mir keine Gelegenheit, mich zu verteidigen, sondern erhebt sich lediglich. „Wenn du weiter für Jameson arbeiten willst, musst du bei Corinne in Therapie gehen, bis sie bestätigt, dass du dich mit deinen Gefühlen über die Gefangenschaft und dem Versagen der Mission adäquat auseinandergesetzt hast. Mir ist egal, ob es dir gefällt oder nicht, ich will nur, dass du es tust. Ich kann es kaum erwarten, dich wieder im vollen Dienst zu sehen. Wenn du es nicht willst, dann gebe ich dir eine nette Abfindung, wir schütteln uns die Hände und gehen getrennte Wege. Das sind deine einzigen beiden Optionen."

Gottverdammt, der Mann ist knallhart. Dennoch kann ich nicht anders, als ihn zu respektieren. Das Militär hat sich nie sehr um die mentale Gesundheit gekümmert, was ich meistens nicht gut fand. Komisch, wie sich die Dinge ändern können, wenn es um mich selbst geht.

Etwas über zwei Wochen ist es her, dass mein Flugzeug in New York gelandet ist. Ich erwartete meine Familie am Gate. Und sie war auch da. Meine Eltern und meine drei Geschwister. Doch auch Kynan stand bei ihnen, was mich überraschte. Auf seine Art zeigte er mir, dass ich zu seiner Familie gehöre. Er blieb nur so lange, bis er mir eine brüderliche Umarmung gegeben und mir auf den Rücken geschlagen hatte, und noch ein paar Minuten, während ich mit meiner Familie aus dem Terminal ging. Draußen verließ er uns und versprach, mich freudig wieder bei Jameson zu erwarten, sobald ich dazu in der Lage wäre. Später erfuhr ich, dass er meine Eltern in einem teuren Hotel untergebracht hatte, damit wir etwas Zeit miteinander verbringen konnten, bevor unser Flug nach Hause ging.

Der Mann kümmert sich – daran besteht kein Zweifel.

Und ich habe etwas zu beweisen, also ist es keine Option, Jameson zu verlassen.

„Gut“, sage ich zögerlich. Ich stehe auf und reiche Kynan die Hand. Er schüttelt sie und sein Ausdruck wirkt stolz.

„Ich weiß, dass es schwer ist, sich dem Scheiß zu stellen“, sagt Kynan, nachdem er meine Hand losgelassen hat. Er geht zur Tür und ich folge ihm. „Aber glaube mir, du musst das verdauen, und die gesündeste Weise ist, mit einem Profi darüber zu reden.“

„Verstanden.“

„Also dann, bis morgen beim Debriefing“, sagt er und klopft mir auf die Schulter. „Ich bin wirklich froh, dass du wieder bei uns bist, Malik. Du bist ein wichtiges Mitglied unseres Teams.“

Nachdem Kynan gegangen ist und ich die Tür hinter ihm verschlossen habe, lehne ich mich dagegen und denke an Corinne Ellery. Sie ist ein kluges Köpfchen. Eine exzellente Ärztin. Wie viel ich ihr wohl vormachen kann? Mit anderen Worten, wie wenig kann ich sagen, dass sie mich trotzdem wieder gesundschreibt?

Kapitel 4

Anna

Es klopft an meiner Tür. Mit einem schnellen Blick auf Averys Stubenwagen, den ich in die Küche geschoben habe, gehe ich durchs Wohnzimmer, um zu öffnen.

Wie erwartet steht Cage mit einem Sechserpack Bier in einer Hand und einem Teddybären in der anderen vor der Tür. Kurz lächelt er mich an, und sein Blick geht an mir vorbei in die Küche, wo er den Stubenwagen sieht.

„Da ist ja mein Mädchen“, schnurrt er mit funkelnden Augen. Er drückt mir das Bier in die Hand und steuert direkt auf Avery zu.

Die meisten Frauen wären beleidigt, wenn ein Mann zum Essen kommt und sie dann wegen eines niedlichen Babys ignoriert. Doch so ist es nicht zwischen Cage und mir. Wir sind nur Freunde, und das wird auch immer so bleiben.

Allerdings gute Freunde. Wir sind uns unglaublich nah gekommen, und ich weiß nicht wirklich, warum. Er hat seine Kumpels, vor allem die Jungs bei Jameson, und seinen besten Freund Bodie, der in der Jameson-Filiale in Vegas arbeitet. Ich habe meine Freundinnen und meine beste Freundin Delaney aus der Highschool, die immer noch in Pittsburgh lebt. Wir treffen uns ein paarmal im Monat auf einen Drink, und sie war mir eine enorme Unterstützung, als Jimmy gestorben war. Ich habe Bettruhe halten müssen, weil der Stress mir Krämpfe und Blutungen verursacht hatte. Dank Mom und Delaney habe ich während der ganzen Trauerzeit und Schwangerschaft konstante Hilfe gehabt.

Also ja, wir haben unsere eigenen Freundeskreise, aber wir haben auch einander.

Vielleicht fühlt er sich mit mir verbunden, weil ich in der Army war. Cage war in der Navy. Schon immer habe ich gute Beziehungen zu Männern aufbauen können, wohl weil ich keine allzu mädchenhafte Frau bin. Zwar kann ich mich gut zurechtmachen, aber ich fühle mich genauso wohl in Jeans und Flanellhemd bei einem Bier. Auch kann ich mit Waffen umgehen, was irgendwie ein Vorteil für eine Freundschaft mit dem männlichen Geschlecht zu sein scheint.

Wer weiß das schon, aber in den vergangenen fünf Monaten waren Cage und ich oft zusammen und sind uns nähergekommen. Außerdem ist Cage total begeistert von Avery. Er wird einmal ein gutes Vorbild für ihr Männerbild in ihrem Leben sein.

Wir versuchen, einmal pro Woche zusammen zu essen. Normalerweise gehen wir irgendwo in ein Restaurant, bevor ich Avery von Mom abhole, aber da mein Geschirrspüler undicht ist, habe ich Cage gebeten, ihn sich anzusehen, und ihm dafür ein Abendessen bei mir angeboten. Ich kann gut kochen, also ist es ein fairer Tausch.

„Was immer du gekocht hast, es riecht fantastisch", sagt Cage über die Schulter hinweg. Er beugt sich über den Stubenwagen. Ohne zu zögern, hebt er Avery heraus, schnüffelt an ihrem Kopf und inhaliert ihren Babyduft. „Verdammt, sie riecht auch fantastisch. Warum riechen Babys nur immer so gut?"

Lachend gehe ich zum Ofen und werfe einen Blick auf die Enchiladas. Sie brauchen noch ungefähr zehn Minuten. Ich nehme zwei Bier aus dem Sechserpack und stelle die restlichen in den Kühlschrank.

Ich öffne das Bier. „Sie ist frisch gebadet, natürlich riecht sie gut. Wieso bist du eigentlich nie da, wenn ich ihr die Windel wechsele? Dann wüsstest du, dass Babys nicht immer gut riechen."

Cage blickt Avery an, die in seinen Arm geschmiegt ist. Mit ihren großen blauen Augen sieht sie ihn an. Er grinst. „Deine Mom erfindet Sachen, oder? Ich wette, deine Kacka riecht nach Lollipops und Regenbögen, nicht wahr?"

Ich verdrehe die Augen und reiche ihm ein Bier. „Oh mein Gott. Erzähle ihr nicht so einen Mist."

„Weil sie mich auch so gut versteht", antwortet er scherzhaft.

„Nein, aber du wirst dir angewöhnen, ihr Blödsinn zu erzählen, und ich muss dann ein Vermögen für eine Therapie ausgeben, um den ganzen Scheiß aus ihr rauszubekommen."

Cage schnaubt und geht an den Küchentisch, an den nur zwei Personen passen. Dieses kleine Apartment ist nichts Besonderes, aber momentan alles, was ich brauche. Es hat nur ein Schlafzimmer, das ich zu Averys Kinderzimmer erkoren habe. Ich schlafe auf der ausziehbaren Couch im Wohnzimmer. Mom versteht nicht, warum ich unbedingt mein eigenes Apartment brauche, doch ich konnte einfach nicht wieder nach Hause ziehen. Das erschien mir als ein großer Rückschritt auf meinem Weg in die Eigenständigkeit. Aber ich konnte nicht mehr in dem Haus bleiben, das ich mit Jimmy gemietet hatte, als wir hergezogen sind und er den Job bei Jameson angenommen hat. Das Leben, das ich mit ihm geführt habe, war einfach anders als mein jetziges, und alles in dem kleinen Haus erinnerte mich qualvoll daran, dass ich diesen Traum nun nie mehr leben werde.

Cage stellt sein Bier auf den Tisch und ignoriert es, weil er von Avery total eingenommen ist. Ich lehne mich an die Arbeitsplatte und betrachte die beiden einen seligen Moment lang. Ich liebe es, wenn sich jemand mit meiner Tochter beschäftigt. Dann fühle ich mich normaler, denn das tue ich ebenfalls ständig. Aber ehrlich, sie ist einfach das niedlichste Baby überhaupt.

Ich zucke zusammen, als die Uhr am Ofen piepst, stelle mein Bier ab und sehe nach den Enchiladas. Der Käse ist leicht gebräunt und blubbert, was genau richtig ist. Ich nehme sie heraus, stelle sie auf den Herd, drehe die Hitze ab und lasse das Essen etwas ruhen.

Ich greife nach meinem Bier und erwähne nebenbei: „Heute habe ich Malik gesehen."

Er nimmt den Blick nicht von Avery. „Ja, ich habe gehört, dass er wieder da ist, ihn aber noch nicht gesehen."

„Er wohnt in einem der Apartments."

„Sicher hatte er heute sein Debriefing." Cage lächelt Avery an. „Aber ich bezweifle, dass Kynan ihn direkt wieder einsetzt. Nicht nach allem, was der Mann durchgemacht hat."

Ich kenne die Details, weil ich Cage gnadenlos ausgequetscht habe. Über das unzumutbare Loch, in das Malik geworfen worden ist, die frostigen Temperaturen, das Halb-Verhungertsein und die Einsamkeit. Mir dreht sich fast der Magen um, wenn ich daran denke.

„Hast du die Männer getötet, die Malik entführt haben?" Nach diesem Detail habe ich ihn noch nicht gefragt.

Damit erlange ich Cages Aufmerksamkeit. Er sieht

mich an, zögert jedoch nicht mit der Antwort. Er weiß, dass ich mit solchen Informationen umgehen kann. Schließlich habe ich Kynan gebeten, mir auch zu erzählen, wie Jimmy gestorben war, und er sagte mir, so viel er konnte, ohne die Geheimhaltungsstufe zu verletzen.

„Ich habe keine Ahnung, wer ihn entführt hat, aber ja, wir haben die Kerle umgebracht, die ihn bewacht haben. Alle haben wir nicht erwischt, weil sie die Wachen alle paar Tage abgelöst haben."

„Gut", antworte ich leise und sehe Avery an, die in Cages Armen liegt. Es fühlt sich ein bisschen wie Rache für Jimmy an, dass zumindest einige, die für seinen Tod verantwortlich sind, nun ebenfalls tot sind. Und auch um Maliks willen, da die Kerle es verdient haben, weil sie ihn so behandelt haben.

„Meinst du, Malik ist okay?", frage ich.

Er sieht mich eine Weile an, bevor sein Blick wieder auf Avery fällt und er sie sanft hin und her wiegt. „Ich glaube, er ist ein Typ, der damit umgehen kann. Immerhin hat er Special-Forces-Erfahrungen. Er wurde für solche Sachen trainiert. Allerdings müssen wir natürlich alle schwer daran arbeiten, über so etwas wegzukommen."

Ich senke das Kinn und mein Magen krampft sich zusammen bei dieser Andeutung. „Musstest du auch schon mal über so etwas wegkommen?"

„Ja", antwortet er, was mir noch mehr im Magen wehtut. Er blickt zwischen Avery und mir hin und her. „Vor fast zwei Jahren war ich mit Bodie auf einer Mission. Ich wurde angeschossen …"

„Was?", rufe ich dazwischen.

Cage fordert mich mit seinem Blick auf, den Mund zu halten. Er nickt zu Avery, die in seinen Armen döst. Mit leiser Stimme und keinem Zögern, es mir zu erzählen, fährt er fort. „Wir wurden beide geschnappt. Glücklicherweise versorgten unsere Entführer unsere Wunden ziemlich gut. Die Regierung hat schnell ein Team aus CIA- und SEAL-Agenten zusammengestellt und wir wurden nach weniger als vierundzwanzig Stunden gerettet. Das war also nichts im Vergleich zu Maliks Geschichte."

„Spiel das nicht herunter ..."

„Tue ich nicht", versichert er und sieht mich wieder an. Er steht auf, geht zum Stubenwagen und legt die schlafende Avery hinein. Dann kommt er zu mir und legt seine Hände auf meine Schultern. „Aber für so etwas werden wir trainiert. Wir alle wissen, was passieren kann und welchen Preis wir vielleicht zahlen müssen. Und jeder, den Kynan ins Team nimmt, hat etwas in sich, was ihm hilft, darüber hinwegzukommen. Vielleicht ist es die Akzeptanz, dass das Schicksal ein Arschloch sein kann. Wir können es nicht kontrollieren. Oder vielleicht haben wir etwas, was normale Leute nicht haben. Ich kann es nicht beschreiben. Im Endeffekt aber glaube ich, dass Malik damit fertig werden wird."

Mir ist nicht bewusst gewesen, wie besorgt ich um Malik bin, bis ich Cages beruhigende Worte höre. Erleichtert atme ich tief aus und frage mich, ob Jimmy auch dieses Etwas in sich hatte. Die wahre Akzeptanz, dass der Tod nun mal kommt, wenn er kommt, oder einfach eine innere Stärke, die man nicht erklären kann.

Daran würde ich gern glauben. Er war so stark und zuversichtlich. Glaubte voll an seinen Beruf. Er war durch und durch ein Beschützer, nicht nur von mir und seinem ungeborenen Kind, sondern des Friedens generell. Er hat nicht eine Sekunde gezögert, diesen Auftrag anzunehmen. Auch wenn er mir versprach, auf sich aufzupassen, musste ihm klar gewesen sein, dass er einer von denen sein könnte, die nicht mehr zurückkommen.

Ich schüttele den Kopf, um mich aus diesen Gedanken zu holen, und lächele Cage zittrig an. „Wie wäre es, wenn wir jetzt essen und uns über etwas Schöneres unterhalten?"

Lachend nimmt er sein Bier und stößt damit an meins. „Darauf stoßen wir an."

Unter meinen Anweisungen legt Cage die Teller, Servietten und Bestecke auf den Tisch. Nachdem ich die weichen Enchiladas aufgetan habe, setzen wir uns, und die schlafende Avery liegt in ihrem Stubenwagen neben uns.

„Ich habe Neuigkeiten zu berichten", sagt Cage und gabelt sein Essen auf.

Das Zögern in seiner Stimme zeigt an, dass es ihm schwerfällt.

„Ach ja?" Ich halte mit meiner Gabel inne und konzentriere mich ganz auf ihn.

Er grinst leicht, was mit seiner Unsicherheit konkurriert. Das macht mich erst recht neugierig.

„Worum geht es?" Ich zerteile meine Enchilada in zwei Stücke.

„Ich treffe mich mit jemandem."

Mein köstliches, käsiges Essen ist vergessen und ich sehe ihn an. „Du triffst dich mit jemandem?", wiederhole ich dümmlich, denn das ist einfach noch nie da gewesen. Es scheint gegen Cages Ethik zu verstoßen. Er ist ein Playboy, ein bekannter bunter Hund. Er hasst die Vorstellung von Monogamie und glaubt, wahre Liebe ist etwas für Spießer.

Leicht verlegen sieht er mich an. „Es ist noch frisch, aber wir sind schon ein paarmal miteinander ausgegangen …“

„Ein paarmal?“, entkommt es mir erstaunt. Cage ist ein strikter Einmal-und-fertig-Typ. Er gibt sogar damit an, nie mit derselben Frau zweimal ausgegangen zu sein.

„Fünfmal“, stellt er klar. „Wir sind schon fünfmal ausgegangen. Ich habe sogar schon ihren Bruder kennengelernt.“

Ich lehne mich auf dem Stuhl zurück und sehe meinen Freund an, als wäre ihm ein Geweih gewachsen.

„Was denn?“, fragt er mich leicht ärgerlich. „Dass ich mich mit jemandem regelmäßig treffe, ist doch nicht außerhalb der Realität.“

„Doch, wenn du dich so vehement gegen Monogamie und Beziehungen wehrst.“

„Was soll ich sagen?“ Er isst ein Stück Enchilada, kaut und schluckt. „Sie ist anders.“

„Wie heißt sie?“ Ich kann das Misstrauen nicht aus meiner Stimme verbannen, denn ich glaube immer noch, dass er mich nur veräppelt.

„Jaime“, antwortet er mit verzücktem Gesicht.

Heilige Scheiße, er ist total verschossen.

An dieser Stelle würde ihn jeder gute Freund damit aufziehen, aber ich möchte ihn nicht verschrecken. Ich will mehr darüber wissen. „Erzähl mir von ihr.“

Er grinst albern und schiebt sich noch einen Bissen in den Mund. Mit einem Schluck Bier spült er ihn hinunter. „Sie ist toll. Du würdest sie mögen. Sie ist total geerdet und gar nicht anspruchsvoll. Auch wenn sie jedes Recht dazu hätte, denn sie ist einfach großartig.“

Ich lausche Cage, wie er poetisch über die Frau dahinschmilzt. Während wir essen und Bier trinken, höre ich alles über Jaime, die auf jeden Fall mehr von Cage ergattert hat als nur seine Aufmerksamkeit. Ich frage mich, ob er ernsthaft verliebt ist. Hoffentlich. Ich erinnere mich an das Gefühl für Jimmy. Cages verträumten Ausdruck zu sehen und den Respekt, den er für Jaime hat, lässt mich wieder an das Wunder der Liebe glauben.

„Sie klingt echt toll", sage ich, als ihm langsam das Lob über sie ausgeht.

„Das ist sie", sagt er niedergeschlagen. „Aber es gibt ein Problem."

„Was denn?"

„Als wir uns das erste Mal getroffen haben, habe ich ihr erzählt, dass ich ein Gebrauchtwagenverkäufer bin. Und jetzt denkt sie, das wäre mein Beruf."

Ungläubig öffne ich den Mund. „Ich weiß gar nicht, was ich dazu sagen soll. Warum zum Geier hast du das gemacht?"

Cage zuckt mit den Schultern und sein Gesicht wird rosa. „Weil … weil ich immer die Erwartungen der Frauen niedrig halten will, verstehst du? Wenn ich eine Frau treffe, dann erfinde ich immer irgendeinen Beruf. Meistens einen völlig uninteressanten, langweiligen, sodass sie sich nicht zu sehr für mich begeistert. Dann kann ich später leichter wieder gehen, ohne dass sie der geilen Vorstellung des großen bösen Sicherheitsexperten nachtrauert."

Ich starre ihn an. „Das ist das Dümmste, was ich je gehört habe."

„Hey!" Er tut beleidigt. „Das hat immer super funktioniert. Außer jetzt. Ich mag Jaime wirklich. Ich will sie weiter treffen, aber ich habe Angst, dass sie mich abserviert, wenn sie erfährt, dass ich sie die ganze Zeit belogen habe."

„Aber du musst ihr die Wahrheit sagen." Ich deute mit dem Finger auf ihn. „Wenn sie dich wirklich auch mag, dann wird sie dir verzeihen."

„Ich weiß nicht so recht", antwortet er skeptisch. „Außerdem wird das Ganze eh nicht lange halten, oder? Ich bleibe ja nie dauerhaft."

„Außer, dass du mir die ganze Zeit vorgeschwärmt hast, wie sehr du sie magst", gebe ich zu bedenken.

„Fuck", murmelt er und steht auf. „Ich brauche noch ein Bier. Vielleicht kannst du mich dann überzeugen, das Richtige zu tun."

Kapitel 5

Malik

Nachdem ich aus meinem Apartment gegangen bin, schließe ich es ab und stecke den Schlüssel ein. In der Gemeinschaftsküche treffe ich niemanden, aber es riecht nach frischem Kaffee. Doch den ignoriere ich, denn nach der Morgendusche hatte ich bereits meine eigene Tasse für den Tag.

Soweit ich weiß, wohnen hier zurzeit sonst nur noch Cage und Merritt, die ich beide noch nicht gesehen habe, seit ich wieder da bin. Ich war die meiste Zeit in meinem Apartment, weil ich nichts Besseres zu tun hatte.

Die Jameson-Apartments liegen im vierten und obersten Stock eines renovierten Lagerhauses im Hill District von Pittsburgh. Von außen ist das Gebäude heruntergekommen und voller Graffiti. Von innen ist es eine ganz andere Nummer.

Neben den Apartments, der Küche und dem Unterhaltungsbereich gibt es im vierten Stock auch ein erstklassiges Fitnessstudio und einen Dachgarten.

Man kann das Haus auf zwei Wegen verlassen. Mit dem originalen Lastenaufzug mit der schmiedeeisernen Tür, der eine halbe Ewigkeit nach unten rumpelt, oder über die schwebende Treppe. Sie ist aus aufgearbeitetem Holz, hat ein Eisengeländer und hängt an Stahlseilen, sodass sie wie frei schwebend aussieht.

Ich nehme die Treppe, gehe in den zweiten Stock, wo sich alle Büros und administrativen Leute befinden. Auch hier hat Kynan bei der Ausstattung nicht gespart. Die Wände bestehen aus den Original-

Backsteinen wie von außen, sind jedoch sandgestrahlt worden, bis sie ihre ursprüngliche Schönheit wiederhatten. Auf dem Boden liegt Parkett mit Teppichen in einzelnen Bereichen, und an der Decke verlaufen die eisernen Träger und geben dem Ganzen den Industrie-Look. An einem Ende des zweiten Stocks gibt es lederne Sessel mit Alutischen, wo Mitarbeiter arbeiten oder spontane Meetings abgehalten werden können.

Auf der gegenüberliegenden Seite befinden sich Büros hinter Glasscheiben und davor stylishe Schreibtische aus Stahl und Holz. Das Großraumbüro wird nicht durch Stellwände unterteilt, was zu einer gemeinschaftlicheren Atmosphäre beiträgt.

Ich trete von der Treppe und biege scharf rechts ab Richtung eines Büros hinter einer Glasscheibe, auf deren Türschild steht: *Dr. Corinne Ellery.*

Sie ist eine nette Frau und auf jeden Fall eine Augenweide. Ich schätze, dass sie in den Dreißigern ist. Sie hat dichtes braunes Haar und trägt es meist als Knoten am Hinterkopf. Sie hat eine Brille, die sie klug aussehen lässt, aber da sie einen Doktortitel hat, wird sie es wahrscheinlich wirklich sein.

Gestern habe ich mich mit ihr und Kynan beim Debriefing getroffen. Dieses fand im großen Konferenzraum im zweiten Stock statt, das Kynan mit digitalen Karten auf einem großen Bildschirm unterstützt hat, damit wir die Mission nachvollziehen konnten.

Ich hielt keine Details zurück, nicht mal die schmerzlichen an den Stellen, wo ich glaube, versagt zu haben. Da Kynan noch andere Quellen hat, bin ich sicher, dass ich ihm nichts Neues sagen konnte über die Falle, in die wir geraten waren, und wie wir mit all dem umgegangen sind.

Jameson war zusammen mit einem internationalen Rettungsteam beauftragt worden, in Syrien Helfer aus der Geiselnahme zu befreien. Ein normaler Bürger wäre überrascht, wie oft Regierungen – auch die unsrige – private Sicherheitsfirmen anheuern, um bei Einsätzen zu helfen. Jameson ging mit einem Fünferteam rein. Jimmy Tate, Sal Mezzina, Merritt Gables, Tank Richardson und ich. Wir haben mit den Special-Forces-Teams in England und Australien gearbeitet, denn die Geiseln kamen aus diesen Ländern. Auch wenn keine Amerikaner dabei waren, spielte es keine Rolle, ob Jameson den Auftrag annehmen würde. Wenn die Bezahlung gut ist und die Risiken überschaubar sind, helfen wir Menschen auf der ganzen Welt.

Das Debriefing hat eine Stunde gedauert. Dr. Ellery hörte schweigend zu, während Kynan den Bericht durchging und mich mit Fragen bombardierte. Ich musste ihm ein paar Sachverhalte anhand der syrischen Karten erklären. Er führte mich durch jeden Schritt vom Basiscamp bis zur Entführung.

Natürlich fiel es mir nicht leicht, über den Moment zu reden, als Jimmy und Sal getroffen wurden, doch sicher war es auch für Kynan schwer, das Ganze noch einmal hören zu müssen.

Danach sprachen wir über meine Gefangenschaft. Obwohl das sicherlich der Teil war, der besonders Dr. Ellery interessierte, hörte sie nur gelassen zu, ohne sich Notizen zu machen. Kynan löcherte mich hartnäckig über alle Details.

„Wohin haben sie dich gebracht?“

„Ich weiß nicht, ich hatte die ganze Zeit einen Sack über dem Kopf, aber die Fahrt hat ungefähr zwei

Stunden gedauert."

„War es eine Stadt oder irgendwo außerhalb?"

„Ein kleines Dorf, glaube ich, anhand der Tiergeräusche, und es herrschte kaum Verkehr. Ich konnte nie aus dem fensterlosen Raum schauen, in dem sie mich untergebracht haben."

„Wie sah es da drin aus?"

„Holzboden, gerissene Wände, ein Tisch mit zwei Stühlen in der Mitte. Ein Tisch an einer Wand mit einer Wasserkanne. Sie tranken davon, boten mir aber nichts an."

Und so ging es weiter, bis Kynan ans Eingemachte kam.

„Wie haben sie dich gefoltert und wie oft?", fragte er, ohne den Tonfall zu verändern. Es ging ihm nur um die Informationen, aus denen er etwas zu erfahren hoffte.

„Mehrmals am Tag, ungefähr neun Tage lang, soweit ich jetzt noch sagen kann. Schlafentzug die ganze Zeit, Hungern, laute Musik, Elektroschocks und Prügel."

Kurz und bündig und emotionslos ratterte ich es herunter. Ich hatte trainiert, Folter durchzustehen. Zumindest bis zu einem gewissen Grad. Irgendwann gab jeder auf. Und das war auch keine Schande. Wichtig war, es ihnen nicht zu leicht zu machen, ihnen die am wenigsten schädigenden Infos zu geben oder bei dem Versuch zu sterben, und währenddessen über den Feind herauszufinden, was man nur konnte. Darin war ich erfolgreich gewesen, hauptsächlich, weil ich nicht viel wusste, was ich hätte verraten können. Glücklicherweise glaubten sie mir und hörten auf, mich zu foltern, schafften mich durch die Wüste in ein Loch, bis ich ihnen irgendwann auf andere Weise nützlich werden könnte.

Dann fragte Kynan nach der Kommunikation, wann die Wachen gewechselt hatten und ob ich noch etwas anderes in Erfahrung bringen konnte. Ich sagte ihm alles, was ich wusste, und wurde nicht einmal ungeduldig, als er manchmal dieselbe Frage zweimal stellte. Es war eine übliche Taktik, um meine Aufrichtigkeit zu testen und mir zu helfen, weitere Erinnerungen zu wecken.

Am Ende bedankte er sich bei mir und wiederholte, dass ich jetzt Dienst am Schreibtisch haben würde, bis die Therapie bei Dr. Ellery vorbei sei. Dann würde sie mich gesundschreiben.

Und jetzt gehe ich in ihr Büro.

Sie sitzt an ihrem Schreibtisch und sieht auf ihren Computer. Hinter ihr befinden sich Regale voller Fachbücher über Psychiatrie. An einer Wand stehen zwei gemütliche Sessel mit einem Tisch mit einer Lampe dazwischen. Ich bin froh, dass sie nicht diese klischeehafte Couch hier stehen hat.

Dr. Ellery meidet das Neonlicht des Industriegebäudes. Stattdessen hat sie überall Lampen stehen, die für ein beruhigendes Glühen sorgen. Ihr Büro ist das Einzige mit Rollos an den Scheiben. Wahrscheinlich, damit sie für Privatsphäre sorgen kann. Nicht, dass es mich interessieren würde. Ich nehme an, dass es sowieso nicht lange ein Geheimnis bleiben wird, dass ich zum Seelenklempner muss, bevor ich wieder in den aktiven Dienst darf. Das finde ich in keiner Weise peinlich.

Ich will nur verdammt noch mal nicht drüber reden müssen.

Darin besteht ein Unterschied.

Als ich an die Glastür klopfe, wendet sie mir ihren

Blick zu. Lächelnd winkt sie mich herein. Die Tür schwingt hinter mir von allein wieder zu.

„Hi, Malik“, sagt sie freundlich und deutet auf einen der Besuchersessel.

Sie erhebt sich, nimmt sich Block und Stift vom Schreibtisch und kommt zu mir herüber. Die Sessel drehen sich, finde ich heraus, als sie sich mit ihrem zu mir dreht.

„Schön, dass du gekommen bist.“

„Wir wissen beide, dass ich keine andere Wahl habe“, sage ich locker, in dem Versuch, etwas Humor in die Sache zu bringen. Es hört sich flach an, aber sie lächelt trotzdem.

„Nun ja, das stimmt nicht ganz. Du hättest dich auch dagegen entscheiden können. Eine Ausrede vorbringen. Dich krankmelden. Oder dir einen neuen Job suchen.“

Kapitulierend senke ich den Blick. „Verstanden, Dr. Ellery.“

„Corinne“, sagt sie. „Wir duzen uns hier alle.“

Überrascht blinzele ich. „Ich wollte eigentlicht, dass du mich Mr. Fournier nennst.“

Sie beugt den Kopf leicht zurück, lacht und nickt. „Sinn für Humor. Gefällt mir. Und ist ein gutes Zeichen. Menschen, die nach einem Trauma noch lachen können, hilft die Therapie meistens gut.“

„Also so nennen wir das wirklich, ja?“

Corinne zuckt mit den Schultern. „Nenn es, wie du magst, aber wir beide werden uns viel unterhalten. Ich muss herausfinden, ob du mit dem Trauma fertig wirst …“

„Das tue ich.“

Sie ignoriert meinen Einwurf. „Auf eine gesunde und produktive Weise. Auf eine Art, die ich für ausreichend halte, dich wieder in dein Team zu lassen. Es geht nicht nur um deine geistige Gesundheit, sondern auch um Sicherheitsbelange."

Wenn ich darüber nachdenke, muss ich gestehen, dass es Sinn ergibt. Trotzdem will ich nicht darüber reden. Denn das kostet Zeit und öffnet Wunden, die ich lieber schnell zuheilen lassen würde. Dennoch habe ich keine andere Wahl. Nicht, wenn ich weiter bei Jameson arbeiten will.

„Na gut." Theatralisch gebe ich nach, mache es mir auf dem Sessel bequem und lege ein Bein über mein Knie. „Dann lass uns anfangen."

„Sehr gut", antwortet sie mit einem strahlenden Lächeln und hält ihren Stift über den Block. „Heute wird es erst mal langweilig sein. Hintergrundinformationen … Wo bist du aufgewachsen, wie ist die Beziehung zu deinen Familienangehörigen, warum hast du diesen Beruf gewählt und so weiter."

„Verstanden." Das ist wohl der leichte Teil.

Sie legt einen Arm auf ihre Sessellehne. „Erzähl mir von deiner Familie, Malik. Du hast die Staatsbürgerschaften der USA und Kanada?"

Ich nicke. „Mein Dad ist Franko-Kanadier und Arzt. Meine Mom ist Amerikanerin und Rhetorik-Coach. Ich wurde in Montreal geboren und großgezogen und habe zwei Brüder und eine Schwester."

„Das wievielte Kind bist du?"

„Warte …" Ich verziehe das Gesicht, denn ich bin schlecht im Geburtstagemerken und solchen Sachen, aber ich liebe meine Geschwister und bekomme das hin. „Max ist der Älteste, er ist neunundzwanzig. Dann kommt Lucas mit achtundzwanzig. Dann ich mit sechsundzwanzig und als Letztes meine Schwester Simone. Sie ist unser Baby mit dreiundzwanzig."

„Ich erinnere mich daran, als du das erste Mal bei Jameson warst und wir eine Besprechung im Konferenzraum hatten … Cage ist ausgeflippt, als er erfahren hat, dass deine Brüder für die Cold Fury spielen, weil das sein Lieblingshockeyteam ist."

Darüber muss ich lachen. Cage ist zum Brüllen komisch gewesen bei dem Meeting, als ich vorgestellt wurde und er erfuhr, dass ich zwei berühmte Brüder habe. „Ja, Max und Lucas spielen bei den Cold Fury."

Sie neigt den Kopf leicht zur Seite. „Hast du auch Hockey gespielt?"

„Ja. Max und Lucas würden sagen, dass ich auch ein Profi hätte werden können, aber das ist einfach nicht meine Leidenschaft. Ich wollte zu den Marines und nichts konnte mich davon abbringen."

„Ein Franko-Kanadier, der zum US-Militär wollte, interessant."

„Das liegt mir im Blut. Mein Großvater war ein Marine und als Kind liebte ich seine Geschichten."

Auf diese Weise geht das Gespräch weiter, alles über meinen Hintergrund. Sie stöbert in meinem Privatleben herum und fragt mich, ob ich mal eine ernste Beziehung hatte. Die Antwort fällt negativ aus. Nicht, weil ich etwas dagegen hätte, sondern aus Zeitmangel. Irgendwie habe ich nie Freizeit. Bei der Arbeit in der Spezialeinheit der Marines und jetzt bei Jameson konnte ich mich nicht einmal mit jemandem verabreden. Ganz zu schweigen von der fünfmonatigen Gefangenschaft.

Zu meiner Überraschung ist die Stunde schneller vorbei, als ich es merke. Ich bin geradezu erschrocken, wie schnell die Zeit rast. Habe ich doch angenommen, diese Sitzung wäre die reinste Folter, aber im Gegenteil, mit Corinne kann man ganz locker reden.

Doch mir ist klar, dass das, was noch auf mich zukommen wird, nicht so leicht werden wird.

Bevor Corinne mich entlässt, gehen wir an den Schreibtisch zu ihrem Kalender und machen den nächsten Termin aus. Am liebsten würde ich gleich morgen weitermachen, denn wenn ich die Therapie beenden muss, bevor ich wieder in den aktiven Dienst darf, dann will ich es so schnell wie möglich erledigen.

„Morgen wäre gut“, sage ich daher.

Sie beugt sich über ihren Kalender, eins dieser dicken Bücher, und ich bin erstaunt, dass es kein digitaler ist. Sie grinst. „Wie wäre es mit Montag?“

Ich runzele die Stirn. „Aber das ist erst in vier Tagen.“

„Korrekt.“ Sie sieht zu mir hoch. „Da gibt es etwas, was man Wochenende nennt. Als ich diese Stelle angenommen habe, habe ich Kynan gesagt, dass ich nie am Wochenende arbeite.“

„Aber was ist mit morgen? Freitag?“

Corinne richtet sich auf, nickt verständnisvoll, doch erklärt mir, warum sie es langsamer angehen lässt. „Du brauchst Zeit zwischen den Sitzungen, um alles zu verarbeiten und zu entspannen.“

Ich knurre frustriert und nicke zu ihrem Kalenderbuch. „Und wann am Montag?“

„Um acht?“

„Okay“, brumme ich.

Anscheinend amüsiert sie das, denn sie lacht. „Hab Geduld, Malik. So ist es besser für dich. Und wer weiß, wenn du das Ganze komplett offen und ehrlich angehst, kann ich dich vielleicht ganz schnell davon befreien.“

Leichter gesagt als getan. Ich weiß genau, dass sie mich mit meinen Schuldgefühlen konfrontieren will. Aber darauf einzugehen bedeutet, dass ich für diesen Job nicht geschaffen bin, was ich nicht hinnehmen kann. Doch eventuell kann ich sie davon überzeugen, dass es mir gut geht.

Corinne schreibt mich in einen freien Termin und geht mit mir an die Tür. Mit der Hand auf meiner Schulter hält sie mich zurück. Ich bin gezwungen, mich zu ihr umzudrehen.

„Du glaubst es vielleicht jetzt noch nicht, aber ich bin davon überzeugt, dass wir beide gut zusammenarbeiten werden. Du wirst ruckzuck wieder im aktiven Dienst sein."

Gott, das hoffe ich.

Ich nicke, bringe ein Lächeln zustande und gehe aus der Tür.

„Hi, Malik."

Sofort erkenne ich Anna Tates Stimme. Sie kommt aus dem Lastenaufzug und hat einen recht großen Karton dabei, der anscheinend nicht schwer ist, aber unhandlich. Sie trägt einen schmalen, braunen Tweed-Rock, einen cremefarbenen Pullover, der sich viel zu gut an ihre Formen schmiegt, und hochhackige Lederstiefel. Ihr goldenes Haar fällt in lockeren Wellen um ihre Schultern. Sie sieht modisch und jung aus und hat ihr ganzes Leben noch vor sich. Gar nicht wie eine Witwe. Sie wirkt eher wie eine schöne Frau auf dem Höhepunkt ihres glücklichen Lebens.

Ohne weiter nachzudenken, eile ich auf sie zu und nehme ihr den Karton ab, denn so wurde ich erzogen. Erst lässt sie nicht los und unsere Blicke treffen sich.

„Es geht schon", sagt sie und zieht ein wenig daran.

„Ist es etwas streng Geheimes?“ Ich lasse nicht los.

„Nein.“ Sie runzelt die Stirn.

„Dann erlaube mir bitte, ihn für dich zu tragen.“ Ich nehme ihn ihr aus der Hand und ignoriere ihren besorgten Blick, dass ich vielleicht nicht kräftig genug bin, um den Karton zu tragen.

Das finde ich süß von ihr und rührend.

„Ich habe fast schon wieder meine alten Kräfte zurück“, erkläre ich. Sie wird leicht rot. „Ich meine, ich kann noch keine Autos anheben oder so etwas, aber heute beginne ich mit dem Krafttraining, sodass auch das bald wieder klappt.“

„Oh, das ist schön.“ Anna lächelt und ihre Röte verschwindet. „Denn Kynan hat mir ein Projekt aufgetragen und möchte, dass du mir dabei hilfst. Eine Menge Kartons sind im vierten und müssen alle nach unten geschafft werden.“

„Ein Projekt?“, frage ich neugierig. Sie geht zu den verglasten Büros. Ich erkenne Kynans Büro, aber er ist nicht da. Anna geht in das direkt neben seinem. Es ist viel kleiner als das des Bosses, doch strategisch gut platziert, damit sie direkt bei ihm ist, sollte er sie brauchen.

„Dozer hat eine Matrix-Datenbank programmiert, die sämtliche Informationen der letzten Fälle speichern soll, damit er sie mit Algorithmen und anderer IT-Magie filtern und Vorhersagen für künftige Fälle machen kann. Du und ich haben die glorreiche Aufgabe, auszusuchen, welche Daten relevant sind, und sie ins System einzugeben.“

Ohne Scheiß. Dozer habe ich kennengelernt, als ich hier zu arbeiten anfing, und er war dabei bei dem Treffen an dem Abend, bevor ich nach Syrien geflogen bin, als wir alle ein paar Drinks zusammen hatten. Er ist so etwas wie superschlau. Gerüchte besagen, dass Kynan ihn der NASA abspenstig gemacht hat, also kann ich nicht behaupten, dass mich dieses Projekt erstaunt.

Anna deutet auf den Boden. „Stell den Karton einfach irgendwo hin. Da sind noch fünf weitere Kartons, die hierher müssen, also gehen wir und holen sie.“

„Ich werde sie holen“, sage ich und wende mich der Tür zu.

„Nett“, antwortet sie. „Danach führe ich dich als Willkommensgeschenk zum Mittagessen aus und wir besprechen, wie wir das Projekt zusammen stemmen werden.“

Ich bleibe geistig an dieser Einladung hängen, denn sie kommt mir seltsam vor. Das hier ist eine Büroumgebung und ich bin nicht an diese Lass-uns-zusammen-essen-gehen-Sache gewöhnt. Und schon gar nicht möchte ich mich bei einem Salat mit der Witwe des Mannes unterhalten, der wegen mir gestorben ist.

Ich blicke über meine Schulter, und Anna kniet neben dem Karton und wühlt darin herum. Sie bemerkt nicht, dass es mir unangenehm ist. Irgendwie vermindert das die Enge in meiner Brust, die sich immer einstellt, wenn ich auf Anna treffe.

Mein Magen knurrt und mir fällt ein, dass ich heute nichts gefrühstückt habe, und ich denke mir, ein Mittagessen wird nicht schaden.

Kapitel 6

Anna

„Ich muss mich bei dir bedanken“, sagt Malik und seufzt, bevor er herzhaft in sein Sandwich beißt.

„Und warum?“ Ich nehme mein Sandwich in die Hand, unsicher, wie ich hineinbeißen soll, denn mein Mund geht nicht so weit auf.

„Weil du mich nicht in ein Restaurant gebracht hast, in dem es nur Salate und Smoothies gibt“, antwortet er, nachdem er geschluckt hat.

Ich grinse. Mein italienisches Sandwich ist dick belegt mit Primanti’s Pastrami, viel Krautsalat und knusprigen Pommes. „Das klingt irgendwie sexistisch.“

„Nein, gar nicht.“ Er runzelt die Stirn. „Am ersten Tag, als ich wieder hier war, hat Kynan mich in so eins geführt. Natürlich bin ich zurzeit für jede Art Essen dankbar, aber verdammt, Salat ist einfach nicht mein Ding. War es noch nie.“

Ich lache und betrachte mein Sandwich. „Ich liebe Primanti’s. Eins meiner Lieblingslokale, aber ganz bestimmt nicht für erste Dates geeignet.“

Malik schnaubt und nickt zustimmend. Er nimmt noch einen großen Bissen, und etwas Krautsalat bleibt in seinem Mundwinkel hängen. Ich widerstehe dem Drang, hinüber zu greifen und ihn mit dem Finger in Maliks Mund zu befördern. Ich bin nicht sicher, woher dieses Gefühl kommt. Es hat nichts mit Anziehung zu tun. Ist aber auch nicht wirklich mütterlich. Ganz bestimmt nicht schwesterlich. Aber definitiv auf Zärtlichkeit gegründet, für diesen Mann, der so viel durchgemacht und überlebt hat. Er verdient Hunderte Primanti-Sandwiches, wenn er sich das wünscht.

Vielleicht habe ich ihn zu lange angestarrt, denn Malik nimmt seine Serviette, wischt sich den Mund ab und kaut immer noch an seinem letzten Bissen. Ich kämpfe weiter mit der Ecke meines Sandwiches und genieße die Geschmacksexplosion in meinem Mund.

„Du bist aus Pittsburgh, oder?“, fragt Malik.

Ich nicke und trinke einen Schluck Cola Light. „Geboren und aufgewachsen. Mit achtzehn bin ich weggezogen, wusste aber immer, dass ich zurückkommen werde. Hier ist meine Heimat.“

„College?“ Er nimmt noch einen Bissen und ist zufrieden damit, mir zuzuhören.

„Ja. In Ohio am Bowling Green. Aber nach einem Jahr bin ich raus und zur Army gegangen.“

Malik atmet erstaunt scharf ein. Daraufhin bekommt er einen Hustenanfall, weil er sich anscheinend das Essen in die Luftröhre gesaugt hat. Er trinkt etwas, räuspert sich und sieht mich verwundert an. „Warum hast du das College für die Army geschmissen?“

Ich zucke mit den Schultern und ziehe eine Fritte aus meinem Sandwich. „Ich fand das College cool und so, aber ich wusste einfach nicht, was ich einmal werden wollte. Es wurde Zeit, mich für eine berufliche Orientierung zu entscheiden, aber ich hatte keine Ahnung, was ich tun sollte. Es fühlte sich wie die reinste Zeit- und Geldverschwendung an. Also entschied ich mich dafür, es mit dem Militär zu versuchen, und am Ende habe ich es geliebt.“

Malik schüttelt den Kopf und ich erkenne Respekt in seinen Augen. „Das ist einfach … wow. Beeindruckend, dass du dich getraut hast, deinem … nun ja, deinem Instinkt zu folgen. Respekt dafür, dass du zum Militär gegangen bist."

Mike streckt mir seine Faust entgegen. Ohne darüber nachzudenken, stoße ich mit meiner gegen seine.

„Warum bist du zu den Marines gegangen?", frage ich.

Während er mir von seiner Familie und ihrer gemischten Herkunft erzählt, kann ich mein Sandwich weiteressen. Die amerikanische Mutter verliebte sich in Montreal und Maliks Vater, und sie entschlossen sich, dort ihre Familie zu gründen. Alle Jungs der Fourniers spielten Hockey, aber Malik war nicht so begeistert davon wie seine Brüder Max und Lucas. Mich berührte es, dass Malik lieber in die Fußstapfen seines Großvaters trat und zu den Marines ging, um ein Land zu verteidigen, in dem er nicht einmal aufgewachsen war, zu dem er aber immer noch eine Verbindung spürte.

„Trotzdem fehlt mir das Hockeyspielen manchmal", sinniert Malik. „Als ich im aktiven Dienst war, habe ich manchmal in der lokalen Mannschaft gespielt, wenn es eine gab."

„Und bist du für das Team deiner Brüder?", frage ich neckend. „Oder bist du für ein anderes?"

„Solange meine Brüder bei den Cold Fury sind, ist das mein Nummer-eins-Team."

Bei der Wärme und Liebe in seiner Stimme wird mir warm auf der Brust. Als Einzelkind ist mir die Beziehung zwischen Geschwistern fremd, doch ich finde es schön, wie er strahlt, wenn er über seine Familie spricht. Sicherlich hat er sich als Gefangener nach ihr gesehnt.

Doch das wäre ein zu schweres Thema, auch wenn ich gern mit ihm über seine Zeit in Syrien sprechen würde. Fast fühlt es sich so an, als wenn seine Qualen mir helfen würden, über den Verlust von Jimmy hinwegzukommen. Ich kann es nicht anders beschreiben, als dass das, was in Syrien geschehen ist, Malik irgendwie wichtig für mich macht.

Stattdessen halte ich das Gespräch unbeschwert. „Okay. Ich würde gern wissen, wie sehr Cage dich wegen deiner Brüder belästigt hat."

Malik neigt den Kopf in den Nacken und lacht herzhaft. Trotz der noch eingefallenen Wangen vom monatelangen Hungern strahlen seine haselnussbraunen Augen puren Humor aus, was ihn sehr gut aussehen lässt. Ich fand ihn schon immer gut aussehend, aber im Moment ist er richtig schön. Als ich ihn im Juni zum ersten Mal gesehen habe, waren seine Haare superkurz, doch während der Gefangenschaft sind sie gewachsen. Sicherlich hatte er auch einen dichten Bart, als sie ihn fanden, den er sich abrasiert hat, doch das längere Haar hat er gelassen und es ist nun wellig. Es kräuselt sich um seine Ohren und reicht ihm fast bis zum Kragen.

Ich bin so in seine attraktive Erscheinung vertieft, dass ich leicht zusammenzucke, als er wieder spricht.

„Der Kerl ist schwer von den Cold Fury begeistert. Da er aus North Carolina ist, ist er ein Wahnsinnsfan."

Ich brauche einen Moment, um zu verstehen, wovon er redet, und merke, dass ich einen anderen Mann anstarre, der nicht mein Ehemann ist. Ich schäme mich dafür. Meine Wangen werden heiß. Innerlich entschuldige ich mich sofort. *Es tut mir leid, Jimmy. Sehr leid.*

„Weißt du“, fährt Malik fort, ohne meine Schuldgefühle zu bemerken, „nachdem ich befreit worden bin, war das Erste, was mich Cage im Flugzeugtransporter nach Deutschland fragte, ob ich ihm Tickets für ein Cold-Fury-Spiel besorgen könnte. Ich habe ihm gesagt, wenn er mir nachher einen Cheeseburger bringt, besorge ich ihm so viele Tickets, wie er will.“

Malik lacht bei der Erinnerung, aber dass er einen Cheeseburger wollte, nachdem er monatelang nur Dreck und schales Wasser bekommen hatte, trifft mich tief. Ich spüre, wie mir die Wärme aus den Wangen läuft.

Malik muss etwas bemerkt haben.

„Habe ich etwas Falsches gesagt?“

Hastig schüttele ich den Kopf. „Nein, gar nicht. Ich glaube, das mit dem Cheeseburger war einfach eine krasse Erinnerung daran, wie schlimm es für dich gewesen sein muss.“

Ohne es zu müssen, gibt sich Malik alle Mühe, die Sache herunterzuspielen. Grinsend hält er sein Sandwich hoch. „Was der Grund ist, warum ich zum Mittagessen keinen Salat will.“

„Verstanden“, sage ich leise und hoffe, dass mein Lächeln nicht vor Mitleid trieft. Hoffentlich zeigt es nur, dass er in mir eine Freundin hat, die ihm, so gut sie kann, helfen möchte.

Für mich ist es eine Ehrung von Jimmys Andenken. Es repräsentiert den Triumph, dass Malik es geschafft hat und die Schweine, die meinen Mann umgebracht haben, nicht gewinnen.

Da das Thema ein bisschen zu ernst geworden ist, lenke ich das Gespräch auf das Datenbank-Projekt. Ich drehe mich um und hole aus meiner Handtasche, die über dem Stuhl hängt, den Notizblock.

„Darf ich dir eine persönliche Frage stellen?“, fragt Malik.

Innerlich erbebe ich, da ich ahne, dass jetzt eine Frage über Jimmy kommt. Ich spreche immer gern über meinen Mann, den ich immer noch liebe, und es ist mir wichtig, zu Malik immer offen und ehrlich zu sein. Ich kann mir vorstellen, dass Malik ebenfalls um Jimmy und Sal trauert und wahrscheinlich etwas Solidarität brauchen kann.

Ich sehe ihm in die Augen. „Du kannst mich alles fragen. Über alles.“

Etwas geschieht zwischen uns. Ich erkenne Erleichterung in seinem Blick und ein bisschen Furcht, dass ich gerade eine Tür für ihn geöffnet habe. Hauptsächlich sehe ich das Wissen, dass wir beide etwas miteinander teilen, was kaum ein anderer verstehen würde.

„Wie geht es dir? Ich kann mir gar nicht vorstellen, wie es sein muss, nachdem …“

Er hält inne, ohne den Satz zu beenden. Es bestätigt, dass der Verlust von Jimmy und Sal wohl genauso einen Einfluss auf ihn hat wie die Gefangenschaft. Er fängt eben erst mit seiner Erholung an. Ich tue das schon seit ein paar Monaten. Vielleicht kann ich ihm etwas geben.

Hoffnung.

„Am Anfang war es wirklich schwer“, gebe ich zu. „Mein Körper ist nicht gut mit dem Stress und der Trauer zurechtgekommen, sodass man mir für den Rest der Schwangerschaft Bettruhe verordnen musste.“

Malik zieht mitfühlend die Augenbrauen zusammen. Er legt die Ellbogen auf den Tisch, beugt sich vor und vergisst sein Essen.

„Die Geburt war schwer ohne Jimmy", sage ich in einem Anflug von schonungsloser Offenheit. Darüber habe ich bisher mit niemandem so direkt gesprochen. „Immerhin waren wir zusammen bei der Geburtsvorbereitung. Er sollte mein Helfer sein. Ich sollte während der Wehen seine Hand drücken und fast brechen."

Malik lächelt bei der Vorstellung und nickt. Stumm fordert er mich auf, alles zu erzählen, denn ich habe seine ungeteilte Aufmerksamkeit.

„Gern würde ich behaupten, dass Averys Geburt ein freudiges Ereignis voller Glück war, aber das war es nicht. Ich war so furchtbar traurig, dass Jimmy nicht da war. Ehrlich gesagt, wollte ich sie nach der Geburt nicht einmal in den Arm nehmen. Es bringt mich fast um, das zuzugeben."

„Verständlich", sagt Malik.

Ich nicke. „Ja. Irgendwann habe ich das verstanden. Meine Mom ließ mir aber keine Wahl. Sie trat an Jimmys Stelle. Sie hat Avery als Erste gehalten. Und sie hat Avery auf meine Brust gelegt. Mich gezwungen, sie zu halten. Und … Malik, es war, als ob sich ein Ventil geöffnet hätte, als ich sie schließlich angesehen habe. Ich hatte erwartet, in diesem magischen Augenblick in eine Kopie von Jimmys Gesicht zu sehen, aber seien wir mal ehrlich … alle Babys sehen gleich aus mit ihren verbeulten Gesichtern."

Malik lacht auf. „Total."

Ich grinse und die Schwere ist gewichen. „Aber als ich sie dann angesehen habe, war es Liebe auf den ersten Blick. In dem Moment wusste ich, dass ich um Jimmy trauern konnte und trotzdem voller Hoffnung, Liebe und Glück für Avery sein. Dass es in Ordnung ist, glücklich zu sein. Es war ein Moment der Klarheit. Meine Tochter startete meinen Heilungsprozess. Jeden Tag macht sie mich immer froher."

Er blickt mich an und denkt über meine Worte nach. „Es braucht Zeit, nicht wahr?"

Malik stellt diese Frage nicht, als ob das eine Theorie zu meiner Trauer ist. Er fragt für sich selbst.

Ohne nachzudenken, strecke ich die Hand aus und lege sie auf seine. Er zuckt nicht zusammen oder registriert meine Berührung irgendwie, doch er zieht seine Hand auch nicht weg. „Ja. Es braucht Zeit."

Zu meiner Überraschung dreht er seine Hand, bis er seine Finger um meine legen kann. Er sieht mich so durchdringend an, wie ich noch nie angesehen wurde.

„Es tut mir unsagbar leid, dass Jimmy gestorben ist. Ich hätte sofort mit ihm getauscht, wenn das möglich wäre."

„Das würde ich nie von dir verlangen." Ich drücke seine Hand. „Ich glaube, dass Gott seine Pläne mit uns hat. Ich versuche nicht, so zu tun, als ob ich sie verstehen würde. Aber es wirkt heilend, zu akzeptieren, dass es außerhalb unserer Kontrolle liegt. Das Beste, was wir tun können, ist mit dieser Akzeptanz ein gutes Leben zu leben."

„Tapfere Worte", sagt er leise.

Er drückt mich noch einmal und zieht seine Hand fort. Vielleicht, weil der Kontakt seltsam erscheinen mag, doch wie es aussieht, ist er nur hungrig. Er nimmt sein Sandwich auf und beißt ab.

„Noch eine Sache", sage ich, während er kaut. Er hebt die Augenbrauen als Zeichen, dass er zuhört, egal was für einen weisen Ratschlag ich noch auf Lager habe. Ich beuge mich vor und sehe ihn ernst an. „Gib Corinne eine Chance. Nach Jimmys Tod war ich ein paarmal bei ihr, und es war ein riesiger Unterschied, wie ich mit meinen Gefühlen auf gesunde Art fertig werden konnte. Ich bin auch immer für dich da, zum Reden, aber Corinne ist ein Profi und sehr gut in ihrem Fach."

Malik kann seine Mimik nicht verbergen, die zeigt, dass er gegen die Therapie ist. Doch später wird er mir danken, wenn er der Sache auch nur den Hauch einer Chance gibt. Er hat schwere Traumata zu überwinden, nicht nur, weil er seine Freunde verloren hat. Er musste Folter und Isolation ertragen. Ich hoffe, dass er versteht, dass es für sein späteres Glück wichtig ist, alles auf sichere Art zu verarbeiten und zu lernen, es zu akzeptieren. Ich bin entschlossen, ihm dabei zu helfen.

Kapitel 7

Malik

„Und wie hast du dich dabei gefühlt?“, fragt Corinne.

Diese Frage habe ich befürchtet und heute stellt sie sie das erste Mal. Es ist unsere zweite volle Stunde diese Woche, und heute lässt sie mich mehr erzählen. Am Montag war es ein bisschen steif. Sie hat sich nur vorsichtig am Rand entlanggetastet. Heute kam sie direkt zur Sache, sobald ich mich hingesetzt hatte.

„Reden wir über deine Gefangenschaft.“

Das war okay. Am Montag haben wir über Folter gesprochen. Und heute konnten wir meinetwegen über die Gefangenschaft reden, wenn sie wollte. Keins von beidem war wichtiger als das andere und beides war scheiße.

„Ich habe mich hilflos gefühlt“, antworte ich wahrheitsgemäß. „Ich dachte, dass die Chancen, gefunden und befreit zu werden, gleich null wären, also erging ich mich nicht in Hoffnungen. Ich legte die Messlatte niedrig an und wappnete mich dafür, in dem Loch zu sterben oder irgendwann exekutiert zu werden.“

Wir hatten uns darauf konzentriert, monatelang isoliert gewesen zu sein, ohne jemanden zum Reden zu haben. Ja, es war furchtbar, so zu frieren, so dreckig zu sein und immer hungrig, aber das Schlimmste war, mit niemandem reden zu können. Die Wächter sprachen kein Englisch. Und wenn, dann weigerten sie sich, mit mir zu reden. Ich hörte nur Worte, wenn sie mich anbrüllten, damit ich die Hände hob, wenn sie den Eimer ausleerten oder mir Essen zuwarfen.

Das Schlimmste war, deren Gespräche zu hören, wie sie miteinander lachten. Zwar verstand ich kein Wort, doch der Tonfall und das Lachen zeigten deutlich genug, dass sie Spaß hatten beim Wacheschieben. Das Wissen, dass fröhliche menschliche Wesen in Spuckweite waren, und ich bekam nichts davon ab, machte die Einsamkeit eine Million Mal unerträglicher.

„Das klingt sehr nüchtern“, findet Corinne.

„Ist das schlimm?“

„Nein, gar nicht.“ Sie schaut auf ihre Uhr. Ich weiß ebenfalls, dass die Sitzung vorbei ist. Sie drückt hinten auf ihren Kugelschreiber, legt die Hände auf ihren Block und beugt sich leicht vor. „Das ist ein Überlebensinstinkt. Mit dem Gefühl der Hoffnungslosigkeit beginnt unser Verstand, uns vor weiterem Schmerz und Enttäuschungen zu schützen. Es ist natürlich, aber auch schrecklich deprimierend. Und wenn man das eine Weile erlebt hat, ist es schwer, aus dieser Dunkelheit wieder herauszufinden.“

„Nun ja, befreit zu werden und die schiere Freude, die damit zusammenhängt, mag etwas geholfen haben.“

Corinne lacht und nickt. Sie erhebt sich und signalisiert damit, dass die Sitzung vorbei ist. „In der Tat verjagt das einen Teil der Depressionen. Ich möchte, dass du für mich ein Tagebuch darüber führst. Die beste Möglichkeit, die Wirkungen der Depressionen zu mindern, ist, sich ihnen zu stellen.“

Na toll.

Hausaufgaben.

Corinna weist auf die Tür. „Da Freitag ein Feiertag ist, können wir uns erst am Montag wieder treffen. Um dieselbe Zeit?“

Scheiße, das habe ich total vergessen. Morgen ist Thanksgiving. Da ist Jameson für alles nicht relevante Personal geschlossen, inklusive Corinne und mir. Auch wenn ich Therapien hasse, will ich diesen Mist doch so schnell wie möglich hinter mich bringen und mit meinem Leben weitermachen. Allerdings lasse ich mir meine Enttäuschung nicht anmerken. Meine Aufgabe ist es, Corinne zu zeigen, dass ich mit meinem Leben zufrieden bin, also lächele ich.

„Natürlich. Dann bis Montag. Und frohes Thanksgiving."

„Irgendwelche Pläne?", fragt sie.

Ich schüttele den Kopf. „Ich bin Kanadier."

„Aber halb Amerikaner."

„Da ich in Kanada aufgewachsen bin, feiern wir nur die kanadische Version im Oktober. Das amerikanische Thanksgiving hat mir nie etwas bedeutet." Und weil es höflich ist, die Frage zurückzugeben: „Und du?"

„Ich fliege nach Atlanta zu meinen Eltern."

Ich wünsche ihr einen guten Flug, und sie bestätigt mir, dass sie mit meinen Fortschritten zufrieden ist, und dann verabschieden wir uns bis Montag.

Ich kann von Glück sagen, wenn sie meine Fortschritte wirklich gut findet, vielleicht schreibt sie mich dann schon nächste Woche wieder gesund.

Bis dahin habe ich etwas anderes zu tun. Auch wenn es sich nicht um aufregenden Außendienst handelt, genieße ich das Projekt mit Anna.

Auf dem Weg zu ihrem Büro mache ich bei August Greenfield halt und wir plaudern ein paar Minuten. Er wurde neulich aus dem Büro in Vegas herversetzt und ich habe ihn vor ein paar Tagen kennengelernt. Ein netter Kerl, der in einer seltsamen Lage ist. Er ist mit einer Frau verheiratet, die auf eigenen Wunsch das Zeugenschutzprogramm verlassen hat. Sie haben einen Sohn, der vor Kurzem Stammzellen gegen Leukämie bekommen hat, aber es scheint ihm gut zu gehen. Ich mag den Mann und hoffe, ihn noch näher kennenzulernen.

Anna sitzt an ihrem Schreibtisch und arbeitet am Computer. Neben ihr liegt ein geöffneter Ordner und sie schaut zwischen ihm und dem Bildschirm hin und her.

Ich betätige die Türklinke. „Arbeitest du an der Datenbank?"

Sie hebt den Kopf und lächelt mich freundlich und nett an. Genau so lächelt sie schon die ganze Woche. Ich muss sagen, dass mich dieses Lächeln in eine gute Stimmung versetzt.

„Nein. Ich entwerfe einen Antrag für Kynan, den er dem Kongress stellen will, damit Jameson der Hauptvertragspartner wird."

Ich setze mich auf einen der beiden Besucherstühle vor ihrem Schreibtisch. „Aber ist Jameson das nicht schon? Immerhin sind Kynan und Cruce mit dem Präsidenten befreundet und so."

„Gutes Argument", sagt sie neckend und schließt den Ordner. „Theoretisch ja, der Präsident bevorzugt uns. Aber es geht darum, dass wir schneller beauftragt werden können, ohne die ganzen sonst erforderlichen Sicherheitsüberprüfungen und Anträge."

„Verstehe." Ich nicke zu dem Berg Akten am Boden. „Ist das unsere heutige Arbeit?"

„Ja. Ich habe beschlossen, in chronologischer Reihenfolge vorzugehen, aber beginnend mit dem jüngsten Fall."

Montag und Dienstag haben wir beide damit verbracht, die Ordner in den Kartons nach Datum zu sortieren. Die restliche Zeit nutzten wir, um das Programm der Datenbank zu lernen, in die wir die Informationen eingeben müssen. Dozer hat sie so programmiert, dass wir selbst einrichten können, in welcher Reihenfolge wir die Daten eingeben wollen, damit es uns am wenigsten Arbeit macht.

Seit heute sind wir so weit, die Daten zu erfassen.

„Magst du dir den ersten Ordner vornehmen?“, fragt sie und tippt etwas ein, wahrscheinlich zum Öffnen der Datenbank.

Theoretisch müsste der letzte Fall meine Befreiung in Syrien sein, doch diese Akte befindet sich nicht im Karton. Sicherlich ist sie noch zur Untersuchung bei der Regierung. Kynan hat mit dem Geheimdienst gesprochen und denen erklärt, wie alles abgelaufen ist, und den Tod der beiden Wächter gerechtfertigt. Jameson war aus dem Rennen genommen worden. Die USA hatte ihnen befohlen, sich wegen der Spannungen in Syrien aus der Befreiungsaktion rauszuhalten. Natürlich hatte Kynan das ignoriert. Hätte er keinen unglaublich hohen Betrag für Informationen über mich spendiert und nicht die Eier gehabt, den Befehl der Regierung zu ignorieren, und wäre er nicht mit gezogenen Waffen zu meiner Rettung geeilt, säße ich heute noch dort fest. Dafür werde ich ihm für immer dankbar sein, und ich kann mir vorstellen, dass er sich deswegen gerade eine Menge anhören muss. Hoffentlich wirft das keinen Schatten auf seinen Antrag, der bevorzugte Beauftragte zu werden.

Auf dem Ordner in meinen Händen steht *Codename: Hacker*.

Ich runzele die Stirn. „Codename: Hacker“, lese ich vor.

Anna grinst. „Ich habe allen Fällen einen Namen gegeben, damit ich sie mir besser merken kann. Es handelt sich um einen Fall vom letzten Monat. Bebe nahm einen russischen Mafioso-Hacker hoch."

„Ohne Scheiß." Ich öffne die Akten und blättere sie durch. Bebe habe ich seit meiner Rückkehr noch nicht wiedergesehen. Ich kannte sie allerdings auch vorher nicht sehr gut, muss ich sagen. Mann, ich kenne nicht viele hier von vorher, aber ich weiß, dass Bebe ein wichtiges Teammitglied ist, denn sie ist ein echtes Technikgenie. Anscheinend hat Kynan während meiner Gefangenschaft eine Art Forschungs- und Entwicklungslabor unten im Keller eingerichtet. Cage hat mir erzählt, dass es sehr hightech sei. Ohne Begleitung darf keiner hinein und nur zwei Leute haben einen Schlüssel. Bebe und Dozer.

„Wahrscheinlich ist es am leichtesten, wenn du mit dem Stuhl neben mich rollst, damit wir zusammen in die Akte schauen können. Wir entscheiden, was relevant ist, und ich gebe es direkt in den Computer ein." Mit der flachen Hand klopft sie auf die Seite ihres Schreibtischs.

„Gute Idee." Ich rolle mit dem Stuhl neben sie.

Währenddessen fällt mir auf, wie hübsch Anna heute aussieht. Einen Augenblick erlaube ich mir, das blaue Kleid zu bewundern, zu dem sie dieselben braunen Stiefel trägt wie fast jeden Tag. Sie hat einen Schal um den Hals und die Haare zum Pferdeschwanz hochgebunden. An Anna ist mir bereits aufgefallen, dass sie kaum Make-up trägt. Vielleicht ein bisschen Wimperntusche. Ich mag den leichten Anflug von Sommersprossen auf ihrer Nase.

Der Augenblick ist abrupt vorbei, als Anna mich ansieht. Sofort bereue ich, die Frau eines Teamkameraden abgecheckt zu haben.

Guter Gott.

„Setz dich." Sie nickt zu meinem Stuhl.

Gott sei Dank hat sie nichts gemerkt.

Ich lasse den Stuhl, im sicheren Abstand von mindestens einem Meter zu ihr stehen und lege die Akte auf den Tisch. Sie öffnet den Ordner und studiert die erste Seite. Ich beuge mich auf meinem Stuhl vor und versuche, über ihre Schulter zu lesen, kann aber nicht wirklich etwas erkennen.

Sie bemerkt es und verdreht die Augen. „Du kannst ruhig mit dem Stuhl näher kommen, ich beiße nicht."

Mir ist klar, dass ich mich albern benehme. Also rolle ich näher, bis ich alles sehen kann.

Anna liest etwas vor und weist auf ein paar Sachen hin, doch alles, was ich wahrnehme, ist, dass ihr Parfüm echt gut riecht. Leicht und frisch.

Anna greift nach den Post-it-Zetteln. „Ich markiere alle Leute, die wir erfassen müssen."

Bevor ich antworten kann, klopft es, und wir sehen beide hoch und entdecken Cage. Er kommt rein, zwinkert Anna zu und streckt mir seine Hand entgegen.

„Was geht, Mr. Admin, Mann? Hab gehört, du bist eine Weile ein Schreibtischhengst."

„Ich passe nur auf, dass Anna nichts falsch macht."

Cage lacht und Anna stößt mir in die Rippen.

Ich klappe zusammen und reibe mir theatralisch die Seite.

„Was macht ihr zwei da eigentlich?", will Cage wissen und lässt sich auf einen Stuhl fallen.

„Alle Fälle in Dozers Datenbank erfassen", antworte ich.

„Der Typ ist wahnsinnig schlau", sagt Cage mit

staunendem Ausdruck. „Diese Datenbank könnte als künstliche Intelligenz durchgehen. Sie kann unsere Vorhaben lernen, uns sagen, wo wir Fehler gemacht haben, und uns bessere Lösungen vorschlagen."

Das ist in der Tat beeindruckend. Anna nickt und liest weiter die Akte. Ich nehme mir ein zusammengetackertes Memo heraus und blättere es durch.

„Hört zu", beginnt Cage.

Erneut sehen wir von unserer Arbeit auf.

Cage sieht Anna direkt an. „Ähm … Jaime findet es komisch, dass sie noch keinen meiner Freunde und Arbeitskollegen kennengelernt hat."

„Aha", sagt Anna und beugt sich wieder über die Akte.

„Na ja, und heute Abend führe ich sie zum Essen aus, aber ich dachte mir, vorher wären ein paar Drinks nett, oder?"

„Aha."

Ich bin nicht sicher, ob Anna ihm überhaupt zuhört. Und ich habe keine Ahnung, wer Jaime ist und ob ich überhaupt Teil dieses Gesprächs sein sollte. Es zeigt mir jedoch, dass Anna und Cage gute Freunde sind, da er sich mit Frauenproblemen an sie wendet. Oder auch Männerproblemen. Jaime könnte auch ein Mann sein.

„Also kommt ihr mit auf die Drinks", fragt er, aber es ist nicht wirklich eine Frage. Mehr eine Feststellung, womit ich recht habe, als er sagt: „Das ist super. Ich danke euch wirklich."

Cage steht auf, und in dem Moment ist zu Anna durchgedrungen, dass es sich um etwas Wichtiges handelt. „Warte! Was?"

„Ihr kommt auf ein paar Drinks mit und lernt Jaime kennen, damit sie glaubt, dass ich cool bin." Er geht zur Tür.

„Moment mal, warte“, befiehlt Anna. Cage hält inne und grinst verlegen. „Damit sie dich für cool hält? Hast du ihr immer noch nicht die Wahrheit gesagt?“

Verwirrt blicke ich zwischen den beiden hin und her.

Cage geht in Deckung und schüttelt den Kopf. „War noch kein günstiger Zeitpunkt.“

„Wie wär’s mit *sofort*?“, sagt Anna ziemlich spitz.

„Ich kann nicht“, antwortet Cage beziehungsweise jammert er eher. „Aber ich denke mir, wenn sie deinem Urteil standhält, könnte sie eventuell die Eine sein, und dann werde ich es ihr sagen.“

„Vergiss es“, knurrt Anna. „Ich werde nicht zur Kupplerin. Was hast du ihr noch mal gesagt?“

„Dass ich ein Gebrauchtwagenhändler bin.“

„Ach ja. Nein, das werde ich nicht tun“, sagt sie bestimmt.

Ich kann ein leises Lachen nicht unterdrücken, da ich jetzt glaube, die Geschichte kapiert zu haben.

„Du sollst auch gar nichts sein.“ Cage hebt eine Hand. „Sei einfach nur du selbst. Du bist einfach nur eine gute Freundin von mir.“

„Frag doch August“, sagt Anna, schnaubt und sieht wieder in die Akte. „Ihr wart doch gute Freunde in Vegas.“

Cage schweigt eine Weile, ehe er antwortet. „Außer dir weiß keiner von Jaime. Ich habe es dir nur erzählt, weil ich den Rat einer Frau brauchte und dir vertraue.“

Cage sieht mich an. „Anscheinend vertraue ich dir auch.“

Ich hebe eine Braue und tippe mir ans Kinn. „Du gehst also mit einer Frau aus, die glaubt, du bist ein

Gebrauchtwagenhändler? Wozu die Geheimnistuerei?“

„Weil Cage keine Beziehungen eingeht“, wirft Anna in sarkastischem Ton ein. „Er hat Angst, dass das seinen Ruf zerstört oder so.“

„Nicht deswegen“, knurrt Cage. „Das Ganze ist neu für mich, Anna. Ich will es nicht versauen. Und ich möchte, dass du sie kennenlernst. Bitte komm mit.“

Schließlich hebt Anna den Kopf und atmet tief aus. „Na gut. Aber ich will nicht das fünfte Rad am Wagen sein. Malik muss auch mitgehen.“

„Moment mal“, antworte ich. „Ich glaube nicht, dass …“

„Du kommst mit“, sagt Anna überzeugt und wirft mir einen Blick zu, der mir ehrlich gesagt Angst macht.

Okay. Sieht ganz so aus, als ob ich heute mit Anna und Cage einen trinken gehe.

Kapitel 8

Anna

Ich sehe Cage und Jaime in der Bar sitzen, in der wir uns treffen. Sie sitzen in einer Ecke an einem kleinen Tisch.

Malik und ich gehen darauf zu, schlängeln uns durch die ganzen Happy-Hour-Gäste und sind beide nicht begeistert, bei dem Täuschungsmanöver von Cage mitzumachen.

Es fühlt sich seltsam an, mit einem Mann in eine Bar zu gehen, auch wenn wir nur Freunde sind. Ich kann nicht sagen, dass es nicht schön ist. Warum sollte es das auch nicht sein? Malik ist groß und sieht gut aus. Viele Frauen werfen ihm Blicke zu. Er legt seine Hand auf meinen unteren Rücken und führt mich durch die Leute, geht leicht vor mir, sodass ich nicht angerempelt werde. Ich habe ganz vergessen, wie gut es sich anfühlt, einen Mann zu haben oder irgendwen, der einen beschützt. Das ist der Nachteil vom Alleinsein.

„Lass mich mal zusammenfassen", murmelt Malik und kommt mir mit seinem Kopf näher. „Cage hat nur One-Night-Stands, nichts Festes. Und aus irgendeinem dämlichen Grund gibt er einen falschen Beruf an."

Ich nicke. „Genau. Weil er – soweit ich es verstanden habe – denkt, wenn Frauen erfahren, dass er ein knallharter Special-Forces-Sicherheitsagent ist, werden sie zu anhänglich oder so, aber ich glaube, er will das Ganze einfach nur unpersönlicher lassen."

„Das ist das Dümmste, was ich je gehört habe, aber was soll's. Und diese Frau bedeutet ihm mehr als nur eine kurze Affäre, aber sie weiß nicht, was er wirklich beruflich macht?"

„So habe ich es verstanden."

„Und er hat Angst, es ihr zu sagen, weil er befürchtet, dass die Lüge alles beenden könnte?"

Es macht mir nichts aus, es zu sagen, wie es ist. „Der Mann ist auf jeden Fall ein ausgemachter Idiot. Nichtsdestotrotz finde ich es süß, dass er diese Frau so sehr mag und dass er nicht weiß, wie er die Lüge loswerden soll. Irgendwie ist es amüsant, zu sehen, wie er versucht, aus der Nummer rauszukommen."

„Das ist bestimmt stressig", sagt Malik.

Ich kann ihm nicht antworten, denn wir haben den Tisch erreicht. Cage stellt uns vor.

Jaime ist eine schöne Frau mit roten Haaren, die ihr über die Schultern fallen, blassblauen Augen und zarten Gesichtszügen. Sie ist gertenschlank und wirkt elegant, als sie sich erhebt und uns die Hände schüttelt.

Cage stellt Malik und mich lediglich als Freunde vor. Wir setzen uns auf die Stühle ihnen gegenüber. Cage hat bereits eine Karaffe Bier bestellt. Nachdem uns Gläser gefüllt und gereicht wurden, läuft die Unterhaltung erstaunlich leicht und flüssig ab. Es ist schön, einmal rauszukommen, ohne mir Gedanken übers Stillen machen zu müssen. Ich habe genug Milch abgepumpt, um Avery zufriedenzustellen, und sie übernachtet heute bei Mom.

Also verbringe ich ein bisschen meiner wertvollen Zeit mit Cages neuer Eroberung, bombardiere sie mit Fragen, um sie besser kennenzulernen. Außerdem halte ich sie so davon ab, mir Fragen zu stellen, die mich in die Zwickmühle und zum Lügen bringen würden. Zwar helfe ich Cage gern, aber sollte zwischen den beiden etwas Dauerhaftes entstehen, will ich nicht, dass sie mich für meine Rolle in dem Spiel hasst.

Schon als ich mein erstes Bier ausgetrunken hatte, stellte ich fest, dass ich Jaime wirklich mag. Und ich sehe, dass es Cage genauso geht. Sie ist nicht nur hübsch, sondern auch klug, charmant, bescheiden und aufrichtig. Auf jeden Fall eine hundertprozentige Verbesserung zu den Zicken, die er sich sonst so aussucht.

Bei der nächsten Gelegenheit werde ich Cage sagen, er muss unbedingt aus dem Quark kommen und ihr die Wahrheit sagen. Besonders, weil ich merke, dass Jaime Cage auch sehr mag. Wer weiß, hier könnte gerade wahre Liebe entstehen.

Jaime trinkt einen Schluck Bier und lächelt über den Rand des Glases hinweg. Als sie es abstellt, deutet sie mit dem Finger zwischen Malik und mir hin und her.

„Und wie lange seid ihr zwei schon zusammen?"

Ich zucke, schaue kurz Malik an und dann wieder Jaime. „Oh, wir sind nicht zusammen."

Jaime sieht Malik an, der den Kopf schüttelt.

„Nein, nicht zusammen."

„Echt nicht?" Jaime ist total erstaunt. „Ich hätte schwören können, dass ihr zusammen seid, denn wenn du redest, ist Malik total fasziniert, und umgekehrt. Schade. Ihr wärt ein schönes Paar."

„Nein, wir haben keine Dates zusammen", bestätige ich schnell und vielleicht etwas zu schrill. „Wir sind nur Freunde."

Lachend stößt Jaime Cage leicht in die Rippen und sieht ihn wissend an. „Oh, jemand protestiert aber ein bisschen zu heftig."

In diesem Moment mag ich sie schon nicht mehr

ganz so sehr, weil sie die Aufmerksamkeit auf mich lenkt. Sie erinnert mich an alle unangebrachten Gefühle, die ich für Malik empfinde, seit er wieder da ist. Also, nichts wirklich Unanständiges, aber ich fühle mich ihm definitiv nah. Wegen unserer gemeinsamen Trauer besteht zwischen uns eine Verbindung. Und er ist ein gut aussehender Mann, was mir ein- oder zweimal aufgefallen ist und wozu ich kein Recht habe.

Cage interveniert galant, vielleicht spürt er mein Unwohlsein. Er legt einen Arm um Jaime und zieht sie an sich. „Nein, wirklich, Baby, sie sind echt nur gute Freunde."

Ich weiß nicht, ob sie einfach die Hartnäckigkeit eines Hundes mit einem Knochen hat oder nur hoffnungslos romantisch ist, doch sie blickt zwischen Malik und mir hin und her und lächelt.

„Aber warum nicht? Ihr seid gute Freunde und seht so schön zusammen aus …" Keine Ahnung, was mein Ausdruck sagt oder Maliks, denn ich traue mich nicht, ihn anzusehen, aber Jaime hält plötzlich inne, wirkt zerknirscht und besorgt. „Oh Gott, entschuldigt bitte. Ich habe total die Grenze überschritten und war furchtbar unhöflich, nicht wahr? Ich wollte keine Gefühle verletzen. Ich bin nur so schrecklich romantisch veranlagt. Ich glaube, manchmal bilde ich mir Dinge ein, die gar nicht existieren."

Ich sehe zu Cage, der mit den Schultern zuckt, und traue mich dann, Malik anzusehen, der mich traurig ansieht und sich Cage zuwendet.

„Scheiße", sagt Jaime und zieht den Kopf ein. „Ich habe etwas Falsches gesagt, oder? Stopf mir jemand den Mund zu, bitte. Ich bin nicht sicher, was genau, aber ich weiß, dass es falsch war."

Ich sehe sie freundlich an, um auszudrücken, dass sie sich keinen Kopf machen soll. Ich öffne den Mund, um ihr die Wahrheit über den Tod meines Mannes zu erzählen, da schockiert mich Malik, indem er einwirft:

„Ich bin schwul."

Wieder zucke ich zusammen und sehe ihn an.

Cage macht ein ersticktes Geräusch, doch Jaime achtet nicht auf ihn. Sie grinst Malik verlegen an.

„Oh, das ist mir völlig entgangen. Mein Fehler."

„Schon gut", versichert ihr Malik.

Er sieht mich kurz an, und ich versuche, ihm mit meinem Blick meine Dankbarkeit zu zeigen.

„Wie die Zeit vergeht!", verkündet Cage und sieht auf seine Uhr. „Wir müssen leider los, wenn wir den reservierten Tisch behalten wollen."

Ich weiß allerdings, dass seine Reservierung erst in einer Dreiviertelstunde ist. Und das Restaurant ist nicht weit von hier entfernt. Er versucht nur, das Ganze abzukürzen, bevor es noch persönlicher wird und dadurch weitere Lügen erfunden werden müssen oder ich dazu gezwungen bin, über Jimmys Tod zu sprechen.

Malik und ich erheben uns, als Cage und Jaime es tun. Wir schütteln uns die Hände und versprechen, ein solches Treffen demnächst zu wiederholen.

Als sie gegangen sind, deutet Malik auf unseren Tisch. „Wollen wir unser Bier noch austrinken?"

„Gern", antworte ich und setze mich wieder auf meinen Platz.

Malik geht an die andere Seite. Ich glaube nicht, weil er nicht neben mir sitzen will, sondern weil man sich gegenüber besser unterhalten kann. Er tauscht die Gläser aus, schiebt Cages und Jaimes beiseite und gießt uns mehr Bier aus der Glaskaraffe ein.

Er hebt sein Glas. „Prost."

Ich stoße mit ihm an. „Prost."

„Also … das war leicht unangenehm", stellt Malik fest, nachdem er sein Glas abgestellt hat.

Ich lache. Meine Nerven haben sich inzwischen beruhigt, da ich nicht mehr darauf achten muss, was ich sage, oder Jaime erklären muss, dass ich eine Witwe bin. „Und wie. Aber du hättest deswegen nicht gleich auf schwul machen müssen."

Malik lacht in sich hinein. „Aber es war witzig, ihr Gesicht zu sehen, als ich es gesagt habe."

Da kann ich nur mitlachen.

„Außerdem wollte ich nicht, dass du über Jimmy reden musst, wenn du noch nicht dazu bereit bist."

Seine Worte berühren etwas in mir, und ich denke darüber nach, ob es stimmt, dass ich noch nicht bereit bin. Immerhin habe ich seit Jimmys Tod keinen anderen Mann mehr angesehen. Ich war etwas zu beschäftigt mit Mamasein und einer neuen Arbeitsstelle. Doch auf der romantischen Seite fühle ich mich nicht unbedingt einsam. Oder trauere ich noch so sehr, sodass ich keine anderen Gefühle zulasse?

Jedenfalls antworte ich wahrheitsgemäß. „Ich habe ehrlich gesagt keine Ahnung, ob ich bereit bin. Darüber habe ich noch nicht einmal nachgedacht, bevor du es eben gesagt hast."

„Entschuldigung."

„Nein, das muss dir nicht leidtun." Schnell schüttele ich den Kopf. „Das ist eher ein Anstoß nach vorn für mich, oder? Ich meine, ich nehme an, dass ich irgendwann wieder übers Ausgehen nachdenken werde. Gibt es einen angemessenen Zeitraum, den man warten sollte?"

Malik lächelt amüsiert. „Ich bin ziemlich sicher, dass es dafür kein Handbuch gibt. Und Corinne würde wohl sagen, dass du deinem Bauchgefühl vertrauen sollst."

„Ja, darin ist sie gut. Sie schiebt gern alles auf das Bauchgefühl, nicht wahr?"

Malik lehnt sich zurück und klopft mit den Fingerspitzen an die Seite seines Glases, während er darüber nachdenkt. „Ich glaube, sie erinnert einen an seinen Instinkt, wenn sie glaubt, dass man stark genug ist, einen guten inneren Kompass zu besitzen, wenn es um so etwas geht."

„Gutes Argument." Ich nehme mein Glas in die Hand und trinke einen Schluck. „Aber zurück zu Jaime. Ich muss sagen, dass ich sie wirklich mag, abgesehen von ihrer Kuppelei."

Malik nickt weise. „Und man merkt, dass Cage sie auch sehr mag."

„Aber er muss ihr die Wahrheit sagen."

„Umgehend", fügt er hinzu.

Ich trinke noch einmal von meinem Bier. „Und was ist mit dir? Triffst du dich mit jemandem? Oder bist du auch so ein Playboy-Typ wie Cage?"

Malik schaut eine Weile nachdenklich in sein Bier. Dann zuckt er mit den Schultern. „Keins von beidem. Ich meine, ich hatte Dates. Auch ernstere Beziehungen, hauptsächlich in der Highschool, aber ehrlich gesagt hat die Zeit bei den Marines meinem Liebesleben einen ganz schönen Dämpfer versetzt. Und ich denke, dass mein jetziger Job ähnlich ablaufen wird. Vielleicht ist Cage auch so, wie er eben ist, wegen des Jobs."

„Cage hat allerdings eine Aversion gegen Beziehungen. Er behauptet, Monogamie sei für Langweiler, aber ich glaube eher, dass er ein Problem mit Vertrauen hat. Er hat Angst, verletzt zu werden, also hält er sich zurück."

„Kein Erfolg ohne Risiko, oder? Vielleicht solltest du ihn einmal daran erinnern."

„Das stimmt."

Wir plaudern über die Arbeit, wobei ich Malik hauptsächlich über die Firma informiere. Er war noch neu, als er im Juni bei uns anfing und sofort nach Syrien musste, sodass er noch keine Gelegenheit hatte, alle kennenzulernen.

Er fragt nach Avery, was zu Fragen über meine Familie führt. Woraufhin ich einwerfe: „Was machst du an Thanksgiving? Fliegst du nach Hause?"

Malik schüttelt den Kopf. „Nein, als Kanadier feiern wir das nicht jetzt."

„Aber du hast doch beide Staatsbürgerschaften, oder?"

„Das ist wohl so." Er grinst. „Aber da ich in Montreal aufgewachsen bin, haben wir es nicht gefeiert. Dort ist es kein nationaler Feiertag."

„Aber Jameson macht zu." Ich trinke den Rest meines Biers aus. „Es wäre trotzdem eine gute Gelegenheit, die Familie zu besuchen."

Malik schüttelt erneut den Kopf und wirkt nachdenklich. „Meine Familie soll wissen, dass es mir gut geht. Das klappt am besten, wenn ich nicht heimkomme. Ich dachte mir, ich hänge einfach hier herum, futtere alle Kalorien, die ich finden kann, und werde endlich mal ein bisschen lesen."

„Dann musst du unbedingt mit mir zum Thanksgivingessen zu meiner Mutter kommen", sage ich erfreut. „Sie macht einen Mix aus traditionellem Truthahn, Kartoffelbrei, Füllungen und polnischem

Essen für ihre Brüder, die mit ihren Familien rüberkommen. Viele Cousins und Kinder werden da sein. Das garantiert eine Menge Spaß."

Malik scheint von meiner Einladung schockiert zu sein, und ich fühle mich schrecklich, sie ausgesprochen zu haben.

Er muss mir ansehen, dass er mich vielleicht beleidigt hat, und rudert zurück. „Das ist wirklich eine nette Einladung, Anna. Unter normalen Umständen würde ich zusagen. Aber ehrlich gesagt, ist mir noch nicht nach sozialen Kontakten."

Ich neige den Kopf zur Seite. „Aber du bist heute mitgekommen …"

„Weil ich mich mit dir wohlfühle. Ich bin sicher, dass deine Familie toll ist, und ich möchte wirklich gern irgendwann Avery kennenlernen, aber ehrlich gesagt ist mir das jetzt noch zu viel."

„Natürlich", sage ich schnell. „Das ist absolut kein Problem."

Er lächelt und zeigt auf mein leeres Bier. „Bist du bereit, zu gehen?"

Ich nicke, muss aber unbedingt noch etwas loswerden. „Es tut weh, unter Leuten zu sein, oder?"

In Maliks Augen flackert etwas auf. Anstatt jedoch verstimmt zu sein, neigt er neugierig den Kopf zur Seite. „Wie kommst du darauf?"

„Weil du lange isoliert und ohne menschlichen Kontakt warst, sodass ich mir vorstellen kann, dass viele Menschen dich momentan überwältigen."

Fasziniert beobachte ich, wie ihn Erleichterung überkommt. „Danke, dass du das für mich in Worte gefasst hast. Dass du verstehst."

„Es wird vergehen", verspreche ich ihm.

„Ich hoffe, du hast recht."

„Ganz bestimmt. Ich befand mich auch in einem dunklen Abgrund. Irgendwann wird es heller werden. Schritt für Schritt wirst du dich davon entfernen. Wenn ich es konnte, schaffst du es auch. Du bist viel stärker, als ich es je war."

„Du bist superstark", murmelt Malik mit Respekt in der Stimme.

„Ich werde dir dabei helfen", verspreche ich ihm und fühle mich ermutigt, als er nickt.

Kapitel 9

Malik

Mit dem T-Shirt, das ich nach fünfzehn Minuten meines Work-outs ausgezogen habe, wische ich mir den Nacken ab, und dann lege ich es über meine Schulter. Beim Blick nach unten verziehe ich das Gesicht, weil ich immer noch meine Rippen unter der Haut sehen kann, doch ich glaube, dass sie nach noch einem Monat mit kalorienreicher Nahrung wieder unsichtbar werden.

Nicht, dass ich total abgemagert wäre. Fuck sei Dank. Als ich in Gefangenschaft geriet, war ich ein recht strammer Kerl. Ich hatte immer viel trainiert und war mit enormen Muskeln in die Gefangenschaft gekommen. Einige sind geschrumpft, aber ich baue sie stetig wieder auf. Die Rippen sind nur zu sehen, weil ich viel von dem wenigen Körperfett, das ich hatte, bis unter die gesunde Grenze verloren habe. Zumindest ist mein Bauch nicht mehr eingefallen vom Hungern. Wenn ich so weitermache, habe ich im Frühling sogar ein kleines Bäuchlein.

Heute konnte ich mich kaum bremsen. Zwar habe ich keinen Truthahn mit Kartoffelbrei gegessen, aber ich hatte ein großes Frühstück. Vier Eier, sechs Streifen Speck, einen Berg Pommes und zwei dicke Scheiben Toast.

Im Grunde habe ich nur rumgelegen und mir war fast übel. Ich sah mir einen Film an und hatte eine Fertigpizza zum Mittagessen. Der schob ich einen Becher Ben & Jerry's Eis hinterher und sah mir noch einen Film an.

Am Nachmittag brachte ich die Energie auf, mich

daran zu erinnern, dass es für mich gar kein Feiertag war und dass es keine Ruhe für die Gottlosen gibt. Ich schleppte mich ins Fitnessstudio im vierten Stock und trainierte meine Beine intensiv.

Tatsächlich sind sie ein wenig wackelig, als ich zum Apartment zurückgehe, und ich bin stolz auf mich, dass ich so viel Arbeit in meine Gesundheit stecke, um bald wieder der Alte zu sein. Ich bin fest entschlossen, dass dies schnell geht und ich so bald wie möglich wieder in den vollen Dienst gehen kann.

Ich hole den Schlüssel aus meiner Shorts und stecke ihn ins Schloss. Als ich ihn gerade umdrehen will, höre ich eine weibliche Stimme hinter mir.

„Hi, Malik."

Meine Haut kribbelt, als ich Annas Stimme erkenne. Langsam drehe ich den Kopf und sehe, wie sie aus dem Aufzug kommt. Sie hat ihre Tochter vor die Brust geschnallt. Das Ding sieht aus wie eine Hängematte aus einem Schal. Ein Arm hält das Gewicht des Babys und in der anderen Hand trägt sie eine Einkaufstüte aus Papier.

Ich gehe zu ihr und nehme ihr die Tüte ab. „Hi."

Mein Blick fällt auf den Kopf des Babys. Ihre Augen sind geschlossen und sie hat eine winzige Faust an ihren Mund gedrückt.

Anna lächelt. „Dieses Kind kann überall schlafen."

Ich nicke und grinse ebenfalls.

Ein kurzer Moment der unangenehmen Stille entsteht, und dann deutet Anna auf die Tüte, die ich ihr abgenommen habe.

„Ich wollte dir nur Thanksgivingessen bringen."

Ich weite die Augen und mein Magen knurrt interessiert. „Das wäre aber nicht nötig gewesen."

„Oh doch, glaub mir." Sie lacht. „Wir haben so viele

Reste, dass sie gar nicht alle in den Kühlschrank passen."

Ich hebe die Tüte bewusst an und stelle fest, wie schwer sie ist. Sofort habe ich ein schlechtes Gewissen, dass sie diese samt Baby hier hochgeschleppt hat. „Hast du den ganzen Truthahn da reingetan?"

Ihr helles Lachen hallt durch den Raum. Ich bin erstaunt, wie sehr ich es mag.

„Warte, also da ist etwas Turkey drin, Ofenschinken, Kartoffelbrei, drei verschiedene Füllungen – die normale, eine mit Kräutern und eine mit Austern – ein Maiskolben, Makkaroni mit Käse, grüne Bohnen, Brötchen. Piroggen und drei Kuchen – Apfel, Kürbis und Pekannuss."

„Du lieber Himmel", murmele ich und gehe auf meine Tür zu. „Allein vom Zuhören habe ich fünf Kilo zugenommen. Danke!" Ich drehe mich um. Anna steht still da. Ich mache eine Kopfbewegung. „Dann … komm rein. Wenn du willst, kannst du zusehen, wie ich mich vollfresse."

Ohne lange zu zögern, lächelt sie mich umwerfend an und eilt zu mir. „Wir haben schon um eins gegessen, also habe ich schon wieder Hunger. Ich würde gern mitessen, wenn es dir nichts ausmacht?"

„Gar nicht, gern." Ich führe sie in mein kleines Apartment. Nachdem sie über die Schwelle getreten ist, schließe ich die Tür.

„Sieht genauso aus wie Cages Apartment", merkt sie an und drückt Avery an sich.

Ich gehe in die Küche, stelle die Tüte auf die Arbeitsplatte und beginne, sie auszuräumen. Da sind mehr volle Plastikbehälter und Zip-Beutel, als ich in einer Woche essen kann.

„Ich helfe dir", sagt Anna und sieht sich um. „Kann

ich Avery auf dein Bett legen?"

Blitzschnell überlege ich, wie unaufgeräumt mein Schlafzimmer ist. Ich mache nie mein Bett und verteile normalerweise meine Klamotten überall, bis zum Waschtag, doch ich entspanne mich, als mir einfällt, dass ich heute schon gewaschen habe.

„Klar", antworte ich.

Anna geht zur Tür meines Zimmers und späht hinein. „Sie rollt sich noch nicht von selbst herum, aber du hast ja auch viele Kissen, die ich um sie legen kann."

„Auf der Couch sind noch mehr, falls du sie brauchst." Ich deute dorthin. „Die waren bei den Möbeln dabei."

Anna lacht. „Ja, alle Apartments haben dieselben."

Ich packe weiter das Essen aus, während Anna Avery auf das Bett legt, und frage mich, wie nahe sich Anna und Cage wirklich stehen. Es sieht so aus, als ob sie nur Freunde sind, aber vielleicht ist das erst so, seit Anna Witwe geworden ist. Vielleicht will Cage mehr von ihr und wartet nur ab, bis sie so weit ist.

Aber das ergibt keinen Sinn. Nicht, wo er so vernarrt in Jaime ist. Oder aber Cage ist ein Playboy und hat gleich mehrere Frauen am Start.

Ich muss zugeben, dass die Vorstellung, Cage könnte mit Anna nur spielen, mir sauer aufstößt. Obwohl ich dem Mann einiges schulde, weil er Teil meines Rettungsteams war, würde ich ihn trotzdem mit Freuden umbringen, sollte er Anna wehtun.

Mir ist klar, dass mein Bedürfnis, sie zu beschützen, von meinem Schuldgefühl stammt, ihren Mann nicht beschützt zu haben; als ob es jetzt meine Pflicht wäre, über sie zu wachen. Vielleicht geht das irgendwann vorbei ... aber vielleicht auch nicht. Ich weiß nur, dass mir Annas Gesundheit, Sicherheit und Glück momentan sehr wichtig sind.

Ich schaue ins Schlafzimmer. Avery liegt von Kissen umzingelt auf dem Rücken und schläft. Anna sitzt auf dem Bettrand und sieht verträumt ihre Tochter an. Das möchte ich auf keinen Fall unterbrechen. Ich fülle unsere Teller mit Essen, wobei ich ihren weit weniger belade als meinen.

Ich stelle meinen Teller eine Minute in die Mikrowelle und dann Annas. Als ich ihren herausnehme, kommt sie aus dem Schlafzimmer und wirft noch einen Blick auf ihre Tochter.

„Du hast bestimmt einige Stunden damit verbracht, sie beim Schlafen zu betrachten“, sage ich lächelnd, während ich die Teller an den Esstisch zwischen Küche und Wohnzimmer trage.

Anna setzt sich und lacht. Ich stelle den Teller vor sie und meinen ihr gegenüber. Dann hole ich das Besteck und kleine Wasserflaschen aus dem Kühlschrank. In letzter Minute schnappe ich mir noch eine Rolle Papiertücher als Servietten, die ich mir unter den Arm klemme.

Sie erfreut mich mit Anekdoten von ihrer Thanksgivingfeier, während wir essen. Ihr Großonkel hat sich mit Pfefferminzschnaps betrunken, ihr Cousin Tim erschien zugekifft, was außer ihr aber niemand bemerkt hat, und ihre Mom hat versehentlich den Mais in einer Schüssel serviert, die sie vorher mit Spülmittel eingeweicht hatte, sodass praktisch alle würgen mussten und Seifenblasen von sich gaben.

„Deine Familie klingt sehr amüsant“, sage ich und lache über eine weitere Geschichte.

„Das stimmt“, antwortet sie, doch ihr Lächeln verrutscht ein wenig. „Aber leider nicht immer auf die schöne Art.“

„Stehst du ihnen nah? Ich meine, anscheinend bist du gern bei ihnen und liebst sie …“

„Aber ob ich ihnen meine Geheimnisse verrate?“, beendet sie den Satz für mich. „Wir wissen ja beide, dass man jemanden aus der Familie lieben kann und ihr trotzdem nicht nahestehen muss.“

Ich nicke.

Anna zuckt mit den Schultern. „Als ich ein Kind war, stand ich meiner Mom sehr nah, besonders, nachdem mein Dad gestorben war. Danach haben wir uns eng verbunden.“

„Und dann?“ So, wie sie plötzlich schweigt, muss noch mehr dahinterstecken.

Sie zuckt erneut mit den Schultern. „Dann ist das Leben einfach weitergegangen. Als sie wieder geheiratet hat, musste sie sich zwischen mir und meinem Stiefvater aufteilen.“

„Ist er nett?“

„Ja, schon. Er liebt Mom. Und bemüht sich auch um mich, so viel ist sicher. Aber vielleicht nehme ich ihm unbewusst übel, dass er mir einen Teil meiner Mom genommen hat.“

„Verständlich.“

„Ja, aber nicht sehr erwachsen von mir, also habe ich die neuen Grenzen unserer Beziehung akzeptiert. Um deine Frage zu beantworten … Mom und ich stehen uns nah, aber nicht mehr so sehr wie früher. Über Jimmys Tod habe ich mit ihr nicht sehr viel geredet, das soll schon etwas heißen.“

Ich bekomme Kopfschmerzen, als sein Name fällt. Neuerdings genügt das schon, um mich wieder in die Wüste zu versetzen und ihn tot auf dem steinharten Boden liegen zu sehen.

Ich trinke etwas Wasser, in der Hoffnung, dass es gegen den Kloß im Hals hilft. „Was ist es, was du ihr nicht sagen kannst?"

Anna zieht die Brauen zusammen und denkt darüber nach. „Ich kann ihr nicht sagen, dass ich sie nicht brauche. Zumindest nicht auf die Art, wie sie es sich wünscht. Sie versteht zum Beispiel nicht, warum ich nach Jimmys Tod nicht zu ihr nach Hause gezogen bin, sondern mir ein eigenes Apartment gemietet habe. Sie sieht nicht, dass sie eine starke, unabhängige Frau großgezogen hat. Dass ich lernen musste, mir selbst genug zu sein und allein zurechtzukommen, als mein Stiefvater ins Spiel kam. Und jetzt will ich es Jimmy beweisen, denn er wusste, dass ich für mich selbst sorgen kann. Das war eins der Dinge, die er an mir liebte, aber ich kann ihr kaum sagen, dass sie mir dabei geholfen hat, denn das würde sie verletzen. Aber jetzt habe ich ständig ein schlechtes Gewissen, weil ich sie nicht so mütterlich sein lassen kann, wie sie es gern wäre. Sie reagiert instinktiv, weiß, dass ich gelitten habe, und will mich trösten, aber ich muss auf meine Weise da durch, verstehst du?"

Ich weite meine Augen immer mehr, als sie mir ihre Gefühle offenbart. Anna wirkt genauso erstaunt, dass sie genau dies gerade getan hat. Doch dann kichert sie. Es ist nur ein kleiner tschilpender Laut. Sie hält sich eine Hand über den Mund und weitet die Augen noch mehr.

Jetzt muss ich auch lachen. „Wow, das war starker Tobak."

„Entschuldige." Doch sie lacht und sieht ganz und gar nicht schuldbewusst aus. „Ich habe wohl ein paar unterdrückte Gefühle, was meine Mom angeht."

Ich zucke die Achseln und überlege, ob ich mir den

Teller noch einmal füllen soll, aber dann gönne ich meinem Magen doch lieber eine Pause. Ich lege die Gabel auf den Teller und mache eine abwehrende Handbewegung. „Du darfst dich ruhig bei mir ausheulen."

„Du dich auch bei mir", antwortet sie sanft. „Du kennst mich zwar noch nicht lange und hast deine eigene Familie und Freunde, aber ich habe trotzdem breite Schultern zum Abladen."

Ich nicke und finde keine Worte, um ihr zu sagen, wie dankbar ich ihr dafür bin. Denn ich glaube nicht, dass ich je mit ihr über Syrien sprechen kann. Wie soll ich ihr sagen, dass es mein Fehler war, dass ihr Mann gestorben ist? Dass Avery wegen mir keinen Vater mehr hat?

Und das würde rauskommen. Ich weiß genau, sobald ich mich Anna gegenüber öffne, werde ich alles abladen, so wie sie eben bei mir, und ich bin noch nicht bereit, den Hass und die Enttäuschung in ihren Augen zu sehen.

Kapitel 10

Anna

Ich lege den E-Book-Reader auf den Tisch, erhebe mich von der Couch und gehe in die Küche. Mich gelüstet es nach Kakao. Das habe ich mir im zweiten Drittel der Schwangerschaft angewöhnt, und nach der Geburt ist das Verlangen danach nicht wieder vergangen. Vielleicht passt ein Chocolate-Chips-Keks gut dazu. Meiner Meinung nach kann man nie genug Schokolade bekommen.

Bevor ich überhaupt das Licht anschalten kann, stehe ich bereits mit den Socken in Wasser und fluche laut. Ich haue auf den Lichtschalter. Als das Licht angeht, starre ich auf gut zwei Zentimeter Wasser auf dem Linoleumboden. Ich nehme an, die Spülmaschine, die ich vor einer halben Stunde eingeschaltet habe, ist der Übeltäter. Entsetzt sehe ich sie an und entdecke den Wasserstrahl, der unten herausläuft.

„Verdammter Mist." Ich eile hinüber. Meine dicken Socken fühlen sich von all dem Wasser schwer an. Schnell öffne ich die Tür, um die Maschine anzuhalten. Aus irgendeinem Grund stoppt das jedoch das Wasser nicht. An diesem Punkt ist mein Wissen über Spülmaschinen vollständig erschöpft.

„Scheiße, Scheiße, Scheiße!" Ich gehe ins Wohnzimmer und hinterlasse überall Wasserspuren. Mit dem Handy rufe ich den Hausmeister an. Das erste Mal, seit ich hier eingezogen bin. Doch ich bekomme nur seine Mailbox und knurre frustriert. Ich hinterlasse ihm eine schrille, leicht hysterische Nachricht, dass er bitte sofort zu mir kommen und das Wasser abstellen soll. Sofort danach rufe ich Cage an. Er hat sich schon einmal an der Maschine zu schaffen gemacht und müsste wissen, was damit los ist.

Und wieder meldet sich nur die Mailbox. „Cage, verdammt noch mal. Jetzt ist ein ganz schlechter Zeitpunkt, mich zu ignorieren. Ich habe einen Notfall … und zwar steht die Küche unter Wasser wegen dem Geschirrspüler, den du angeblich repariert hast. Ruf mich an! Sofort!"

Die letzten Worte habe ich gezischt und dann aufgelegt.

Ich denke darüber nach, im Moment einfach aufzugeben. Mein Apartment wird geflutet, das Wasser dringt in die Decke der Leute unter mir und ich akzeptiere diesen Umstand einfach. Ich überlege mir bereits, was ich meinen armen Nachbarn sagen soll.

Aber dann kommt mir die Erleuchtung. Erneut durchsuche ich meine Kontakte im Handy.

Malik antwortet beim zweiten Klingeln. „Was ist los?"

Ich atme tief ein und aus. Obwohl ich versuche, ruhig zu klingen, höre ich das Beben in meiner Stimme. „Ähm … mein Geschirrspüler hat die Küche geflutet und hört nicht damit auf. Ich habe die Tür aufgemacht, aber das Wasser läuft einfach weiter."

Sollte es einen Beweis dafür geben, dass Malik ein Mann ist, der jederzeit standhaft und gelassen bleiben kann, dann zeigt dies sein beruhigender Ton.

„Das ist kein Problem, Anna. Leicht zu reparieren. Unter der Spüle im Schrank muss sich ein Ventil befinden, um das Wasser abzudrehen. Öffne den Schrank und sieh hinein. Das Ventil steht vertikal. Drehe es einfach horizontal, und das Wasser ist abgestellt."

„Okay", wispere ich. Tränen brennen in meinen

Augen. Ich latsche durch das Wasser, die Socken hängen mir jetzt an den Fersen und schwimmen vorn wie Flossen.

Ich öffne den Schrank unter der Spüle, bücke mich und schaue hinein. Dort sehe ich nur jede Menge Haushaltsreiniger, eine durchweichte Rolle Küchenpapier und das Spülmittel.

Meine Tränen drohen, überzulaufen. Seit einer ganzen Weile denke ich zum ersten Mal, dass ich so nicht ohne einen Mann im Leben weitermachen kann. Ich brauche Jimmy, und es ist so unfair, ihn nicht mehr zu haben.

Aber dann sehe ich das Ventil hinter dem Wasserrohr. Genau dort, wo Malik gesagt hat. Ich drehe es zu und sofort verschwindet das rauschende Wassergeräusch. Ich überprüfe es, und tatsächlich läuft aus der Maschine nichts mehr heraus.

„Hat geklappt“, verkünde ich erfreut und richte mich auf.

Malik lacht. „Super. Wenn du mir deine Adresse schreibst, komme ich rüber und schaue mir die Sache an.“

„Das ist aber nicht nötig“, sage ich bedrückt und mein Blick schweift über die Sauerei am Boden.

„Schick mir deine Adresse“, wiederholt er bestimmt. „Und darf ich vorschlagen, dass du schon mal alle Handtücher holst und anfängst, das Wasser aufzuwischen?“

„Okay.“ Ich habe viel zu leicht nachgegeben. Habe viel zu schnell erlaubt, dass Malik kommt und mir hilft, den Boden zu wischen. So viel zur unabhängigen Frau, die für sich selbst sorgen kann, egal was ihr passiert.

*

Nach einer Viertelstunde klopft Malik an meine Tür. Das ist der Vorteil, nah an Jameson zu sein, ohne in einem schlechten Viertel der Stadt wohnen zu müssen.

Malik trägt eine Jogginghose und einen Hoodie und hat eine Werkzeugkiste bei sich.

Grinsend hält er die Kiste hoch. „Ich wusste nicht, ob du Werkzeug besitzt, also habe ich einfach welches aus der Firma mitgebracht."

Ich winke ihn herein und komme mir unangemessen angezogen vor, weil ich um sieben, an einem Samstag, noch im Schlafanzug bin. Glücklicherweise besteht der jedoch aus Yogahosen und einem weiten T-Shirt. Eins der wenigen, das ich noch von Jimmy habe und das immer noch nach ihm riecht, egal wie oft ich es wasche. Ich habe noch schnell die nassen Socken aus- und einen BH angezogen, bevor Malik kam, bin also zumindest anständig gekleidet, doch es ist nicht zu übersehen, dass ich einfach total langweilig bin.

„Schläft Avery?", fragt Malik und sieht sich in der Küche um.

Ich habe inzwischen das Wasser aufgewischt, aber jetzt liegt ein Berg klatschnasser Handtücher auf dem Boden. Zwar habe ich eine effiziente Waschmaschine mit Trockner, aber ich werde fünf Ladungen brauchen, um alles wegzubekommen.

„Ja", sage ich und schließe die Tür. „Glücklicherweise hatte ich sie gerade abgelegt, bevor ich die Katastrophe vorfand."

Malik gibt einen bestätigenden Laut von sich und macht sie direkt an die Arbeit. „Hattest du mit dem Gerät schon mal Probleme?"

„Oh ja", murmele ich und lehne mich an die Küchenzeile, um ihm zuzusehen. „Cage hat sie angeblich letzte Woche repariert."

„Gut, dann schaue ich es mir mal an", sagt er gelassen. „Wenn ich es reparieren kann, können wir wenigstens dein Wasser wieder anstellen."

Malik stellt die Werkzeugkiste auf die Ablage und zieht sich das Sweatshirt aus. Als er die Kiste hochhebt, hebt sich das T-Shirt, das er unter dem Sweater trägt. Gebräunte Haut und ein muskulöser Rücken kommen zum Vorschein, bevor das T-Shirt wieder herunterfällt und alles verdeckt.

In den anderthalb Wochen, seit er wieder da ist, hat er schon wieder gut zugenommen. Besonders sichtbar ist das im Gesicht, wo die dunklen Ringe unter den Augen stark zurückgegangen sind. Um sein Defizit loszuwerden, nimmt er Unmengen an Kalorien zu sich, aber trotzdem konnte ich kurz erkennen, dass seine Rippen noch zu sehen sind. Ich nehme aber an, dass er in ein paar Monaten wieder der Alte sein wird.

„Du hast nicht zufällig ein Bier da?" Er wirft das Sweatshirt auf die Arbeitsplatte.

„Zufällig ja." Ich lächele, hole ihm eins aus dem Kühlschrank, öffne es, werfe den Kronkorken in den Mülleimer und reiche ihm die Flasche. Er trinkt einen großen Schluck und stellt die Flasche neben sein Sweatshirt.

Er öffnet den Geschirrspüler und macht sich an die Arbeit. Ich sehe ihm zu, stelle Fragen, die er mir aber auch nicht beantworten kann. Er hat die Körbe aus der Maschine genommen und nimmt den Abfluss auseinander. Ich entschließe mich dazu, meinen Kakao zu trinken, den ich vorhin haben wollte. Obwohl ich auch gern ein Bier hätte, trinke ich jedoch keinen

Alkohol, wenn ich Avery bald wieder stille. Da sie oft Hunger hat, ist es das Risiko, zwischendurch etwas zu trinken, nicht wert.

Nachdem ich meinen Kakao ausgetrunken habe, wobei mich Malik mit der Wahl meines Getränkes ordentlich aufzieht, höre ich Avery weinen.

„Eine Mutter hat nie Feierabend“, sage ich. „Im Kühlschrank ist noch mehr Bier. Und auch noch Pizzareste, falls du Hunger hast. Bediene dich.“

„Okay“, knurrt er und schraubt irgendwas am Boden der Maschine ab.

Ich überlasse Malik seinem Job und gehe in das kleine Schlafzimmer, das ich eingerichtet und selbst gestaltet habe. Ich mache die kleine Lampe auf der Kommode an und beuge mich über das Bettchen. „Wo ist denn meine hungrige kleine Prinzessin?“

Avery antwortet mit einem kräftigen Schrei, ballt die Fäustchen und wackelt mit den Ärmchen.

„Geduld“, sage ich beruhigend, greife unter mein T-Shirt und öffne den BH. Wenn sie weint, kribbeln meine Brustspitzen, woran ich mich als junge Mutter erst habe gewöhnen müssen. Ich nehme Avery hoch und setze mich in den Schaukelstuhl in der Ecke. Inzwischen bin ich zum Still-Profi geworden und Avery ebenfalls. Sie hört auf zu weinen, wenn sie die Bewegungen spürt, ich das T-Shirt hebe und sie in die richtige Position lege. Geschickt findet sie meine Brust, drückt ihre kleinen Händchen an meine Haut und beginnt zu saugen.

Ich lehne den Kopf an das weiche Kissen des Stuhls, schaukele sanft und summe ein Kinderlied. Avery ist so ein braves Kind. Das ist jetzt für heute ihre letzte Mahlzeit. So langsam beginnt sie, mehr als nur zwei Stunden am Stück zu schlafen, wofür mein

Körper sehr dankbar ist.

Ich bemerke einen Schatten an der Tür, hebe den Kopf und sehe Malik.

„Oh, Scheiße“, sagt er und dreht sich um. „Entschuldige. Ich wusste nicht, dass du … äh …“

Ich lache und sehe Avery an. Fast nichts von mir ist entblößt, doch das hat er bestimmt in dem kurzen Moment gar nicht bemerkt.

„Schon gut, Malik“, sage ich lachend. „Ich bin bedeckt, und ich mache nichts anderes, als meine Tochter zu stillen. Keine große Sache.“

Zögernd dreht er sich um. Während ich ziemlich im Schatten sitze, erhellt die Lampe sein Gesicht und zeigt, dass er langsam seinen beschämten Ausdruck verliert, als er merkt, dass es wirklich nichts zu sehen gibt.

„Ist der Geschirrspüler jetzt endgültig im Eimer?“, frage ich.

„Äh, nein. Ich konnte ihn reparieren, aber wir brauchen eine neue Dichtung für den Ablauf. Morgen hole ich eine für dich.“

„Das musst du nicht …“

„Das macht mir nichts aus“, antwortet er und lehnt sich an den Türrahmen.

Ich denke darüber nach, denn ich will nicht total unfähig erscheinen, doch ich bin auch sehr dankbar für seine Hilfe. „Wie wär’s, wenn ich dafür morgen etwas zum Mittag koche?“

„Abgemacht“, antwortet er.

Es überrascht mich, als er hereinkommt und sich auf den Boden setzt. Er lehnt sich an die Kommode und überkreuzt die Füße. Dann nickt er zu Avery, die so langsam einen vollen Bauch bekommt.

„Tut das weh?“

„Nein."

„Und fühlt es sich unangenehm an, dass ich hier sitze, während du deine Tochter stillst?"

Ich lache leise und schüttele den Kopf. „Seltsamerweise nicht."

„Ja", sagt er nachdenklich. „Komischerweise für mich auch nicht."

Es trifft mich unvorbereitet wie ein Schlag, und ich frage mich, warum es mir nicht schon früher aufgefallen ist. Zwischen Malik und mir ist etwas entstanden, was über normale Freundschaft hinausgeht. Ich hatte schon die ganze Zeit das Gefühl, dass er irgendwie wichtig für mein Leben ist. Deshalb hat mich seine Gefangenschaft auch so beschäftigt. Und das war einer der Gründe, warum ich unbedingt bei Jameson arbeiten wollte. Das Bedürfnis, Malik in Sicherheit zu wissen, hat sich auf mein eigenes Glück niedergeschlagen. Und das hat unbeabsichtigt ein spezielles Band zwischen uns gebildet. Zu meiner Überraschung scheint es ihm genauso zu gehen.

Dieser Moment ist perfekt, die Grenzen noch etwas zu erweitern. „Wie läuft es mit Corinne?"

Malik zuckt mit den Schultern. „Es läuft. Wir hatten erst ein paar Sitzungen, aber man kann gut mit ihr reden."

„Trotzdem habe ich den Eindruck, dass du nicht darüber reden willst."

Er lächelt leicht und nickt. „Männer reden nie gern über Gefühle. Hast du das nicht gewusst?"

Darüber muss ich lachen, denn Jimmy war genauso. Immer hat er versucht, stark zu sein. „Und ob ich das weiß."

Malik schweigt eine ganze Weile. Dann sagt er: „Ich bin introvertiert."

„Das merke ich.“

„Ich war schon immer gern allein. Zwar habe ich Freunde und bin gern mit ihnen zusammen, aber ich war noch nie von großen Zusammenkünften begeistert, verstehst du? Ich mag kleine Treffen, bedeutungsvolle Gespräche.“

Ich antworte nichts, denn ich spüre, dass er noch mehr zu sagen hat.

Er macht eine Pause und blickt auf seine Hände, die er auf dem Schoß gefaltet hat. Dann sieht er wieder auf. „Als ich geschnappt wurde, war nach den Prügeln, der Folter und den Todesdrohungen das Schlimmste, allein zu sein. Sie haben mich in dem Loch angekettet und mich Stunden, Tage und Monate allein gelassen, ohne irgendeine bedeutungsvolle Interaktion. Das war mehr als unerträglich.“

„Das kann ich mir nicht einmal vorstellen“, wispere ich und allein bei dem Gedanken bricht mein Herz für ihn.

Er holt tief Luft und zeigt mir ein zuversichtliches Lächeln. „Man sollte meinen, dass ich jetzt so dankbar für Menschen bin, dass ich ständig unter Leuten sein will, oder?“

Ich zucke mit den Schultern und versuche, die Stimmung aufzuhellen. „Willst du auf ein Konzert gehen oder so was?“

Malik lacht auf. „Verdammt, nein. Das Ganze hat höchstens bestätigt, dass ich wirklich introvertiert bin. Nur die tiefgründigen, bedeutungsvollen Verbindungen mit Menschen sind wichtig. So wie jetzt. Einfach nur hier zu sitzen und mit dir zu reden.“

In mir wird es warm bei dem Wissen, dass Malik dasselbe erkannt und bestätigt hat, was ich fühle. Durch unsere Erlebnisse, die Trauer und die Bewältigung haben wir etwas ineinander gefunden. Wir haben erkannt, dass wir uns aufeinander verlassen können.

„Ich bin wirklich froh, dass du es da rausgeschafft hast“, sage ich aufrichtig. „Nicht nur aus offensichtlichen Gründen. Wir alle wollten dich wiederhaben. Aber du bist für mich wie ein Wunder. Du erhellst meine sehr düstere Zeit. Ich weiß, dass das komisch klingt …“

„Tut es nicht“, versichert er mir.

„Aber das bedeutet mir sehr viel“, fahre ich fort und lächele. „Ich werde es immer in Ehren halten.“

„Ich auch“, sagt er leise und lehnt den Hinterkopf an die Kommode. „Ich auch.“

Kapitel 11

Malik

Corinne hört mir zu, während ich alles ausspucke, was ich denke.

„Die Sache mit Anna … ist ein Problem. Es hat eine Veränderung gegeben. Nichts ist so ganz richtig, aber es gibt Dinge, die sich echt gut anfühlen. Ich bin total verwirrt, was das alles bedeuten soll. Ja, es besteht eine Freundschaft zwischen uns. Am Wochenende saß ich in ihrem verdammten Kinderzimmer, während sie ihre Tochter gestillt hat, und ich fand nichts falsch daran. Und sie auch nicht. Was hat das zu bedeuten? Ich meine, welche Arbeitskollegen, Freunde oder was auch immer tun so etwas? Ganz zu schweigen davon, dass ich sie trotz dieser verrückten emotionalen Bindung zu ihr oft kaum ansehen kann vor Schuldgefühlen. Ich verschweige die Wahrheit vor ihr, wegen der sie mich hassen würde oder zumindest so enttäuscht wäre, dass es unsere Freundschaft beenden würde. Hätte ich doch nur eine andere Entscheidung getroffen … dann wären Jimmy und Sal noch am Leben."

Die Schüsse kamen so unerwartet, dass wir nur instinktiv handeln konnten und hoffen, dass unser Training ausreichen würde.

Wir waren nur noch einen halben Kilometer von dem Camp entfernt, in dem sich laut unseres Informanten die Geiseln befinden sollten. Unser Rettungsteam war so viele Mann stark, wie es nur sein konnte. Unser kleines Jameson-Team plus die australischen und britischen Spezialeinheiten.

Wir befanden uns in offenem Gelände mit nur wenig Gebüsch oder Felsen zum Verstecken. Ich hatte eine Senke gefun-

den, eine Art Graben, und stützte meine Waffe auf den Rand ab, um auf den Feind zu zielen, der nur schwer zu sehen war. Zwar funktionierte meine Nachtsichtbrille, doch die Kugeln schienen aus allen Richtungen zu kommen.

Ich sah die britische Einheit im Staub liegen und Richtung Westen feuern. Sie schienen sich halten zu können.

Die Australier lagen ein paar Meter links vor mir, völlig ungeschützt und flach auf dem Boden.

Hektisch sah ich mich um und fand Jimmy und Sal, die ebenfalls eine Senke gefunden hatten, auf deren Rand sie, genau wie ich, ihre Waffen stützten. Die beiden schienen im Moment in Sicherheit, doch ich konnte Tank nirgends sehen.

War er bei den Briten oder den Aussies?

Fuck!

Ich musste mich entscheiden, wem ich am besten beim Feuern helfen konnte, und es sah so aus, als wären die Briten in der gefährlichsten Lage, im freien Gelände und am dichtesten am Feind. Ich richtete die Waffe in diese Richtung und begann, sie mit meinem Feuer zu decken, damit sie da raus konnten.

Das alles geschah innerhalb von ein paar Sekunden. So schnell, dass ich den Beschuss hinter mir nicht wahrnahm. Er klang anders als unsere M16-Gewehre, doch ich hatte keine Zeit, mich danach umzudrehen. Einige feindliche Kämpfer erschienen aus den dunklen Schatten, und Kugeln hagelten auf die Briten nieder.

Ich blieb bei meinem Plan und mähte einen nach dem anderen um, sodass die Briten flüchten konnten. In weniger als zwanzig Sekunden hatte ich vier Mann ausgeschaltet, während die Kollegen machten, dass sie wegkamen.

Als ich mich nach Jimmy und Sal umdrehte, war mir sofort klar, dass ich die falsche Entscheidung getroffen hatte.

Anscheinend waren sie von hinten beschossen worden, denn sie lagen beide zusammengekrümmt im Graben. Reglos.

Ich hängte mir das Gewehr über die Schulter und kroch zu

ihnen, doch plötzlich traf mich etwas hart am Hinterkopf. In meiner Nachtsichtbrille leuchteten Jimmys starre Augen fast grün, und das war das Letzte, was ich noch weiß, bevor ich bewusstlos wurde.

Ich öffne die Augen und blicke Corinne an, die mich mitfühlend ansieht.

Jetzt weiß sie alles. Weiß, wie durcheinander meine Gefühle für Anna sind und warum es mich innerlich zerreißt, denn ich hätte ihren Mann retten können.

„Das ist eine ganz schöne Last, die du mit dir herumträgst", sagt Corinne nachdenklich.

„Anna wird mich hassen, wenn sie erfährt, dass ich Jimmy hätte retten können."

„Ich bin mir nicht so sicher, dass du das gekonnt hättest. Der Feind hat sich doch hinter euch alle drei geschlichen."

„Ich habe eine Entscheidung getroffen, davon ausgehend, dass meine Teamkameraden relativ sicher waren, und konzentrierte mich darauf, andere zu schützen." Ich knurre frustriert. „Und das war eine falsche Entscheidung."

Corinne legt ihren Kugelschreiber auf den Block auf dem Tisch zwischen uns. Sie stützt sich auf ihrer Armlehne auf und sieht mich durchdringend an. „Malik, ich bin nicht im Mindesten qualifiziert, taktische Manöver zu beurteilen, und kann mir schon gar nicht vorstellen, innerhalb weniger Sekunden voller Adrenalin eine solche Entscheidung treffen zu müssen. Aber ich habe jetzt deine Informationen darüber, und die sind mir nicht neu. Dasselbe haben deine Kameraden berichtet. Kynan hat mit jedem Mitglied der Operation gesprochen, mit Tank und jedem Briten und Australier, der überlebt hat. Sie alle sprachen von deinem heldenhaften Handeln, die Angreifer zurückgehalten zu haben, und davon, dass du an dem Tag eine Menge Leben gerettet hast. Ich bin sicher, dass Kynan sagen würde, dass deine Entscheidung richtig war."

„Große Worte von jemandem, der gerade zugegeben hat, davon nichts zu verstehen", sage ich bitter.

„Stimmt", antwortet sie schulterzuckend. „Aber ich habe Kynans Abschlussbericht gelesen, und dort steht nur Lob über dein Handeln. Nichts über weitere Trainingsempfehlungen. Keine Kritik oder Vorschläge, wie du hättest handeln sollen, um Jimmy und Sal zu beschützen. Tatsache ist, dass du von allen Seiten umstellt warst. Du konntest nicht wissen, dass ihr von hinten bedroht wurdet. Du konntest dich nur um das Problem direkt vor dir kümmern, was du effektiv getan hast."

Ich atme tief durch, lege die Hände auf meinen Kopf und verschränke die Finger ineinander. Ich starre an die Decke und atme aus. Schließlich sehe ich Corinne an. „Aus militärischer Sicht verstehe ich das. Verstandesmäßig auch. Ehrlich gesagt könnte ich am Ende auch Jimmys und Sals Tod akzeptieren. Aber jetzt …" Ich halte inne, unsicher, wie ich mich ausdrücken soll. Es ist nicht meine Absicht gewesen, bei Corinne dieses Thema anzuschneiden. Die Gespräche mit Anna am Wochenende waren ein Augenöffner. Ich schäme mich, irgendeine Art Verbindung zu der Frau zugelassen zu haben, deren Ehemann unter meiner Aufsicht starb.

„Aber jetzt hast du Gefühle für Anna, die sich nur schwer unterdrücken lassen?", beendet Corinne meinen Gedanken.

Sie hat völlig recht, dennoch zucke ich darüber zusammen, wie das laut ausgesprochen klingt. Hitze strömt in meinen Nacken und ich korrigiere Corinne hastig. „*Solche* Gefühle habe ich nicht für sie."

„Welche denn?", kontert sie, obwohl sie verdammt gut weiß, was ich meine.

Ich antworte nicht, denn wenn ich an Anna denke, spüre ich eine Million verschiedene Gefühle, und alle kommen mir falsch vor.

Moment, halt, stopp, so ist es nicht. Sie kommen mir richtig vor, aber ich fürchte, alle anderen Leute würden sie für völlig unangebracht halten.

Corinne versucht es anders. „Du weißt, dass es in Herzensangelegenheiten keine festen Regeln gibt, oder?"

Ich beiße die Zähne zusammen und mache einen neutralen Gesichtsausdruck. Ich weigere mich, zu glauben, dass Anna in mein Herz vorgedrungen ist. Das will ich ganz und gar nicht.

„Anna steht es frei, zu tun und zu lassen, was sie will", erinnert mich Corinne. „Es steht ihr frei, mit dir befreundet zu sein. Oder auch, deine Geliebte zu sein, falls es dazu kommt."

„Moment mal, warte", widerspreche ich und halte eine Hand hoch. Davon will ich nichts hören. „So ist es nicht zwischen uns."

„Ich sage nur, dass es so sein könnte und völlig in Ordnung wäre. Es könnte auch sein, dass Anna und du durch eure gemeinsame Trauer einfach nur eine tiefe Verbindung habt, die alle anderen Arten von Beziehungen auf eine andere Ebene hebt. Ich will damit nur sagen, dass absolut nichts Falsches daran ist, mit Anna eine emotionale Beziehung einzugehen, was auch immer sich daraus entwickeln mag."

Ich atme abrupt aus, da ich offenbar zu lange die Luft angehalten habe, während sie mir das darlegte.

Jetzt erkenne ich, dass ich sogar ein schlechtes Gewissen habe, lediglich eine Freundschaft mit Anna zu haben. Dass ich nicht einmal diese schöne, lockere Basis mit der Frau verdiene, die ich in so kurzer Zeit zu bewundern gelernt habe.

Ich weigere mich, daran zu denken, was noch alles geschehen könnte. Um Anna nicht attraktiv zu finden, müsste ich tot sein. Trotz meiner Schuldgefühle. Anna ist wunderbar, innerlich und äußerlich.

Ich muss daran denken, wie ich am Samstag in das Kinderzimmer gegangen bin und Anna beim Stillen überraschte. Erst war ich erschrocken und habe mich spontan umgedreht. Zwar habe ich nichts gesehen, aber die intime Situation traf mich unvorbereitet. Anna beruhigte mich sofort, und etwas in mir brachte mich dazu, mich wieder umzudrehen. Sie hat recht gehabt. Ich konnte nicht wirklich etwas Peinliches sehen. Ihr T-Shirt bedeckte sie und ihre Tochter deckte den Rest ab. Ich konnte höchstens ihren Brustansatz sehen, doch am meisten sah ich Mutter und Tochter und die natürlichste, urmenschlichste Verbindung miteinander, die es zwischen Menschen gibt. Es hatte nichts Sexuelles, aber es berührte etwas in mir und bewegte meine Gefühle.

Ich fühlte mich noch enger mit Anna verbunden als sowieso schon. Dieser überirdische Moment änderte alles zwischen uns. Er hat dazu geführt, dass ich Corinne mein Innerstes offenbarte.

Denn sie muss mir sagen, was ich jetzt tun soll.

Soll ich mit Anna weitermachen oder den Kontakt abbrechen? Ich weiß nicht einmal, ob das überhaupt möglich ist, da wir Arbeitskollegen sind. Doch ich muss ja nicht bei Jameson bleiben. Es gibt unzählige andere Sicherheitsfirmen, bei denen ich arbeiten könnte.

Aber verdammt noch mal, die Vorstellung, die Leute hier zu verlassen … Anna zu verlassen … ich bin nicht sicher, ob ich das kann.

Mir ist bewusst, wie flehend ich aussehen muss. „Was soll ich jetzt machen?“, frage ich Corinne.

Mitfühlend lächelt sie und schüttelt den Kopf. „Ich kann dir nicht sagen, was du wegen Anna tun sollst. Ich kann dir nur raten, dich den Schuldgefühlen zu stellen und sie zu überwinden.“

Ich lache bitter auf. „Du meinst, ich soll mir selbst vergeben?“

„Oh nein.“ Corinne schüttelt energisch den Kopf. „Du musst dich für nichts entschuldigen oder dir vergeben. Aber du musst akzeptieren, dass du nichts falsch gemacht hast. Dann kannst du mit deinem Leben weitermachen.“

Ich starre sie eine Weile an und finde ihre Worte lächerlich.

Corinne sieht auf ihre Uhr. „Und unsere Zeit ist um.“

„Bin ich entlassen?“

Sie schüttelt den Kopf und rückt mir den meinen zurecht. „Nicht einmal annähernd.“

Die Sache ist klar. Entweder nehme ich ihren Rat an und akzeptiere, dass ich alles in meiner Macht Stehende getan habe, um diejenigen zu schützen, die es am dringendsten brauchten – mit anderen Worten, dass ich völlig richtig reagiert habe –, oder ich muss bei Jameson kündigen und weiterziehen.

Corinne stellt klar, dass die Sitzung vorbei ist, indem sie aufsteht.

Sie begleitet mich zur Tür. „Kommst du heute Abend zur Party?“

Es findet eine Party nach der Arbeit statt. Für Bebe, die vom Präsidenten offiziell von dem Urteil begnadigt worden ist, wegen dem sie ins Gefängnis gekommen war. Kynan hat diesen Deal ermöglicht, als sie der Regierung geholfen hatte, letzten Monat einen russischen kriminellen Hacker zur Strecke zu bringen.

„Wahrscheinlich", sage ich. Obwohl ich mich als Teil des Teams fühle, kenne ich allerdings die Mitglieder noch nicht allzu gut. Es fühlt sich aber seltsam an, einen Sieg mit ihnen zu feiern, an dem ich nie mitgewirkt habe.

„Das solltest du", rät Corinne. „Es ist Teil deiner Akzeptanz, dass du wirklich ein wertvolles Mitglied bist."

„Ich bin nicht gern in Menschenmengen."

„Das ist keine Menschenmenge. Sondern deine Familie. Jedenfalls könnte sie es sein, wenn du dich ihr öffnen würdest."

Verdammte Corinne … jetzt habe ich noch etwas, worüber ich nachdenken muss.

Kapitel 12

Anna

Als Assistentin des illustren Besitzers von Jameson Force Security muss ich praktisch alles tun, was er gerade braucht.

Manchmal helfe ich bei der Planung eines Einsatzes, indem ich die Akten führe, topografische Karten besorge, Unterbringungsmöglichkeiten suche oder Termine mache mit Militärangehörigen. Und manchmal bestelle ich Partydekoration.

Heute eine Partyplanerin zu sein, macht mir nichts aus, denn dies ist eine wohlverdiente Feier.

Bebe Grimshaw wurde begnadigt und ihre Akte bereinigt. Wenn das kein Grund für eine Party ist, dann weiß ich nicht, was.

Ich muss nicht dazusagen, dass Bebe wohl die interessanteste Frau ist, der ich je begegnet bin. Sie war sieben Jahre ihrer fünfunddreißigjährigen Haftstrafe schuldig im Gefängnis. Als ich bei Jameson anfing, war ich schockiert, dass Bebe gegen die USA gearbeitet hatte, indem sie unser Verteidigungssystem hackte und die Codes für die Nuklearwaffen stahl, um sie an ein feindliches Land zu verkaufen.

Das war abstoßend, aber als ich die ganze Geschichte erfuhr, fand ich es verständlich. Bebe ist ein brillantes technisches Genie. Schon auf dem College hat sie gehackt, um finanziell über die Runden zu kommen, als sie schwanger war und vom Kindsvater verlassen wurde. Dann geriet sie zu tief hinein und kam nicht wieder raus. Ein russischer Mafiaboss hatte sie in der Hand und drohte mit der Ermordung ihres Sohnes und ihrer Mutter, also tat sie die schmutzige

Arbeit. Sie war ihm ausgeliefert, bis er wollte, dass sie die Codes stahl. Da wurde ihr klar, dass sie nicht nur die Pflicht hatte, ihre Familie zu beschützen, sondern auch ihr Land.

Bebe ließ sich absichtlich erwischen, indem sie subtile Spuren hinterließ, die die Regierung leicht nachverfolgen konnte. Das vereitelte den Hackerplan, rettete ihr Land und beförderte sie ins Gefängnis.

Ende gut, alles gut – Kynan hörte von ihrem außergewöhnlichen Talent und wollte es für das Gute einsetzen. Durch seine Regierungskontakte holte er sie aus dem Knast, und seitdem ist sie ein frohes und produktives Mitglied von Jameson, das gegen die Mächte des Bösen kämpft.

Und jetzt verdient Bebe die Begnadigung und Reinwaschung ihrer Weste, denn letzten Monat hat sie mit der Regierung zusammengearbeitet und besagten russischen Mafiaboss geschnappt, der ganz oben auf der Liste des FBI stand.

Heute feiern wir ihren Erfolg und ihr Heldentum.

Avery ist heute Abend bei Mom untergebracht. Ich kann mir später ein Uber rufen, sodass ich etwas trinken, essen und mit den Teammitgliedern feiern kann. Das ist die erste schöne Gelegenheit, mit allen zusammenzukommen, die nicht gerade im Außeneinsatz sind.

Kynan hat mich mit der Partyorganisation beauftragt und mir praktisch freie Hand gegeben. Als Erstes habe ich Bebe gefragt, was sie sich wünscht, denn schließlich ist es ihre Party.

Ich schlug ein paar vornehme Restaurants in Pittsburgh vor oder eine Party in Kynans Haus, doch Bebe wollte es hier stattfinden lassen, in der Firma. Es ist ein Zeichen dafür, wie sehr sie sich den Leuten zugehörig fühlt.

Ich entschied mich für den zweiten Stock, da er offen gestaltet ist und nur auf der einen Seite Schreibtische hat; auf der anderen sind Sitzecken. Ich bestellte noch ein paar Tische und beauftragte einen Cateringservice mit nicht gerade Schickimicki-Essen, aber auch keine Buletten und Würstchen im Schlafrock.

Kurz überlegte ich, ob ich zu weit gegangen war, also stellte ich Kynan meinen Plan vor und er stimmte allem zu. Auch dem Barkeeper an einer offenen Bar.

Ich dekorierte den ganzen Tag, hängte chinesische Laternen auf und Bänder an die oberen Stahlträger und Rohre, schob die große Leiter zwischen die Schreibtische und ging allen Mitarbeitern ziemlich auf die Nerven. Nach seiner Stunde mit Corinne kam Malik und befahl mich von der Leiter. Ich versuchte, zu widersprechen, doch er kann unglaublich stur sein und ein bisschen sexistisch, wenn er die Unverschämtheit besitzt, zu denken, dass ich nicht in der Lage bin, auf eine Leiter zu steigen und Deko aufzuhängen, aber schließlich gab ich nach. Das war einfacher, als sich zu streiten.

Jetzt scheinen alle da zu sein und die Party steigt. Als Personalbeauftragte kann ich sagen, dass insgesamt achtundsechzig Mitarbeiter in Vegas und Pittsburgh beschäftigt sind. Natürlich sind die Leute aus Vegas nicht gekommen und einige unserer Agenten sind im Einsatz, doch es sind um die hundertfünfzig Leute hier, da auch Familienmitglieder willkommen sind.

Ich sehe Kynan zu Bebe hinüber gehen, die mit ihrem neuen Freund Griff, ihrem Sohn Aaron und ihrer Mutter Gloria da ist. Er sagt etwas zu ihr, woraufhin sie entschlossen den Kopf schüttelt und sogar versucht, sich enger an Griff zu schmiegen, als ob sie vor dem bösen Besitzer von Jameson Schutz sucht.

Kynan grinst, nimmt sie am Ellbogen und führt sie zur schwebenden Treppe. Er geht mit ihr halb hinauf, sodass die Menge sie gut sehen kann.

Das allgemeine Schnattern wird leiser, als die Leute Kynan und Bebe sehen und klar wird, dass er gleich eine Rede halten wird.

„Hey", sagt jemand neben mir. Ich zucke zusammen und lächele dann Malik an, der ein Bier in der Hand hält. „Super Party."

„Wie schön, dass du gekommen bist." Ich stoße mit der Schulter an seine. „Wo doch Menschenmengen nicht dein Ding sind."

„Bedeutungslose Unterhaltungen sind nicht mein Ding", korrigiert er mich. „Auf größeren Veranstaltungen ist die Gefahr, auf solche zu treffen, einfach wahrscheinlicher."

„Kapiert", sage ich und lache.

Kynan nimmt die Arme hoch, jemand pfeift laut und alle werden still. Er blickt über seine Domäne, seine Leute, und man sieht ihm seinen Stolz an.

„Okay, Leute", ruft er über all jene hinweg, die noch nicht bemerkt haben, dass eine Rede kommt. „Hört mir einen Moment zu, dann könnt ihr euch wieder dem guten Essen und dem Alkohol widmen."

Alle rücken etwas näher und versammeln sich um die Treppe, um besser zu hören.

„Wie ihr alle wisst", verkündet Kynan würdevoll, „sind wir heute hier, um die Frau neben mir zu feiern."

Kynan genießt offensichtlich das Rampenlicht, während Bebe gern im Boden versinken möchte. Sie ist zwar die liebste und netteste Frau überhaupt, aber auch introvertiert. Vielleicht wegen der Jahre im Gefängnis.

„Bebe möchte nicht, dass ich sie in den Mittelpunkt stelle, und ich habe ihr versprochen, sie nicht zu einer Rede zu zwingen. Also bitte ich euch alle, die Gläser zu heben und auf sie anzustoßen."

Alle folgen dem Aufruf, und Biere, Weine und Longdrinks werden in die Höhe gehoben.

„Ich könnte stundenlang Geschichten erzählen, wie Bebe die bösen Jungs einfängt. Sie ist, was ich das Herz dieser Firma nenne, und ihre Ideen und ihre Hingabe sind beispiellos. Die Welt wurde ein Stück besser, auf jeden Fall sicherer, seit sie bei uns ist. Zu meiner großen Freude kann ich heute verkünden, dass der Präsident eine Begnadigung für Bebe unterzeichnet hat sowie eine Löschung der Einträge in ihrer Akte. Das ist definitiv eine große Ehre, die wir heute mit unserer Bebe feiern wollen. Sie trug ihre Verurteilung wie ein Verdienstkreuz, und jeder hier weiß, dass sie die Bestrafung für ihr Verbrechen mit tiefer Loyalität hinnahm, um ihr Land zu retten. Das war höchst heldenhaft. Heute Früh haben wir beide per Telefon mit dem Präsidenten gesprochen, als er die Begnadigung unterschrieb, und er wollte, dass Bebe weiß, dass das Land in ihrer Schuld steht."

Kynan riskiert einen Blick auf Bebe, die nun nicht mehr nur errötet ist, sondern weint. Kynan wirkt erstaunt, als er sie ansieht. Tränenüberströmt hört sie ihm zu.

Weise entschließt er sich, zum Ende zu kommen. „Also lasst uns auf Bebes Begnadigung trinken und damit ausdrücken, dass wir dankbar sind, dass sie zu uns gehört. Nun … und jetzt amüsiert euch alle gut."

Alle klatschen und rufen Glückwünsche. Kynan zieht Bebe in eine enge Umarmung und lässt sie dann los, damit sie am Ende der Treppe in Griffs Armen zusammenbrechen kann.

„Du weinst ja", stellt Malik fest, neigt den Kopf zur Seite und sieht mich an.

Das ist mir gar nicht bewusst gewesen. Mit dem Handrücken wische ich über meine feuchte Wange. „Das ist so schön, nicht wahr?"

„Ja."

Er legt einen Arm um meine Schultern und drückt mich sacht. Kurz lehne ich den Kopf an ihn, bevor wir uns wieder voneinander lösen. Daran war nichts peinlich. Nur ein emotionaler Moment von mir, den er bemerkt hat, ohne eine große Sache daraus zu machen oder mich damit aufzuziehen, und dann war es auch schon vorbei.

„Magst du etwas essen?", fragt Malik.

„Gern." Ich folge ihm durch die Leute bis zum Büfett, das vom Cateringservice aufgebaut worden ist. Es hat sich eine kurze Schlange gebildet und wir stellen uns hinter Cruce Britton an. Er sieht uns über die Schulter hinweg an und lächelt strahlend. Dann dreht er sich um und reicht Malik die Hand, der sie kurz schüttelt.

„Hi, Mann, schön, dich wieder hier zu haben."

„Danke", antwortet Malik. „Es ist auch schön, wieder hier zu sein."

Es ist seltsam, dass Malik zwar seit sechs Monaten ein Mitglied von Jameson ist, aber immer noch ein Neuling, weil er fünf Monate davon in Gefangenschaft war. Keiner kennt ihn gut und umgekehrt. Diese beiden Männer sind sich erst ein Mal begegnet, am Abend bevor Jimmy und Malik nach Syrien flogen. Ironischerweise hatte Cruce auch Jimmy da zum ersten Mal getroffen, bekam aber keine Gelegenheit mehr, ihn näher kennenzulernen. Das ist eine bittere Pille für mich, während ich zusehe, wie sich die beiden Männer unterhalten und wir langsam in der Schlange vorankommen.

Cruce sieht mich an. „Wie geht's der Kleinen? Wächst und gedeiht?"

„Ja." Sofort hole ich mein Handy aus der Handtasche und zeige ihm Fotos.

„Die musst du unbedingt Barrett schicken", sagt er und lacht. „Sie ist im Babyfieber."

„Wirklich?" Ich hebe die Augenbrauen. „Versucht ihr beide es?"

„Ja, wenn wir mal auf derselben Seite des Kontinents sind", übertreibt er bitter.

Malik wirkt verwirrt, also kläre ich ihn auf. „Barrett reist ständig nach Kalifornien, wo sie einem privaten Forschungskonsortium hilft, einen Reaktor für Fusionsenergie zu entwickeln."

Malik blinzelt ein paarmal. „Klingt nach einer klugen Frau."

„Doppelter Doktortitel als Elektroingenieurin und Physikerin", antwortet Cruce lautstark und wölbt stolz die Brust. Dann geht er dichter an Malik heran, sieht sich kurz um, ob jemand lauscht. „Aber davon darf man sich nicht blenden lassen. Sie ist außerdem noch verdammt heiß."

Ich schnaube und Malik lacht auf. „Zur Kenntnis genommen."

Wir füllen uns die Teller mit Rinderlende mit scharfer Meerrettichkruste, Shrimps mit Cajun-Gewürz, glasierten Karotten, Nudelsalat, Teigtaschen und

Aufschnitt von einer Wurst- und Schinkenplatte. Die Portionen auf meinem Teller sind klein und geordnet, während Maliks Teller mit einem hohen Berg beladen ist.

Cruce setzt sich mit uns an einen Tisch, an dem sich bereits Ladd McDermott und Jackson Gale befinden. Beide wurden erst eingestellt, als Malik in Gefangenschaft war, also stelle ich die Männer einander vor. Die beiden sind entspannte Typen und heißen Malik sofort willkommen. Mit einundvierzig ist Ladd einer unserer ältesten Agenten. Seine Haare sind vorzeitig silbern geworden und er trägt sie kurz und nach vorn gekämmt. Seine stechenden blauen Augen wirkten erst eisig, doch er ist ein netter Kerl, wie ich bei unserem wenigen Kontakt bereits feststellen konnte. Kynan hat mir gesagt, dass er früher beim CIA war, also hat er bestimmt eine Menge coole Geschichten auf Lager.

Jackson ist ungefähr in Maliks Alter und ein früherer Navy SEAL. Cage hat ihn vor ein paar Monaten zu Jameson gebracht. Obwohl er erst Mitte zwanzig ist, hat er die Ausstrahlung eines älteren Mannes. Natürlich nicht körperlich, sondern geistig. Es scheint, als hätte er schon Dinge gesehen, die er nicht gesehen haben sollte, und als hätte er dadurch eine Weisheit erlangt, die andere in seinem Alter noch nicht haben.

„Wo ist Cage?“, fragt Jackson.

„In San Francisco“, antworte ich und schneide in mein Fleisch. „Er und Rachel halten die ganze Woche auf einer Sicherheitskonferenz Vorträge.“

Rachel ist Kynans Stellvertreterin und führt das Büro in Vegas. Ich habe sie noch nicht persönlich kennengelernt, aber schon oft mit ihr telefoniert und über Skype gesprochen. Sie ist unglaublich cool. Das ist einer der vielen Gründe, warum ich so gern bei Jameson arbeite und Kynan als Boss habe. Er gibt Frauen leitende Positionen und glaubt nicht daran, dass ihr Geschlecht ein Hindernis ist.

Ich denke oft darüber nach, ob ich auch einmal in eine bessere Position rutschen kann. Immerhin habe ich eine militärische Ausbildung. Ich bin mutig und abenteuerlustig und scheue nicht vor Herausforderungen zurück. Obwohl ich gut als Kynans Assistentin bin, weiß ich doch, dass ich noch mehr zu bieten habe.

„Ich würde heute gern noch ins *The Basement* gehen“, sagt Jackson zu Malik. „Kommst du mit?“

Zu meiner Überraschung sieht Malik mich an. Obwohl sein Ausdruck neutral bleibt, kann ich die Frage in seinen Augen lesen.

Soll ich?

Er fragt das nicht aus Besitzanspruchsgründen meinerseits, sondern weil er wissen will, ob ich ihn für bereit halte, sich mit seinen neuen Kollegen ins Nachtleben zu stürzen.

„Dann sollte man besser alle ungebundenen Frauen da draußen warnen“, sage ich mit einem Zwinkern.

Malik fasst das als meine Zustimmung auf. Ja, ich glaube, das würde ihm guttun. Außerdem sollte er Beziehungen mit seinen Teammitgliedern aufbauen.

„Und was ist mit dir?“, fragt er Ladd.

Der schüttelt den Kopf. „Sorry, habe schon etwas anderes vor, aber vielleicht ein andermal. Die haben da dieses neue Axtwerfen, und das klingt ganz nach meinem Geschmack.“

„Komm doch auch mit, Anna“, sagt Malik, als ich

mich zu ihm drehe.

Wieder ist seinem Ausdruck nichts abzulesen und sein Tonfall ist auch neutral, und es klingt nicht nach reiner Höflichkeit, sondern es scheint ihm eher wichtig zu sein, dass ich mitkomme.

Sofort schlägt Jackson in dieselbe Kerbe und korrigiert seine Einladung. „Natürlich, Anna. Du kannst auch mitkommen. Ich wollte dich nicht ausschließen. Ich habe nur angenommen, dass du zu Avery nach Hause musst."

„Meine Mom hat sie heute", antworte ich mit einem verständnisvollen Lächeln. Dennoch ist mir klar, dass die Einladung teilweise doch exklusiv war, und zwar nicht, weil Jackson ein blöder Kerl ist. Sondern weil ich nicht wirklich zu *diesem* Team gehöre. Ich bin nur Kynans Assistentin, was kein Vergleich ist zu der Beziehung, die die Agenten untereinander haben, die gemeinsam bei Operationen ihr Leben aufs Spiel setzen.

Vielleicht sollte ich mit Kynan über eine Beförderung sprechen. Ich bin sicher, dass ich im Team dienlicher wäre, auch wenn Jimmy sich im Grab umdrehen würde, wenn ich an so etwas auch nur denke.

Lieber werde ich vorher mit Malik darüber reden und mal abwarten, was er davon hält.

Plötzlich wird mir klar, dass Malik zu meiner Vertrauensperson geworden ist, an die ich mich wende, wenn es um lebensentscheidende Entschlüsse geht.

Jimmy ist nicht mehr für mich da.

Mom würde nur sagen, dass ich Blödsinn rede.

Meine beste Freundin würde es nicht verstehen.

Cage ist zu sehr mit seiner neuen Liebe beschäftigt.

Aber Malik wird mich verstehen. Er lässt mich darüber reden. Vielleicht wird er nicht zustimmen, aber er würde trotzdem alles in Bewegung setzen, damit ich meine Ziele erreiche. Mir fällt auf, dass es eine Menge Vertrauen ist, das ich in ihn setze, doch das ändert nichts an der Tatsache.

Kapitel 13

Malik

Anna beugt den Arm, verengt konzentriert die Augen und ihre Zungenspitze lugt seitlich ein Stück aus ihrem Mund heraus, was absolut bezaubernd ist. Sie hält inne, visiert das Ziel an und lässt die Axt fliegen. Mühelos segelt diese durch die Luft und trifft mitten ins Zentrum, ins Bullseye.

„Verdammt“, brummt Jackson geschlagen und kippt sein Bier ab. „So was habe ich noch nie erlebt.“

Anna dreht sich uns zu. In ihren Augen glänzen Triumph und Alkohol. Ich halte meine Hand hoch und sie gibt mir ein heftiges High Five. Widerwillig macht Jackson dieselbe Geste. Seit fünf Spielen tritt Anna uns nun schon in den Hintern. Auch wenn mein männliches Ego langsam Dellen bekommt, genieße ich es umso mehr, wie Anna sich amüsiert. Am Wochenende, als ich bei ihr war, um das Ersatzteil in den Geschirrspüler einzubauen, hat sie zugegeben, sich manchmal schuldig zu fühlen, wenn sie fröhliche Momente hat. Ich kenne das Gefühl. Es fällt einem schwer, sich sein Glück zu erlauben, wenn gute Menschen wie Jimmy und Sal das nicht mehr können. Ich habe ihr dazu etwas gesagt und hoffe, dass sie sich noch lange daran erinnern wird.

„Jimmy würde wollen, dass du glücklich bist.“

Jackson nimmt sein Handy von dem Stehtisch, um den wir versammelt sind, und ist eine Weile darauf konzentriert. „Ich muss jetzt gehen“, verkündet er dann.

„Heißes Date?“, neckt ihn Anna, nimmt ihr Bier in die Hand und trinkt einen Schluck.

Sie trinkt jetzt langsamer, hat aber trotzdem schon ein paar intus. Was ihre Zielsicherheit beim Axtwurf umso erstaunlicher macht.

„Du bist eine Lady", neckt er sie im Gegenzug. „Also ja … nennen wir es ein Date."

Anna schnaubt und stößt mir leicht in die Rippen. „Er meint eine Eroberung."

„Ja, habe ich kapiert", antworte ich mit einem Lachen.

Eine Kellnerin kommt vorbei und fragt uns, ob wir noch eine Runde wollen. Aus Rücksicht auf Anna lehne ich ab, denn sie hat sicherlich bereits genug, und ich möchte nicht, dass sie sich morgen die Seele aus dem Leib kotzt. Über mich selbst mache ich mir normalerweise keine solchen Gedanken, aber da ich noch um die zehn Kilo zunehmen muss und seit Monaten keinen Alkohol mehr hatte, ist es auch für mich Zeit, aufzuhören.

Wir bezahlen unsere Rechnung und Jackson verabschiedet sich und verspricht Anna eine baldige Revanche. Wir gehen durch den Nachtclub. Die meisten Leute kommen zum Trinken und Tanzen her und wir wegen des neuen Unterhaltungsbereichs, wie zum Beispiel dem beliebten Axtwerfen.

Als wir in die kalte Dezemberluft treten, machen wir die Reißverschlüsse unserer Jacken zu. Auch wenn es heute viel kälter ist, als die Nächte in Syrien waren, empfand ich es dort viel frostiger, weil ich keinen Schutz dagegen hatte. Ich würde sogar so weit gehen, zu behaupten, dass Einsamkeit und Isolation einen noch kälter fühlen lassen.

Anna öffnet die Uber-App in ihrem Handy und bestellt einen Fahrer.

„Ich fahre mit dir und dann weiter zu Jameson."

„Das musst du nicht. Es ist nur eine kurze Strecke."

„Und du könntest dir versehentlich Jeffrey Dahmer als Fahrer bestellen", gebe ich zu bedenken.

Anna schnaubt. „Der ist homosexuell. Ich glaube nicht, dass ich seinen Geschmack treffe."

Ich sehe sie streng an. „Der Punkt ist, dass du *irgendjemandes* Geschmack treffen könntest. Ich fahre mit dir, das ist mein letztes Wort."

„Na gut", gibt sie leicht benebelt grinsend nach. „Du bist so ein Höhlenmensch."

„Pass auf, dass ich dir nicht eins über den Schädel schlage und dich an den Haaren in meine Höhle zerre."

Anna lacht, steckt ihr Handy weg und hakt sich bei mir unter. Sie lehnt sich an mich und drückt meinen Arm. „Mit dir macht es echt viel Spaß, Malik."

„Dito", hauche ich. Ich erkenne die krasse Wahrheit darin, was mich immer noch irgendwie beschämt. Doch ich habe mich entschlossen, mich einfach treiben zu lassen, denn das Leben ist verflucht kompliziert.

Unser Fahrer ist ein verpickelter Jugendlicher, der die ganze Zeit plappert. Er studiert an der Duquesne Uni und hat gerade erst als Uber-Fahrer angefangen, um sich etwas dazuzuverdienen. Anna trifft nicht viele fremde Menschen und plaudert locker mit. Ich versuche, zu ignorieren, dass sie beim Einsteigen nicht ganz rübergerutscht ist, sodass sich unsere Arme und Beine berühren. Das ist ganz unschuldig, dennoch habe ich das Gefühl, als ob sich ihre Hitze durch meinen Parka brennt. Ich versuche, es zu ignorieren, und schiebe diese Gedanken auf den Alkohol, den ich intus habe.

Der Wagen fährt vor Annas Haus vor, und ich öffne

die Tür, weil ich auf der rechten Seite sitze. Bevor ich aussteige, informiere ich den Fahrer, dass ich noch eine Meile weiterfahren muss.

„Sorry, Mann“, antwortet er. „Ich hab schon wieder den nächsten Auftrag.“

„Kein Problem.“ Ich steige aus und reiche Anna die Hand. Auf leicht wackeligen Beinen steigt sie auf den Gehweg. Ich halte sie fester, um sie zu stabilisieren, und dann lasse ich sie wieder los.

Sobald ich die Tür zugeworfen habe, fährt der Fahrer wieder los. Anna holt ihr Handy hervor und addiert in der App noch ein Trinkgeld für ihn dazu. Ich greife nach meinem Handy, um mir einen eigenes Uber zu bestellen, doch Anna packt mich am Handgelenk.

„Du kannst gern bei mir warten, wo es warm ist.“

„Ich weiß nicht so recht …“

„Ach, komm schon. Ich habe gestern einen Kuchen gebacken und noch genau zwei Stückchen übrig.“

Ich betrachte Anna. Ihre Wangen sind rosa von der Kälte und das Haar wallt ihr über die Schultern. In dem weichen Licht der Hausbeleuchtung erscheinen ihre Augen mehr blau als grau und sie funkeln vor guter Laune und Alkohol.

Ich sollte Nein sagen, aber ich glaube nicht, dass das in meiner Macht steht, denn ich möchte nicht, dass der Abend schon endet. Ich genieße es viel zu sehr, bei ihr zu sein. Wie sie mich erfüllt, findet meine geschundene Seele einfach viel zu schön, um es aufzugeben.

„Gut“, knurre ich und biete ihr meinen Arm an. Sie hakt sich wieder bei mir unter und wir gehen zur Haustür. „Ich kann ja mal deine Backkünste testen.“

„Ehrlich gesagt“, flüstert sie verschwörerisch, „kann

ich gar nicht gut backen, aber es ist Schokolade drin, also ist es essbar."

„Ich bin abenteuerlustig, los geht's."

Wir gehen nach oben zu Annas Apartment, und ich versuche, das nagende Gefühl zu verdrängen, dass das hier ein Fehler ist. Wenn ich normalerweise nach einem feuchtfröhlichen Abend in das Apartment einer Frau gehe, denke ich nur an eins. Sex.

Und daran denke ich gerade überhaupt nicht.

Ich schwöre es.

Ich denke auf viele unangebrachte Arten an Anna. Wie gern ich bei ihr bin und dass sie die schönste Frau ist, die ich je gesehen habe, doch kein einziges Mal habe ich es mir gestattet, auf sexuelle Weise an sie zu denken.

Aber jetzt denke ich daran.

Fuck!

Als Anna ihre Tür aufschließt, werde ich von massiven Zweifeln überrollt. „Weißt du was … vielleicht bestelle ich doch lieber den Fahrer."

„Ach, sei kein Baby." Sie lacht und schiebt mich durch die Tür. „Ich schwöre, dass dich mein Kuchen nicht vergiften wird."

Sie geht durchs Wohnzimmer in die Küche. Hilflos folge ich ihr, denn ich will verdammt noch mal nicht, dass der Abend schon vorbei ist.

„Willst du Sahne auf dem Kuchen?", fragt Anna, als ich in die Küche komme.

Der Kuchen steht vor ihr und mit der Sprühsahne in der Hand holt sie ein Messer aus der Schublade. Sie hat ihre Jacke schon ausgezogen, also werfe ich meine über ihre auf dem Küchenstuhl.

„Gern." Ich gehe an den Kühlschrank und hole Wasserflaschen heraus.

„Da ist auch Bier, falls du eins möchtest."

„Ich glaube, ich hatte für heute genug Bier." Ich lache und halte die zwei Wasserflaschen hoch.

„Oh Gott, ich auch." Anna stöhnt auf. „Die Kopfschmerzen fangen schon an."

Ich schließe den Kühlschrank und stelle Anna eine Flasche auf die Arbeitsplatte. „Trink die hier leer und vor dem Schlafengehen noch eine."

Anna verdreht die Augen. „Ja, Papa."

Ich öffne mein Wasser und sehe zu, wie sie den Kuchen in zwei Stücke schneidet, ihn auf zwei Teller verteilt und die Sahne in die Hand nimmt. Sie schüttelt die Sprühsahne heftig und zielt auf ein Stück Kuchen. Ich werde wohl nie erfahren, ob die Dose defekt war oder einfach zu viel Druck hatte, aber als Anna sie betätigt, spritzt der cremige Schaum überall hin, und das meiste davon auf meinen Arm.

„Heilige Scheiße!", ruft Anna und lacht unterdrückt, stellt die Dose ab und wischt auf meinem Arm herum. „Das tut mir echt leid."

„Nein, tut es nicht", knurre ich neckend und greife nach einem Küchenhandtuch.

Anna lacht weiter, während ich die Sahne von meinem Flanellhemd wische. „Stimmt, es tut mir nicht leid."

Sie blickt von meinem Arm zu mir hoch und lächelt amüsiert und voller Albernheit. Ohne Zweifel ist sie das schönste Wesen, das ich je gesehen habe. Ich bin fasziniert erstarrt, als sie mit dem Finger an meinem Hals entlang wischt.

„Da ist auch etwas gelandet."

Die irrationale Vorstellung, dass sie gleich den Finger mit dem kaum sichtbaren Sahneklecks auf ihre Zunge legt und ihn genüsslich ableckt, überkommt mich. Sofort fühle ich mich wie ein Arsch, das auch nur zu denken, doch Anna nimmt mir nur das Handtuch ab und wischt sich den Finger damit sauber.

Irgendwann werde ich an diesen Moment zurückdenken und mich fragen, ob ich in der Gefangenschaft vielleicht verrückt geworden bin, doch meine Hand bewegt sich von ganz allein und schnappt sich Annas. Mit erstauntem Blick sieht sie mich an, und ich freue mich, keine Angst in ihren Augen zu sehen.

Nur Neugier.

Das Herz hämmert mir in der Brust. Kein neues Gefühl, denn das hatte ich oft in Syrien. Als die Gewehrkugeln flogen, als ich gefoltert wurde, als sie mich in das Loch warfen. Immer aus Angst. Auch jetzt ist es Angst, als ich diese Frau ansehe, die mir nach so kurzer Zeit schon so viel bedeutet, und ich verstehe kein bisschen, was ich verdammt noch mal hier tue.

„Ich will etwas", sage ich, ohne den Blick von ihr zu nehmen.

Anna neigt leicht den Kopf zur Seite und fragt mich stumm: *Was*?

Meine Gedanken rasen, suchen nach einer Antwort. Es ist nicht fair, etwas von ihr zu wollen, doch mein Mund spricht die Worte aus, bevor ich sie zurückhalten kann. „Einen Kuss."

Erstaunt blinzelt sie. „Oh", sagt sie leise.

„Sag mir, dass ich aus deinem Apartment verschwinden soll", verlange ich ein bisschen zu barsch, doch ich versuche, sie zur Vernunft zu bringen, weil ich keine habe.

Verflucht und zugenäht, aber sie kommt noch näher und schüttelt den Kopf. „Das werde ich nicht tun."

„Sag mir, dass ich etwas Dummes will." Diesmal

klingt es wie ein Betteln.

„Niemals“, verspricht sie mit dem Hauch eines Flüsterns.

„Sag mir, dass es falsch ist.“ Ich neige den Kopf und sehe auf ihren Mund. „Bitte stoß mich weg und sag mir, dass es falsch ist.“

Doch stattdessen geht Anna auf die Zehenspitzen und bewegt sich mit dem Mund auf mich zu. Fest umfasst sie meine Hand, ohne mich sonst noch irgendwo anzufassen, und presst ihre Lippen auf meine. Plötzlich wird mir klar, dass mein Leben nie wieder dasselbe sein wird.

Alles um uns herum verschwindet. Die Küche, der Kuchen, die Last der Welt. Da ist nur noch Anna, der Duft ihres Shampoos und des Biers in ihrem Atem. Ihr Mund ist ein Dieb, raubt mir den Atem, und ich wusste nicht, dass sich etwas so gut und gleichzeitig so schmerzhaft anfühlen kann.

„Ich muss gehen“, murmele ich und ziehe mich abrupt von ihr zurück. Ich wirbele herum, schnappe mir meine Jacke und eile zur Tür.

„Warte“, ruft Anna, und ich höre, wie sie mir nachkommt. „Bitte geh nicht.“

Ich habe die Türklinke in der Hand und bewege sie, aber dann wird mir klar, dass ich Anna mehr schulde als das. Als ich mich umdrehe, steht sie mit schmerzlichem Gesichtsausdruck vor mir. Man sehe sich das an … schon nach einem Fünf-Sekunden-Kuss habe ich es geschafft, sie zu verletzen.

„Das ist nicht richtig“, sage ich. „Du … ich … es tut mir leid.“

Sie legt eine Hand auf meinen Arm und zieht an mir, bis ich sie wieder direkt ansehe. Schweren Herzens tue ich es, darauf vorbereitet, ihr zu sagen, dass ich das alles nicht verdiene.

Aber wir reden nicht, sondern ihr Mund ist schon wieder auf meinem. Mit ihren kleinen Händen umfasst sie mein Gesicht und presst ihren Körper an mich.

Da draußen in der kalten Wüste gab es eine Zeit, in der ich sterben wollte, aber in diesem Moment fühle ich nichts als Leben. Wärme, Elektrisierung, Freude, Erfüllung. All das durch ihren Kuss, ihre Lippen auf meinem Mund, die ausdrücken, was sie gerade fühlt.

Anna zieht sich zurück, umfasst aber weiterhin meine Wangen und sieht mir direkt in die Augen. „An uns beiden ist nichts Falsches."

Ich sage nichts.

„Gar nichts", sagt sie, lässt mein Gesicht los und tritt einen Schritt zurück. „Aber wir haben beide zu viel getrunken, und ich will verdammt sein, wenn wir es darauf schieben müssten."

„Anna", sage ich, doch schließe schnell den Mund. Ich habe keine Ahnung, was zum Geier ich sagen soll.

„Gute Nacht, Malik", sagt sie, greift an mir vorbei und öffnet die Tür.

Ich seufze, ziehe die Jacke an und trete in den Flur. Es fühlt sich an, als hätte ich alles verdorben, also betrachte ich sie noch einmal gründlich, weil es vielleicht das letzte Mal sein wird.

Anna lächelt, kommt an die Türschwelle und greift nach meiner Hand. Sie legt ihre warmen Finger um meine und drückt leicht zu. „Ich hoffe, du wirst mich wieder küssen, wenn ich nüchtern bin. Und dann können wir darüber diskutieren, ob es richtig oder

falsch ist."
Schockiert blinzele ich, als ihre Worte einsinken und meine Gedanken zum Karussell machen.
Dann ist ihre Hand verschwunden und sie schließt die Tür vor meiner Nase.
Ich habe keine Ahnung, was zur Hölle soeben passiert ist.

Kapitel 14

Anna

Ich kaue auf dem Ende meines Kugelschreibers herum, was übrigens eine schlimme Angewohnheit ist, starre auf den Computerbildschirm und suche nach Inspiration für das neueste Projekt, das mir Kynan aufgetragen hat. Nichts Weltbewegendes, nur was von jeder Assistentin von ihrem Boss erwartet wird.

Doch momentan kommt es mir einfach zu belanglos vor.

Oder vielleicht ist es das auch nicht. Vielleicht liegt es daran, dass ich immer noch total abgelenkt bin von Maliks Kuss vor drei Tagen. Oder ich bin so abgelenkt, weil der Kuss unglaublich schön war und Malik mir seitdem aus dem Weg geht. Was ihm normalerweise schwerfallen dürfte, da er als Schreibtischtäter genau in meinem Bereich arbeiten muss, doch irgendwie hat er Kynan überredet, mit Ladd nach New York zu dürfen, wo es um einen Security-Auftrag für einen ausländischen Würdenträger geht, der nächsten Monat nach New York kommen wird. Nachdem sie die Örtlichkeiten überprüft haben, an denen sich der prominente Besucher aufhalten wird, müssen sie einen entsprechenden Sicherheitsplan erstellen.

Ich habe versucht, ihn anzurufen. Er nimmt nicht ab und ruft auch nicht zurück. Ich habe ihm Textnachrichten geschickt. Er hat geantwortet, aber vorgegeben, keine Zeit zu haben. Er meinte, dass er *auf mich zukommt*, wenn er wieder in Pittsburgh ist.

Eigentlich hätte ich allen Grund, verletzt zu sein,

doch das bin ich nicht. Wenn ich eins begriffen habe an dem Abend neulich, dann, dass Malik wegen seiner Gefühle total durcheinander ist. Und das kann man ihm nicht verübeln. Das mit uns ist schrecklich kompliziert. Das seelische Gepäck, das jeder von uns mit sich herumschleppt, ist unfassbar schwer. Ich bin nicht dumm, ich weiß sehr wohl, wie tückisch das für uns beide sein könnte, aber darüber müssen wir unbedingt reden.

Und das kann ich schlecht tun, wenn er mir aus dem Weg geht.

Ich lege den Stift auf den Schreibtisch, stehe auf und strecke meinen Rücken. Ich laufe durch mein kleines Büro und versuche, mich zu konzentrieren, schaue durch das Glas durch den freien Raum der zweiten Etage an der Treppe vorbei zu den Büros auf dieser Seite. Corinne sitzt an ihrem Schreibtisch vor dem Laptop.

Mit ihr habe ich schon eine ganze Weile nicht mehr gesprochen. Vielleicht sollte ich eine kleine Pause machen und ihr Hallo sagen. Nur so aus Freundlichkeit.

Auf den Weg durch die Schreibtischreihen nicke ich einigen Kollegen grüßend zu, gehe an Corinnes Tür und klopfe leise. Sie hebt den Blick und lächelt mich einladend an.

„Hi“, sagt sie freundlich. „Womit habe ich diese Ehre verdient?“

Ich setze mich auf einen ihrer Besucherstühle. Sie dreht ihren Stuhl zu mir, nimmt ein Bein vom anderen und kreuzt sie erneut.

„Ich wollte nur mal Hallo sagen“, antworte ich vage. „Habe dich eine Weile nicht gesehen. Wie geht’s so?“

„Gut.“ Sie nickt kurz. „Ich hatte ein ruhiges

Thanksgiving in Atlanta. Und wie geht's dir?"

Kurz erwäge ich, mit dem obligatorischen *Ganz gut* zu antworten, doch dann überlege ich es mir anders. Corinnes Job ist es, die Angestellten von Jameson mental gesund zu halten, und davon sollte ich Gebrauch machen.

„Ich habe ein kleines Problem." Ich zögere, falls sie sagen will, dass ich erst einen Termin machen soll, doch sie wirkt aufmerksam, also rede ich es mir von der Seele. „Ich glaube, zwischen Malik und mir entwickelt sich etwas romantischer Art, aber plötzlich benimmt er sich komisch. Wir haben beide unsere Bedenken, aber andererseits habe ich die auch wieder nicht. Ich meine, es ist schließlich kompliziert, nicht wahr? Seine Zweifel sind nicht dieselben wie meine, aber wir haben beide etwas erlebt, was uns irgendwie zusammenschweißt, aber jetzt ist er verschreckt und spricht nicht mehr mit mir, aber ich würde gern diesen Kuss besprechen und vielleicht …"

„Moment mal", unterbricht Corinne meinen Redefluss. „Es gab einen Kuss?"

„Einen kurzen." Ich nicke. „Aber er war so schön. Wirkungsvoll, aber das hat ihn total verstört. Und jetzt geht er mir aus dem Weg."

„Okay." Corinne steht auf, schließt die Bürotür und setzt sich auf den anderen Besucherstuhl. „Ich habe ungefähr eine halbe Stunde bis zu meinem nächsten Termin. Fang bitte noch mal von vorn an."

Ich atme tief durch und erzähle ihr alles, was zwischen Malik und mir passiert ist. Ohne zu unterbrechen, hört sie mir aufmerksam zu.

Am Ende ergänze ich: „Ich kann es nicht erklären, aber es besteht eine Verbindung zwischen uns. Mehr als nur Freundschaft, es geht tiefer. Und es besteht auf jeden Fall eine starke Anziehungskraft, aber ich glaube, er hat Angst, weiter zu gehen."

„Malik einmal ganz beiseitegelassen", sagt Corinne deutlich, „denn du kannst nicht wissen, wie er fühlt, also kannst du auch nicht für ihn sprechen. Sag mir lieber, was du willst. Was du fühlst."

Das stoppt mich erst einmal. Ich war so von Malik besessen, dass ich mir nicht die Mühe gemacht habe, herauszufinden, wie ich selbst darüber denke. Also, natürlich weiß ich, was ich fühle, aber ist es auch gesund?

Erneut atme ich tief durch, um mich besser konzentrieren zu können. „Okay, also, ich empfinde etwas für Malik. Eine Menge sogar. Mitgefühl für das, was er durchgemacht hat. Und Respekt davor. Wir haben beide in Syrien etwas verloren, was uns verbindet. Fast schon auf metaphysischer Ebene. Außerdem fühle ich mich zu ihm hingezogen wie eine Frau zu einem Mann, und das hat gar nichts mit Syrien zu tun. Aber ich habe ein schlechtes Gewissen, weil mein Mann erst vor sechs Monaten gestorben ist und ich mir daher oberflächlich und untreu vorkomme. Ich sollte wohl den leichteren Weg wählen und es bei einer Freundschaft belassen, aber das ist schwer, weil er sich auch zu mir hingezogen fühlt. Und dann kommen noch seine Bedenken und Zweifel dazu. Sollten wir uns überhaupt in diese Richtung bewegen?"

Nachdenklich nickt Corinne. „Das ist momentan alles ein bisschen viel für dich. Und für Malik auch. Ihr seid beide traumatisiert und in Trauer und verarbeitet das noch. Eigentlich nicht der richtige Zeitpunkt, auf romantische Gefühle einzugehen, die mit anderen Emotionen durcheinandergeraten könnten."

Mich überrollt heftige Enttäuschung. Ich senke den Blick auf meinen Schoß hinab.

„Ich merke, dass dir das nicht behagt. Was sicherlich etwas aussagt. Aber ich habe gesagt, *eigentlich* ist es nicht der richtige Zeitpunkt. Das heißt nicht, dass es in Stein gemeißelt ist."

Abrupt hebe ich den Kopf. „Also soll ich es wagen? Oder mich zumindest für die Möglichkeit einer Beziehung mit Malik öffnen?"

„Das habe ich nicht gesagt", antwortet sie vorsichtig. „Es bedeutet nur, dass es keine festen Regeln gibt. Aber es gibt Risiken, die dir bewusst sein sollten. Du musst in Betracht ziehen, dass eine Beziehung mit Malik nicht so leicht werden könnte, wenn man bedenkt, was ihr beide durchgemacht habt."

Das klingt vernünftig, beantwortet aber nicht meine dringlichste Frage. „Aber ist es grundsätzlich falsch? Bin ich Jimmy gegenüber untreu, wenn ich etwas für Malik empfinde?"

„Hat Jimmy dich je gebeten, nie mehr zu heiraten oder glücklich zu werden, falls er stirbt?"

„Darüber haben wir nie gesprochen."

„Glaubst du, dass er gewollt hätte, dass du ihm für immer treu und solo bleibst?"

Die Antwort fällt mir sofort ein. „Nein. Er würde wollen, dass ich glücklich bin, egal wie."

„Siehst du." Sie winkt ab. „Wenn Malik dich glücklich macht und Jimmy das für dich gewollt hätte, kommt mir daran nichts falsch vor."

Das klingt logisch. Ich lehne mich auf dem Stuhl zurück und denke darüber nach, doch stelle schnell fest, dass dies nur die eine Seite der Medaille ist. „Aber das bedeutet noch lange nicht, dass Malik es genauso sieht."

„Das findest du nur heraus, wenn du mit ihm sprichst“, sagt sie mit einem bedeutungsvollen Blick.

Ich seufze. „Wenn er aufhören würde, mir aus dem Weg zu gehen, würde ich das. Das geht aber schlecht, wenn er nach New York geflogen ist.“

Corinne grinst und steht auf. „Er ist wieder da.“

„Was?“ Ich springe ebenfalls auf.

„Vor einer Stunde war ich oben und da war er wieder da. Er wollte trainieren gehen und dann duschen.“

Ich drehe mich um und schaue zur Treppe. Wenn er immer noch im Fitnessraum ist, könnte ich ihn überfallen und dazu zwingen, mit mir zu reden.

„Aber Achtung“, warnt mich Corinne. „Er ist vielleicht noch nicht so weit wie du, um über seine Bedenken hinwegzukommen. Dann musst du das akzeptieren.“

Ich schlucke schwer an dem Kloß im Hals vorbei, der sich wie ein Vorbote auf das Kommende bildet. „Verstanden.“

Nie würde ich etwas tun, was für Malik alles nur noch schlimmer macht. Aber ich will auch nicht, dass er es einfach ignoriert. Es ist besser, ein Pflaster schnell abzureißen, die Blutung kann man hinterher noch stillen.

„Danke, Corinne.“ Ich gehe zur Tür. „Ich gehe nach oben und werde mal sehen, ob ich jetzt mit ihm reden kann.“

„Viel Glück.“

*

In letzter Zeit ist der Fitnessraum im vierten Stock ein sicherer Hafen gewesen. Schon immer hatte ich

Spaß am Trainieren. Schon in der Highschool habe ich Volleyball gespielt und bin gelaufen. Durch meine Leidenschaft für Fitness habe ich gewusst, dass ich eine gute Soldatin sein würde, und hatte daher keine Angst, der Army beizutreten. Im Fitnessraum bei Jameson habe ich mir nach der Geburt von Avery den Speck wegtrainiert, wann immer ich dort sein konnte. Das meiste habe ich mir wegen Avery zu Hause abtrainieren müssen, aber wann immer ich Zeit erübrigen kann, findet man mich im Fitnessraum. Entweder auf dem Laufband oder an den Gewichten.

Der Fitnessbereich ist riesig, nimmt die Hälfte des vierten Stocks ein und beherbergt jedes nur denkbare Fitnessgerät sowie einen Bereich für Basketball. Daher entdecke ich Malik nicht sofort, als ich eintrete. Es ist Nachmittag und recht leer, da die meisten Leute lieber früh morgens oder nach Feierabend trainieren gehen.

Ich höre das Geräusch von Metall auf Metall aus dem Gewichtebereich und gehe dorthin, wobei ich mich durch Reihen von Fahrrädern, Steppern und Laufbändern durchschlängele, bis ich Malik Gewichte stemmen sehe.

Er liegt flach auf dem Rücken und stemmt eine Stange mit schweren Gewichten. Da ich seine Konzentration nicht stören will, bewege ich mich außerhalb seines Sichtfeldes langsam näher. Als er fertig ist, hängt er die Stange ein und setzt sich breitbeinig auf der Bank auf.

Malik sieht mich nicht sofort. Er dreht sich seitlich und greift nach einem Handtuch. Ich lasse mir Zeit und bewundere seinen Körper, den ich sehr attraktiv finde, ohne mich auch nur ein bisschen dafür zu schämen. Er trägt lediglich eine tief sitzende kurze Trainingshose. Er ist schlank, was eine Verbesserung gegenüber abgemagert ist. Man sieht die Muskeln auf seiner Brust anwachsen und er hat einen wohlgeformten Oberkörper. Ein dünner Schweißfilm bedeckt ihn, doch er tupft nur sein Gesicht mit dem Handtuch ab.

Als er es sinken lässt, entdeckt er mich. Und erstarrt.

Langsam trete ich näher. Je kürzer die Distanz wird, desto alarmierter wird sein Ausdruck. Ich nehme an, dass er ahnt, dass ich mit ihm reden will.

Malik erhebt sich von der Bank und lässt das Handtuch fallen. Kurz vor ihm bleibe ich stehen. „Hi."

„Hi", sagt er zögerlich.

„Du bist wieder da."

„Erst seit ein paar Stunden." Dann fügt er lahm hinzu: „Ich wollte später zu dir kommen …"

Ich halte eine Hand hoch, denn seine Absichten, oder besser gesagt Nicht-Absichten, sind mir egal. Ich bin hier, damit wir uns zusammensetzen und darüber reden, was zwischen uns abläuft. Doch um ehrlich zu sein, sagt mir mein Instinkt, dass Reden momentan vielleicht nicht der richtige Weg ist. Wir sind in einem Fitnessstudio, scheinbar allein, denn ich kann sonst niemanden entdecken, und Malik ist halb nackt und sieht unglaublich heiß aus.

Manchmal werden Worte überbewertet.

Ich trete näher und lege die Hände auf seine feuchte Brust. Unter meinen Fingern zucken seine Muskeln und ein tiefes Knurren entkommt ihm. Langsam hebe ich den Blick zu seinen Augen, die dunkel sind, verwirrt und ein wenig ungestüm.

Absichtlich lasse ich die Hände nach oben gleiten.

Über seine Schlüsselbeine, an seinem Hals entlang. Meine Fingerspitzen berühren sein feuchtes Haar, meine Daumen streicheln sein Kinn. Ich blicke auf seinen Mund, und auf keinen Fall kann er meine Absichten fehlinterpretieren.

Ich ziehe ihn zu mir herunter, versuche es zumindest, denn er leistet Widerstand.

Ich sehe ihm in die Augen und mein Herz zieht sich zusammen, als ich ihm den Konflikt ansehe. Noch nie habe ich so klar gesehen, dass jemand etwas sehr will, jedoch ist seine Weigerung offensichtlich.

Ich streichele mit den Daumen über seine Bartstoppeln. „Vertrau mir, Malik."

Sofort spüre ich, wie sich sein Nacken entspannt und er genau das tut.

Er vertraut mir.

Ich gehe auf die Zehenspitzen, übe nur einen leichten Druck mit meinen Händen aus und ziehe Maliks Mund auf meinen.

Bei der ersten Berührung weiß ich ganz klar, dass nichts Falsches daran ist. Es ist das forschende Zusammentreffen unserer Münder, sanft und zögerlich.

Hoffnungsvoll.

Malik hält kurz den Atem an und atmet in meinen Mund aus.

Damit gibt er das letzte bisschen Beherrschung auf.

Er schlingt die Arme um mich, stößt meine fort, und dann umfasst er mein Gesicht. Er hält mich fest, neigt leicht den Kopf zur Seite und vertieft den Kuss. Ich spüre ihn bis in meine Seele. Ich kann nichts weiter tun, als mich an seinen Schultern festzuklammern, während mein Leben plötzlich zur Achterbahnfahrt der Gefühle wird.

Stimmen dringen durch meinen Nebel aus Lust.

Zwei Männer lachen über etwas am Eingang des Studios.

Malik und ich springen auseinander, als hätten wir einen Stromschlag bekommen. Ich blicke über meine Schulter und sehe Saint und Cruce mit ihren Sporttaschen reinkommen. Ohne uns zu sehen, gehen sie in den Basketballbereich.

Ich drehe mich wieder zu Malik um und erkenne bestürzt, dass die Unsicherheit erneut in seinen Zügen zu lesen ist. Wie er nach diesem Kuss noch Zweifel haben kann, ist mir unverständlich.

Ich nehme an, jetzt ist der richtige Zeitpunkt für Worte. Allerdings nicht wirklich sofort, denn erst müssen wir unseren Arbeitstag hinter uns bringen. „Kommst du heute Abend zum Essen zu mir, damit wir reden können? Das würde sicher helfen."

„Wobei helfen?" Seine Stimme klingt brüchig.

„Dass du damit einverstanden bist." Ich drücke seine Hand. „Du sollst wissen, dass ich es bin. Und ich möchte, dass du es auch bist. Ich glaube, dass wir etwas Besonderes haben, Malik, aber wir müssen darüber reden, okay?"

Er nickt lediglich, doch in seinem Gesicht stehen viele Emotionen geschrieben. Angst, Zweifel, und doch ist da ein Ausdruck, an dem ich mich festklammere. Hoffnung.

Kapitel 15

Malik

Obwohl ich kein unentschlossener Mann bin, schwankte ich und überlegte bestimmt zwanzig Mal hin und her, ob ich zu Anna gehen sollte. Es gibt gute Gründe, es nicht zu tun, aber Teufel noch mal, nach diesem Kuss stehe ich tatsächlich vor ihrer Tür.

Dabei geht es nicht nur um den körperlichen Aspekt des Kusses. Ich habe schon viele Frauen geküsst. Angefangen von dem Mädchen auf dem Spielplatz, als ich fünf war, bis zu der Frau, mit der ich zwei Nächte vor der Abreise nach Syrien zusammen war. Diese Küsse haben an allen möglichen Orten stattgefunden. Romantische Küsse auf regennassen Straßen und welche, die eine Frau mit meiner Zunge zwischen ihren Beinen zum Kommen brachten. Sie alle habe ich mit dem Mund gespürt, aber was heute im Studio geschah, vor ein paar Stunden erst, hat meine Welt ins Wanken gebracht.

Ehrlich gesagt hat es mich in Panik versetzt.

Anna hat mich fast auf die Knie gezwungen mit ihrer zärtlichen, doch fordernden Absicht, und ich habe Angst davor, wozu sie mich noch bringen wird, denn ich will ihren Mund wieder auf meinem fühlen.

Ich erinnere mich an ein Gespräch mit meiner Mutter, als ich vierzehn war. Zugegebenermaßen war ich ein Muttersöhnchen und mir war gerade das erste Mal das Herz gebrochen worden. Auch wenn ich meinen Vater wahnsinnig liebte, hätte ich mich nie für Trost und Rat an ihn gewendet, so wie ich es bei ihr tun konnte.

Meine Mutter ist Rhetorik-Coach und kann sehr gut mit Worten umgehen. Zwar habe ich nicht geweint, als meine erste Liebe zerbrach, aber das bedeutet nicht, dass mein Herz nicht in Scherben lag.

Mom sagte: „Malik, untersuche deine Gefühle. Merke dir den Schmerz und das Leid. Vergiss nie, wie schlecht du dich gerade fühlst, denn eines Tages wird es dir albern vorkommen. Irgendwann wirst du eine Frau treffen, für die du so unfassbar wunderbare Gefühle haben wirst, dass du dich fragen wirst, wie du dich jemals so schlecht gefühlt haben kannst."

Sie hat von sogenannten Seelenpartnern gesprochen, an die romantisch veranlagte Menschen glauben. Damals, als ich ihr zuhörte, glaubte ich auch daran. Aber dann wurde ich erwachsen. Und unter all den Frauen, mit denen ich zusammen war, war nicht eine, die mein gebrochenes Herz von damals albern erscheinen ließ. Das bedeutet nicht, dass ich von dem Herzschmerz besessen war. Im Gegenteil.

Ich glaube, es geht mehr um die Macht der Gefühle. Und bisher habe ich noch niemanden getroffen, der in mir solch tiefe Reaktionen hervorgerufen hat, egal ob schöne oder unschöne, gute oder schlechte.

Bis Anna kam.

Obwohl ich weiß, dass ich sie echt gut leiden kann, als Kollegin, Freundin, Kumpel, habe ich nicht geahnt, wie sehr sie mich berühren könnte.

Bei der Gewalt meiner Empfindungen sollte es wohl logisch sein, dass ich mich über die Essenseinladung freue. Doch niemand versteht meine Selbstzweifel. Nutze ich Anna aus? Ist sie wirklich bereit, abgesehen von der Selbstsicherheit, die sie vorgibt?

Und vor allem ist da die Frage, ob ich sie wirklich den Weg mit mir gehen lassen kann. Mit dem Mann, der dafür verantwortlich ist, dass ihr Ehemann kalt in einem Grab liegt.

Gerade will ich mich von der Tür abwenden, da schwingt sie zu meinem Entsetzen weit auf. Anna steht dort und ist mehr als schön. Sie hat das Kleid ausgezogen, das sie bei der Arbeit getragen hatte, und trägt eine weite Hose und einen langärmeligen Sweater, der auf einer Seite von der Schulter gerutscht ist. Dicke, flauschige Socken umschmiegen ihre Füße. Das Haar hat sie zu einem lockeren Knoten auf dem Kopf zusammengenommen und sie hat ein Bier in der Hand.

„Ich habe dich hier draußen herumschleichen gehört", sagt sie mit einem sanften Lächeln. „Und dich eine Weile durch den Spion beobachtet und deine Unentschlossenheit gesehen. Da dachte ich, vielleicht kann ich dich mit einem Bier hereinlocken."

Himmel, das ist so verdammt süß.

„Okay, ja, das funktioniert", gebe ich zu, nehme ihr das Bier ab und trete ins Apartment. „Ich bin total in Gedanken."

„Merkt man gar nicht", scherzt sie keck und geht in die Küche.

Ich folge ihr und rieche Tomatensoße und Knoblauch. „Wo ist Avery?"

„Sie schläft. Falls du irgendwas über Babys weißt … sie schlafen viel. Und essen. Und kacken."

„Aber sie sind so verdammt niedlich." Ich trinke einen Schluck Bier.

Lachend sieht sie über ihre Schulter. „Das stimmt. Inzwischen schläft sie drei bis fünf Stunden durch, was definitiv zu meinem eigenen Schönheitsschlaf beiträgt."

Auf dem Herd steht ein Topf Spaghetti, und das

Wasser kocht. Sie rührt die Nudeln um. Daneben blubbert in einem Topf würzig riechende Tomatensoße. Das Licht im Backofen beleuchtet Knoblauchbrot. Mein Magen knurrt vor Vorfreude.

„Das muss schwer gewesen sein." Der weiche Ton meiner Stimme veranlasst Anna, mich fragend anzusehen. „Ganz allein mit dem Baby zu sein. Und alle paar Stunden für sie da zu sein, ohne dass dir jemand geholfen hat."

Anna lächelt und zuckt leicht mit den Schultern. „Auch wenn ich gern eine dieser Märtyrer-Mütter wäre, die ihrem Kind eines Tages vorbeten, wie sehr sie sich für es aufgeopfert haben, muss ich sagen, dass Avery ein recht pflegeleichtes Baby ist. Ja, wenn sie Hunger hat, weint sie und ich muss aufwachen und sie stillen. Aber danach schläft sie sofort weiter und ist ein total zufriedenes Kind. Ansonsten weint sie selten, außer wenn die Windel voll ist."

Das freut mich, reizt mich aber zu einer Bemerkung. „Ich habe gehört, wenn sie als Babys brav sind, werden sie besonders wilde Teenager."

„Oh Gott, hoffentlich nicht."

Anna lacht und ich lache mit. Eine Erinnerung daran, wie einfach es ist, sich nett mit ihr zu unterhalten, obwohl wir ein paar dunkle Wolken über uns haben. Das sagt doch schon etwas. Oder auch nicht.

Anna legt den Holzlöffel zur Seite, mit dem sie die Pasta umgerührt hat, und dreht den Herd ab. Sie sieht mich an, legt eine Hand an ihre Hüfte und ich bin sofort alarmiert bei ihrem besorgten Ausdruck.

„Was ist los?", frage ich.

Sie wendet sich ab, errötet und schüttelt den Kopf. „Ach, es ist dumm."

„Das ist es nicht, versprochen." Ich nehme mir fest

vor, nicht darüber zu lachen, egal was jetzt kommt.

Anna blickt auf und sieht gequält aus. „Es ist nur … ich kann nicht aufhören, an den Kuss zu denken. Er hat mich fast umgehauen …“

„Welcher? Es gab zwei.“

„Der heute im Fitnessraum, aber der erste war auch umwerfend.“

„Verstanden“, sage ich nickend, um die Dinge voranzutreiben.

„Ich weiß, dass wir darüber reden müssen. Über uns. Über was immer zwischen uns ist und was es bedeutet und wie wir zufrieden damit umgehen können. Deshalb habe ich Abendessen gekocht, damit wir in Ruhe und vernünftig besprechen können, welche Richtung wir einschlagen wollen. Also habe ich Spaghetti gemacht, weil ich sie für eine gute Idee hielt, denn sie sind schnell zu kochen ohne zu viel Arbeit, wenn du verstehst, was ich meine. Außerdem hatte ich nicht wirklich Zeit, nach der Arbeit noch einkaufen zu gehen, und diese Zutaten hatte ich …“

Ich unterbreche sie, weil sie offensichtlich vor lauter Nervosität vor sich hin plappert und nicht auf den Punkt kommt. „Anna.“

Sie holt tief Luft und wird so rot, dass ich wette, ihr Gesicht fühlt sich jetzt heiß an. „Es ist nur … ich will wieder von dir geküsst werden. Das will ich mehr, als zu reden, und ich habe Angst, wenn wir erst beim Essen reden, wird der Kuss nicht mehr ganz so toll sein, weil er mir irgendwie geplant vorkommen wird. Außerdem koche ich mit einer Menge Knoblauch, und der Kuss wird nach den Spaghetti sicher furchtbar sein, aber ich will, dass er perfekt wird, verstehst du?“

Trotz aller Zweifel, Schuldgefühle und meines

Glaubens, sie nicht zu verdienen … in diesem Moment, als ich ihre Bedenken wegen eines knoblauchhaltigen Kusses höre, verliebe ich mich ein bisschen in Anna Tate.

Und in diesem Moment entscheide ich, dass wir später noch reden können, denn noch ein Kuss kann wirklich nicht warten. Anna zuliebe.

Ich stelle das Bier ab und umfasse Annas Taille mit einem Arm. Mühelos kann ich sie so schwungvoll an mich ziehen. Überraschung flackert in ihren Augen auf, Freude und dann Hitze. Jede dieser Emotionen trifft mich voll in die Eingeweide. Besonders das Wissen, dass ich so viel in so kurzer Zeit in ihr auslösen kann.

Mit der anderen Hand halte ich ihre Wange und gleite weiter an ihren Hinterkopf. Ich sehe ihr in die Augen und senke den Kopf. Sie erwidert meinen Blick mit so viel Vertrauen, dass ich weiß, dass ich es niemals brechen darf.

„Wir essen und reden später, okay?"

Sie nickt, leckt sich über die Unterlippe, atmet aus und legt ihre Hände auf meine Brust. „Okay."

Mein Mund sinkt auf ihren. Niemand könnte diesen Kuss als süß und zärtlich bezeichnen. Ich zögere nicht, frage mich nicht, ob ich das Richtige tue.

Ich nehme Annas Mund in Besitz und werde ihn mit keinem anderen teilen. So wunderbar, wie sie schmeckt, bin ich sicher, dass ich sie niemals wieder hergeben werde. Ihr Stöhnen ist tief und guttural, vibriert über meine Zunge und mein Körper reagiert sofort.

Alles zieht sich zusammen, das Blut rauscht durch meine Adern und mein Schwanz schwillt an. Seit sechs verdammten Monaten hatte ich keine Frau mehr, und ich glaube, keine vor diesem Kuss kam je an Anna heran.

Anna schlingt die Arme um meinen Hals und presst sich an mich. Ich sollte es peinlich finden, dass sich meine Sehnsucht nach ihr für sie spürbar an ihren Bauch drückt, doch das ist es nicht. Und ich hoffe, sie findet es auch nicht peinlich, dass sie stöhnt und in meine Unterlippe beißt.

Ich wirbele sie vom Herd fort und presse sie an die Wand, küsse sie noch inniger. Sie hebt ein Bein und legt es um meinen Schenkel, um unsere Becken direkter aneinander zu bekommen. Der Kuss entwickelt sich innerhalb von fünf Sekunden von vorsichtig zu wild. Ich glaube, gleich zu sterben, wenn ich nicht mehr von ihr bekomme, nicht tief in sie sinken darf.

Zu früh, Malik.

Mit aller Beherrschung schaffe ich es, mich von dem Kuss zu lösen, bevor ich zu weit gehe. Wir sind kurz davor, uns die Kleider vom Leib zu reißen. So sehr ich das auch will, stehen immer noch zu viele Dinge zwischen uns.

Ich küsse sie noch einmal tief und innig, ziehe mich dann zurück und sehe sie an.

Ihre Lider heben sich flatternd, und sie sieht genauso benommen aus, wie ich mich fühle.

„Zu schnell?“, flüstert sie.

„Ja“, stimme ich zu. „Wir müssen erst reden.“

Ich trete einen Schritt zurück und Anna atmet tief aus. Sie streicht sich eine Locke aus dem Gesicht und strahlt mich an. „Bestimmt sind wir die einzigen Menschen auf der Welt, die sich zueinander hingezogen fühlen, aber erst reden müssen, bevor sie sich dem hingeben.“

Da hat sie wohl recht. Die meisten Leute, die Sex

haben wollen, agieren instinktiv, lassen sich von ihren Gefühlen leiten. Für Anna und mich steht jedoch zu viel auf dem Spiel. Auch wenn ich mich ungern so bezeichne, sind wir doch beide zu verletzlich und daher wahrscheinlich anfälliger für den Einfluss, den wir aufeinander haben.

Wir müssen die Sache mit offenen Augen und reinem Gewissen angehen.

„Aber der Kuss war echt schön, oder?“, fragt sie schelmisch.

„Echt verdammt schön.“ Und was als Nächstes kommt, wird noch sehr viel schöner werden. Falls wir uns einig werden, wie wir an diesen Punkt gelangen oder ob wir das überhaupt tun sollten.

„Dann essen wir jetzt“, schlägt Anna vor. „Und danach reden wir. Und was danach passiert … wer weiß?“

Ein guter Plan, und ich nicke. Ich muss mich entscheiden, wie weit ich mit dieser Frau gehen will. Sie entspricht nicht dem, wonach ich je gesucht hätte, und doch kann ich mir nicht mehr vorstellen, eine andere zu wollen.

Aber um diese Möglichkeit überhaupt in Betracht ziehen zu können, muss ich etwas tun, wozu mir der Mut fehlt.

Ich muss ihr die Wahrheit über Jimmy sagen.

Bei dem Gedanken wird mir kotzübel.

„Können wir jetzt reden?“, frage ich. Wenn ich das tun will, muss ich es von der Seele bekommen und die Würfel so fallen lassen, wie sie nun mal fallen.

Anna nimmt meine Hand und führt mich zur Wohnzimmercouch. Sie lässt mich los, bevor wir uns setzen, und zwar jeder in eine Ecke und ein Kissen als Abstandshalter zwischen uns. Sie zieht die Beine unter sich, lehnt sich an die Armlehne und faltet die Hände auf dem Schoß. Ihr Ausdruck ist offen und voller Vertrauen.

Dieses Vertrauen in mich, das ich nicht verdiene, lässt mir den Magen zusammenkrampfen. Ich beginne langsam damit, was sich zwischen uns entwickelt hat. „Du und ich … wir haben eine Verbindung, die schwer zu erklären ist."

Anna nickt und schenkt mir ein aufmunterndes Lächeln.

„Und dafür bin ich dankbar", sage ich aufrichtig. „Das habe ich nicht erwartet oder gesucht. Ein Glücksfall, finde ich, und es macht mich glücklich. Du machst mich glücklich."

„Geht mir genauso", sagt sie leise.

Ich halte nicht inne, um durchzuatmen, denn wenn ich das tue, traue ich mich vielleicht nicht, zu sagen, was gesagt werden muss, also lege ich die Karten in all ihrer Brutalität auf den Tisch. „Es ist meine Schuld, dass Jimmy und Sal gestorben sind."

Als hätte ich Anna geschlagen, zuckt sie zurück und legt die Hände auf ihr Herz. „Das ist nicht wahr", wispert sie.

„Doch." Ich sehe sie weiterhin an, auch wenn es hart ist, den Schock in ihrem Gesicht zu erkennen.

„Das glaube ich nicht", murmelt sie und blickt gedankenverloren zur Seite. „Das hätte man mir berichtet."

„Wahrscheinlich …"

Sie unterbricht mich, sieht mich wieder an und fordert fast ärgerlich: „Erkläre es mir."

Also tue ich es.

Ich erzähle ihr, wie es dazu kam, dass auf die Briten geschossen wurde, und dass ich fälschlicherweise annahm, Jimmy und Sal wären in relativer Sicherheit hinter mir, weil das Feuer nur von vorn zu kommen schien. Ohne widerliche Details erzähle ich, was mit Jimmy und Sal geschah, während ich die Briten deckte. Und dass es mein Fehler war, dass Jimmy und Sal in die Falle gerieten, denn ich hätte ebenso gut anstelle der Briten die beiden decken können.

„Ich hätte nicht davon ausgehen dürfen, dass die Gefahr nur von vorne kam“, erkläre ich und höre selbst den Ekel in meiner Stimme. „Ich hätte besser auf sie aufpassen müssen, hätte mich dazu entscheiden müssen, *meine* Leute zu schützen.“

Anna zeigt nur, dass etwas von der Geschichte in sie dringt, indem sie leicht die Augen verengt. Als hätte sie eine innere Erkenntnis. Ich wusste, dass dieses Gespräch der richtige Schritt war. Auf keinen Fall könnten wir den Pfad zusammen gehen, der für uns bestimmt ist, ohne dass sie voll über meinen Treuebruch informiert ist.

Anna atmet zittrig durch. Sie starrt auf ihre Hände auf ihrem Schoß. Ihre Stimme ist ein wenig brüchig. „Danke, dass du es mir erzählt hast.“

„Du kannst dir nicht vorstellen, wie leid es mir tut. Wie sehr ich alles dafür geben würde, die Umstände zu ändern.“

Sie meidet meinen Blick, aber ihr Ton ist sanft. So typisch für Anna. „Ich kann es mir vorstellen, und ich habe dir schon mal gesagt, dass ich nichts für dich ändern wollen würde, nur damit es sich für mich ändert. Aber du hast mir eine Menge zum Nachdenken gegeben.“

Die lange Stille signalisiert mir, dass das Gespräch beendet ist. Sie hat mir nichts mehr zu sagen, und ich bin nicht sicher, ob ich mich weiter entschuldigen soll. Ich würde es tun, als Buße, wenn ich glauben würde, dass es hilft, aber Anna strahlt aus, dass sie meine Anwesenheit jetzt nicht länger ertragen will. Ich habe ihr viel zu viel zum Nachdenken gegeben, und das kann sie schlecht tun, solange ich neben ihr sitze.

Der Mann, der ihren Ehemann getötet hat.

Leise stehe ich auf und gehe zur Tür. Ich erwarte nicht, dass sie mich aufhält oder mir einen Gruß hinterherruft. Als ich gehe, bekomme ich von ihr, was ich verdiene.

Nichts.

Kapitel 16

Anna

Mom tut mir einen riesigen Gefallen, indem wir uns nahe Jameson treffen und ich ihr Avery übergeben kann, ohne eine halbe Stunde von ihr zur Arbeit fahren zu müssen. Ich möchte heute früher da sein, weil ich etwas Wichtiges vorhabe. Es hat nichts mit Kynan oder Jameson zu tun, ist aber trotzdem genauso wichtig.

Ich habe die ganze Nacht kein Auge zugemacht. Maliks Geständnis ging mir durch den Kopf und meine Gedanken in alle Richtungen, um die Bombe, die er auf mich hat fallen lassen, zu verstehen. Nach stundenlangem Hin-und-her-Wälzen, Avery-Stillen und Wieder-Hinlegen kam ich zu dem Ergebnis, dass ich nur Klarheit bekomme, wenn ich die absolute Wahrheit herausfinde.

Sicher ist nur, dass ich nur eine Seite der Geschichte kenne. Maliks. Aber es gibt immer mehr als eine Seite. Oder ich will Malik verzweifelt nicht glauben, damit ich glauben kann, dass er falschliegt.

Aber wie könnte er das?

Er war schließlich dabei.

Und warum würde er mir sonst eine so schreckliche Geschichte erzählen? Nur um eine potenzielle Beziehung zu sabotieren? Das ergibt keinen Sinn. Denn auch wenn wir beide etwas unsicher sind, zeigen unsere Küsse doch eindeutig, dass wir die Basis für etwas Wunderbares haben. Außerdem ist Malik nicht der Typ, der sich eine unfassbare Lüge ausdenkt, um aus der Nummer rauszukommen. Er ist redlich. Er würde mir immer die Wahrheit sagen. Was bedeutet, dass diese Geschichte absolut seine Wahrheit ist.

Aber das heißt nicht unbedingt, dass die Geschichte vollständig ist.

Ich bin nicht die Erste im Büro, das ist immer Kynan. Ich sehe ihn in seinem Büro, als ich daran vorbeigehe. Er sieht hoch, ich winke und er hebt grüßend das Kinn. Zwar ist er nicht die Art Boss, der von seiner Assistentin erwartet, dass sie ihm Kaffee bringt, doch ich rufe ihm trotzdem zu: „Möchtest du irgendwas?"

„Nein danke." Er lächelt. „Du bist früh dran."

„Ja", antworte ich abgelenkt, halte kurz an, um ihm meine ungeteilte Aufmerksamkeit zu schenken. „Habe viel zu tun."

„Dann will ich dich nicht davon abhalten."

Nach seinem Grinsen gehe ich weiter in mein Büro, an der kleinen Küche vorbei, in der eine einfache Kaffeemaschine steht und ein Snackautomat. Ich trinke nie mehr als eine Tasse Kaffee am Tag und hatte meine heute bereits.

In meinem Büro brauche ich keinen Schalter zu betätigen. Das Licht funktioniert per Bewegungsmelder. Die Deckenlampe geht an und leuchtet hell. Ich lege die Handtasche auf den Schreibtisch, ziehe die Winterjacke aus, setze mich auf den Stuhl und fahre den Computer hoch. Mit den Fingern auf den Tisch trommelnd, warte ich auf den Bildschirm zum Einloggen.

„Guten Morgen, Anna."

Ich blicke hoch und sehe Saint vorbeigehen. Er hebt grüßend den Arm. Er ist schon weitergegangen, ehe ich antworten kann, also rufe ich nur „Morgen!", hinterher.

Ich blicke auf den Monitor und das Login-Feld. Ich

gebe das Passwort ein und bin in der sicheren Datenbank von Jameson.

Als ich die Akten der Einsätze aufrufe, beschleicht mich ein schlechtes Gewissen. Die digitalen Berichte von jedem Agenten und jedem Fall, an dem wir je gearbeitet haben. Angefangen von simplem Personenschutz bis hin zur Infiltration eines Terrorregimes. Es ist ein Datenabgleich aller Berichte, die am Ende zusammen mit den Akten in Papierform, an denen ich arbeite, in Dozers Datenbank erfasst werden. Da dies meine Aufgabe ist, hat Kynan mir den Zugang gegeben.

Obwohl ich das Recht habe, an die Berichte zu gehen, ist es mein Motiv, das mir das schlechte Gewissen beschert. Denn ich logge mich nicht ein, um meinen Job zu machen. Sondern, weil ich auf der Suche nach Informationen über Malik bin. Es kommt mir wie ein Vertrauensmissbrauch vor, was mich jedoch nicht davon abhält. Ich muss wissen, was genau passiert ist, als Jimmy starb.

Und auch falls Malik recht hat, muss ich herausfinden, was ich im Herzen dabei empfinde. Ist es überhaupt möglich, dass ich ihn hassen könnte? Bei dem Gedanken implodiert mir fast das Herz, und Tränen brennen in meinen Augen.

Ich finde die gesuchte Datei. Sie hat den harmlos wirkenden Namen *JtTaskSyr12.6.19*. Bisher habe ich nie so tief in den Fall blicken wollen, habe schlicht die Erzählungen über das Geschehen akzeptiert. Kynan hat es mir berichtet sowie Maliks und Sals Familien. Dieser Bericht war geschönt, denn einiges war von der Regierung als streng geheim klassifiziert worden. Doch inzwischen sind die Akten freigegeben. Zumindest glaube ich das.

Jedenfalls befinden sich in dieser Akte die Antworten, die ich suche.

Mit einem Doppelklick öffne ich die Datei und wappne mich für eine Flut an Informationen.

Doch es erscheint nur eine Meldung:

Zugriff verweigert.

Kurz kann ich nicht glauben, was ich da sehe, oder es verstehen. Ich klicke das *OK* an, woraufhin die Meldung verschwindet. Sofort mache ich einen neuen Doppelklick auf die Datei, bekomme jedoch dasselbe Fenster, das mich blockiert.

„Was zur Hölle …“, murmele ich, lehne mich zurück und starre den Bildschirm an.

Ich habe keinen Zugriff auf die Datei, die, wie ich jetzt glaube, schreckliche Geheimnisse über den Tod meines Mannes enthält.

Eine Welle Adrenalin befördert mich vom Stuhl, der bei der Wucht an das Regal hinter mir knallt. Ich eile aus dem Büro und dann nach links. Inzwischen sind noch mehr Kollegen da. An den offenen Schreibtischen im Großraumbürobereich sitzen Agenten am Computer oder stehen in Grüppchen beisammen und unterhalten sich, bevor sie ihren Arbeitstag beginnen. Ich achte auf niemanden und marschiere direkt in Kynans Büro.

Mit einem gelassenen Lächeln sieht er auf, das sofort verblasst, als er mich sieht. Ich kann mir nur vorstellen, wie ich wirken muss, denn ich bin geladen wie eine Bombe, deren Zündschnur brennt. Mit geballten Fäusten spüre ich die Hitze im Gesicht vor angestauten Emotionen.

Ich schließe die Tür, die man nicht zuwerfen kann, weil sie langsam von allein schließt. Als die Tür zuschnappt, verlange ich: „Ich muss wissen, was passiert ist, als Jimmy getötet wurde."

Kynan runzelt die Stirn, und sein verwirrter Ausdruck macht mich noch wütender.

„Das glaube ich nicht", antwortet er vage, was mich kein bisschen beruhigt. Er deutet auf einen Besucherstuhl und sagt im Befehlston: „Hinsetzen."

Etwas in mir will sich widersetzen, ihm zeigen, dass jetzt nicht mit mir zu spaßen ist. Nur weil sich meine Beine wie Pudding anfühlen, lasse ich mich auf den Stuhl fallen, jedoch nur auf den vorderen Teil, bereit, wenn nötig sofort wieder aufzuspringen.

„Was willst du wissen?", fragt er gelassen, lehnt sich zurück und faltet die Hände vor dem Bauch.

„Welcher Teil meiner Frage war unklar?", antworte ich sarkastisch. „Ich will wissen, ob Malik daran schuld ist, dass ich keinen Ehemann mehr habe."

„Und ich wiederhole noch einmal", sagt er langsam und betont jedes Wort, „dass ich nicht der Meinung bin."

„Das ist deine Meinung, okay." Ich schnaube frustriert. „Aber ich will Fakten."

„Warum?"

Ich blinzele, gekränkt, dass er diese Frage stellt. „Warum? Weil Jimmy mein Mann war. Deswegen."

„Nein, warum willst du das plötzlich wissen?", stellt er klar. „Sein Tod ist Monate her. Warum erst jetzt?"

„Weil ich die Akte öffnen wollte und mir der Zugriff verweigert wird."

Kynan hebt die Hände und macht eine fragende Geste. „Das erklärt immer noch nicht, warum du es wissen willst. Warum kommst du heute zur Arbeit und bist wild darauf, Antworten zu bekommen?"

„Warum spielt das irgendeine Rolle?", jammere ich ungeduldig.

„Weil diese Informationen immer noch geheim sind“, erklärt er ruhig. „Es läuft noch die Untersuchung der Regierung. Es sind noch Geiseln verschwunden. Diejenigen, die befreit werden sollten. Und es gab Tote unter den Entführern, als wir Malik rausgeholt haben. Diese Akte wird noch Monate geschlossen bleiben.“

Das überrascht mich. „Ich wusste das nicht.“

Schweigend betrachtet Kynan mich. Dann beugt er sich vor und rollt mit seinem Stuhl näher an den Schreibtisch heran. Er stützt sich mit den Ellbogen darauf ab. „Warum ist dir das plötzlich so wichtig?“

Jetzt wird mir klar, dass diese Informationen unter Verschluss sind und er mir eigentlich nicht mehr sagen darf, als er bereits hat. Doch wenn ich ihm einen guten Grund gebe, ist er vielleicht bereit, die Regeln etwas zu dehnen, damit ich meinen Frieden finde. Er will nur wissen, was der Grund für meinen Stress ist.

Ich seufze tief, atme durch und lehne mich schließlich doch im Stuhl zurück. „Malik und ich sind uns nähergekommen.“

„Ist mir aufgefallen.“

Abrupt richte ich mich auf. „Was? Wann denn?“

Kynan schüttelt den Kopf. „Nicht offensichtlich. Ich sehe nur, wie ihr miteinander umgeht und wie sich eine Verbindung entwickelt. Aber ich dachte, es geht nur um Freundschaft.“

Ich überlege kurz, welche Konsequenzen Offenheit haben könnte, und vermute, dass ich nichts zu verlieren habe. Besser noch, dass ich mich für nichts zu schämen brauche. Ich weiß ziemlich genau, was ich für Malik empfinde. Zumindest bis gestern Abend.

„Es ist mehr als Freundschaft.“ Kynan hebt die Augenbrauen. Eilig schüttele ich den Kopf, um zurückzurudern. „Es hat sich noch nichts, äh … Intimes entwickelt. Aber das könnte passieren. Ich meine, ich wollte es schon, zumindest bis gestern Abend. Malik kam zum Essen zu mir und wir … nun ja, wir haben uns geküsst. Aber er meinte, dass wir erst reden müssen, bevor wir weitermachen, und …“

Ich blicke auf meinen Schoß. Sosehr ich noch vor Sekunden auf Antworten bestand, scheint es mir jetzt jedoch unmöglich, zu wiederholen, dass Malik behauptet, für Jimmys Tod verantwortlich zu sein.

„Was hat Malik dir erzählt?“

Es kostet mich Kraft, den Kopf zu heben und Kynan anzusehen. „Dass er Jimmy und Sal hätte schützen sollen, die hinter ihm waren. Aber er nahm an, dass sie in Sicherheit waren, also konzentrierte er sich auf die Angreifer, die auf die britischen Soldaten im offenen Feld schossen. Er hat gesagt, dass er für Jimmys und Sals Tod verantwortlich ist.“

Beim letzten Satz entkommt mir ein Schluchzen. Kynan springt auf und eilt zu mir. Er setzt sich auf den Stuhl neben mir und beugt sich vor. Seine Hände umfassen meine, und er drückt leicht zu, bittet stumm um meine Aufmerksamkeit.

Mir ist nicht aufgefallen, dass ich den Blick abgewendet habe, aber so möchte ich wohl der Wahrheit entgehen, die er mir sicherlich jetzt präsentieren wird.

„So viel kann ich dir sagen“, beginnt Kynan bedächtig. „Unser Team, das mit den Briten und Australiern zusammengearbeitet hat, wurde von einer überwältigenden Mehrheit von Anhängern des Islamischen Staats umzingelt. Es war ein schneller und wilder Kampf. Sie hatten nur wenig Deckung. Aus allen Nachgesprächen geht hervor, dass die Kugeln von überallher kamen. Damit will ich dir sagen, dass ich jetzt Maliks Version widersprechen werde."

Ich runzele die Stirn. „Wie meinst du das?"

„Ich meine, dass du wissen willst, was passiert ist, also werde ich dir die Version erzählen, die ich von allen anderen Überlebenden erhalten habe, inklusive der von Tank Richardson, denn ich glaube, dass Malik seine eigene Interpretation der Ereignisse hat."

Seit gestern Abend kommt zum ersten Mal ein Funke Hoffnung in mir auf. Kynan besteht geradezu darauf, dass Maliks Version zum Teil aus Fakten und zum Teil aus seiner persönlichen Meinung besteht. Und Kynan will, dass ich mich davon löse.

„Malik musste eine Entscheidung treffen. Er hatte eine unbekannte Zahl an Angreifern vor sich. Seine Kameraden waren unter schwerem Beschuss, und ja, die Briten und Australier gehörten genauso zum Team wie Jimmy und Sal. Jimmy und Sal deckten diese Männer genau wie Malik. Und alle handelten wie im Training gelernt. Den Feind zu konfrontieren, den man sehen kann. Sie hatten weder die Zeit noch die Mittel, herauszufinden, ob sich jemand hinter ihnen befand. Wir sprechen hier lediglich von Sekunden, in denen eine Entscheidung getroffen werden musste. Meiner Meinung nach – und vergiss nicht, dass ich bei den British Royal Marines war – haben sie alle die richtige Entscheidung getroffen."

„Also hat Malik das Richtige getan?", frage ich, um all die Infos in eine Aussage zu packen.

Kynan nickt. „Davon bin ich überzeugt. Und Tank glaubt es auch. Die Briten, die Malik geschützt hat, auch. Nur Malik glaubt, er hätte Jimmy und Sal schützen müssen, als sich der Feind von hinten anschlich."

„Aber warum nimmt er die Schuld auf sich, dass die

beiden gestorben sind?“

Kynan drückt erneut meine Hände und ich sehe die Sorge in seinem Gesicht. „Das nennt man *Überlebendensyndrom*, Anna. Wir alle wünschten, man könnte in diesen Fällen mehr tun.“

„Hast du ihm das gesagt?“

Kynan nickt. „In unserem Abschlussgespräch über den Einsatz. Ich weiß zwar nicht, was genau Corinne mit ihm bespricht, aber wahrscheinlich bearbeitet sie mit ihm dieses Thema. Deshalb habe ich darauf bestanden, dass er eine Therapie macht.“

„Oh“, antworte ich wie betäubt, während ich versuche, alles zu verinnerlichen. Es ist so überwältigend, dass ich kaum den kleinen Funken Freude in mir anerkennen kann, dass Malik nicht an Jimmys Tod schuld ist.

Doch sofort muss ich mir selbst Fragen stellen. Sollte ich nicht viel entsetzter sein, dass Malik Jimmy nicht beschützt hat? Immerhin geht es um meinen Ehemann. Sollte ich Malik nicht mit demselben grausamen und unvernünftigen Maß messen, wie er sich selbst?

Sofort wird mir die unzweifelhafte Antwort klar.

Nein, das kann ich nicht.

Kynan sagte, dass alle Zeugen dasselbe ausgesagt haben. Er war nicht nur nicht dafür verantwortlich, dass Jimmy und Sal brutal ermordet wurden, sondern es sieht aus, als ob er selbst Glück hatte, nicht ebenfalls umgekommen zu sein. Es war furchtbar, dass er gefangen genommen wurde, aber zumindest kam er lebend wieder nach Hause.

Außerdem schmerzt es mich unendlich, dass Malik nicht nur sich selbst die Schuld gibt, sondern höchstwahrscheinlich nicht einmal die Dankbarkeit und das Lob dafür akzeptierte, dass er die Briten gerettet hat.

Ich entziehe Kynan meine Hände und springe auf. „Ich muss gehen."

Ich muss Malik aufsuchen und ihm klarmachen, dass es nicht seine Schuld war. Bestimmt kann ich ihn davon überzeugen. Er muss sich für gar nichts schämen. Ich muss einfach darauf bestehen, dass er aufhört, es sich vorzuwerfen, denn niemand sonst tut das.

Ich bin schon an der Tür, als mich Kynan zurückhält, indem er sanft meinen Namen sagt.

„Anna."

Zögerlich blicke ich über meine Schulter.

„Sei vorsichtig."

„Ja, ich werde vorsichtig mit ihm umgehen", verspreche ich.

Kynan schüttelt den Kopf. „Nein, ich meine, sei vorsichtig mit dir selbst. Dein Herz ist genauso verletzlich wie seins. Ihr bewegt euch beide auf gefährlichem Terrain."

Sein Ausdruck ist warnend, doch er kann mich nicht aufhalten. „Es geht jetzt nicht um uns", erkläre ich und hebe selbstsicher das Kinn. „Sondern nur darum, dass Malik akzeptiert, was wirklich passiert ist."

Kynan neigt leicht den Kopf zur Seite und nimmt meine Entschlossenheit hin. „Vielleicht solltest du vorher mit Corinne sprechen. Sie hat eventuell einen hilfreichen Rat."

„Gute Idee", antworte ich lächelnd. „Danke."

„Gern", sagt er sanft.

Ich will gehen, aber dann fällt mir noch etwas ein. Ich drehe mich um. „Ähm … nur um sicherzugehen … gibt es eine Firmenregel über … äh …"

„Fraternisierung?“, fragt er neckend.

„Ich würde vielleicht nicht dieses Wort benutzen, aber ja … dürfen sich Angestellte von Jameson privat treffen?“

„Ich bin sicher, Rachel und Bodie würden dir sagen, dass es nicht nur erlaubt ist, sondern auch viel Spaß macht.“ Er lacht in sich hinein.

Das ermutigt mich. Ich lächele ihn noch einmal an und eile dann direkt zu Corinne.

Kapitel 17

Malik

Ich schiebe ein neues Magazin in die Desert Eagle .44 Magnum, strecke die Arme aus, visiere das Ziel an, das zehn Meter entfernt ist. Ich feuere acht Schuss ab und genieße das Gefühl, wieder eine Waffe in der Hand zu haben. Es ist mehr als cool, dass Jameson einen eigenen Schießstand im dritten Stock hat.

Die Wände sind aus verstärktem Beton. Nicht nur wegen der Munition, sondern auch aus Schallschutzgründen, damit die anderen Etagen nicht gestört werden.

Nachdem ich auf den Knopf gedrückt habe, der das Ziel wieder hochkommen lässt, nehme ich die Ohrenschützer ab.

Nicht schlecht. Vier dichte Treffer in die Brust und vier in den Kopf. Überraschend, da sich meine Hände nicht besonders ruhig anfühlen.

Gern würde ich behaupten, dass meine Nerven deshalb verrücktspielen, weil ich Anna gestern die Wahrheit gesagt habe, aber unser letzter Kuss ist daran schuld. Als ich erkannte, dass wir jetzt definitiv zu mehr als Freundschaft übergehen und wir damit außerdem die Kategorie *sexuelle Anziehung* betreten.

Natürlich hat mein Geständnis alles noch schwerer gemacht. Jetzt gibt es einen Graben zwischen uns, der wahrscheinlich nie überbrückt werden kann. Er wird uns nicht nur daran hindern, die gegenseitige Anziehung weiter zu erkunden, sondern auch daran, überhaupt noch befreundet zu sein. Und sosehr ich Anna auch will, was ich nun voll zugeben kann, ist mir ihre Freundschaft am wichtigsten.

„Nicht übel“, sagt jemand hinter mir.

Ich drehe mich um und sehe Kynan. „Bin bereit für den nächsten Einsatz“, versichere ich ihm.

„Hm.“ Mehr antwortet er darauf nicht.

„Mein Gewicht ist fast wieder normal, und ich bin kurz davor, die alten Leistungen in puncto Fitness wiederzuerlangen.“

Kynan nimmt es zur Kenntnis und nickt. „Körperlich scheinst du wieder fit zu sein.“

Die Frage, ob ich mental auch fit bin, hängt unausgesprochen in der Luft.

„Die Sitzungen mit Corinne laufen super“, sage ich mit gehobenem Kinn. „Ich habe nichts vor ihr zurückgehalten. Sie wird das bestätigen.“

„Habt ihr auch über Jimmy und Sal geredet?“ Er verengt leicht die Augen.

„Jawohl.“

„Es geht aber um mehr, als nur darüber zu reden“, sagt er mit durchdringendem Blick. „Es geht darum, wirklich zu verstehen, was geschehen ist.“

Mit einem Brennen im Brustkorb antworte ich langsam. „Ich verstehe es.“

„Wirklich?“, fragt er herausfordernd.

„Natürlich.“

Kynan tritt einen Schritt näher. „Und warum hält es dich dann immer noch zurück?“

Ich runzele spontan die Stirn. „Wie meinst du das? Meine Arbeit ist einwandfrei.“

„Ich spreche nicht von deiner Arbeit.“ Kynan winkt ab. „Ich rede davon, dass du tief in dir …“, er tippt mir auf die Brust, „immer noch glaubst, dass du einen Fehler gemacht hast. Dass du Jimmy und Sal auf dem Gewissen hast.“

„Ich dachte, meine Gespräche mit Corinne sind vertraulich“, knirsche ich und fühle mich verraten.

„Das sind sie auch“, antwortet Kynan leise. „Aber Anna war bei mir und wollte wissen, wie das mit Jimmy passiert ist. Und daher weiß ich, dass du ihr erzählt hast, es sei deine Schuld.“

Scheiße.

Das bedeutet, dass er eine Ahnung haben muss, dass zwischen Anna und mir etwas läuft, aber ich will sie auf keinen Fall in Schwierigkeiten bringen. „Wir sind nur Freunde …“

„Ja, ja“, unterbricht Kynan. „Das sehe ich selbst, aber da ist definitiv Potenzial für mehr …“

„Ich würde sie nie ausnutzen“, versichere ich ihm hastig.

Kynan neigt das Kinn und blinzelt verwirrt. „Das denke ich auch nicht.“

„Was auch immer du denkst“, füge ich schnell hinzu, um Anna aus der Schusslinie zu bekommen, „sie hat nichts damit zu tun. Das ist allein meine Sache.“

Kynan wirkt leicht amüsiert. Er lehnt sich an die Wand und kreuzt die Arme vor der Brust. „Ach ja?“

„Ja. Wir sind befreundet und sind durch Syrien miteinander verbunden. Ich fühle mich zu ihr hingezogen und habe sie geküsst. Nicht ein Mal hat sie …“

„Lass mich dich genau hier unterbrechen, Kumpel.“ Kynan hält eine Hand hoch. „Ich finde es schön, dass du Anna schützen willst und all das, aber sie ist ein großes Mädchen und hat mir schon alles erzählt. Und ich weiß, dass ihr euch sehr auf einer *zwei*spurigen Straße befindet.“

„Dann reiche ich hiermit meine Kündigung ein“, biete ich schnell an, denn jetzt glaube ich, er redet nur mit mir, weil eine Beziehung zwischen Anna und mir in der Firma verboten ist. „Anna trifft keine Schuld."

„Lieber Gott im Himmel", knurrt Kynan, stößt sich von der Wand ab und stellt sich direkt vor mich. „Es ist mir egal, ob Anna und du zusammen seid. Aber mir ist nicht egal, dass du ihr Unwahrheiten erzählst."

„Wie bitte?"

„Du hast dir in den Kopf gesetzt, dass du in Syrien einen Fehler gemacht hast, aber das hast du nicht. Ich weiß, dass du mit Corinne darüber gesprochen und Anna dasselbe gesagt hast. Aber wenn du behauptest, dass sie wegen dir gestorben sind, dann ist das einfach nicht die Wahrheit. Du hast die Männer direkt vor dir geschützt, die unter Beschuss standen. Sie gehörten genauso zum Team wie Jimmy und Sal. An deiner Stelle hätte ich genau dasselbe getan. Jeder hier bei Jameson hätte dasselbe getan. Also hör verfickt noch mal endlich auf, zu denken, sie wären wegen dir tot. Das stimmt einfach nicht. Wenn ich das noch einmal von dir höre, werde ich dich verflucht noch mal wirklich feuern. Akzeptiere, dass wir zwei gute Männer verloren haben, aber das war *nicht deine Schuld*! Lass es los. Geh voran mit Anna. Aber werde damit fertig, Malik, oder du kommst nie wieder vom Schreibtischdienst weg. Habe ich mich klar genug ausgedrückt?"

Ich verharre wie angewurzelt. Offensichtlich hat die Sache bei Kynan einen Nerv getroffen, und ich wundere mich, wieso. Ist meine Sichtweise denn so daneben?

„Aber sie waren schutzlos", merke ich zögerlich an.

„Genau wie du", sagt er, jetzt gelassener. „Und wie die Briten. Die Australier. Tank Richardson. Alle waren schutzlos, und du hast dich um die größte, direkteste Bedrohung gekümmert. Deine Handlung rettete

Unzähligen das Leben. Es ist eine verdammte Scheiße, dass wir zwei Männer verloren haben, aber man kann nicht erwarten, dass solche Szenarien immer perfekt ablaufen. Wenn überhaupt, müsste ich sagen, dass Jimmy und Sal selbst auf ihre Rückendeckung hätten achten sollen, um die Gefahr zu erkennen, oder einer von beiden hätte die Aufmerksamkeit nach vorn und einer nach hinten richten müssen. Aber das werde ich gar nicht erst anfangen, weil sie tot sind. Du aber nicht. Sieh zu, dass du die Schuldgefühle loswirst, und fang an, dein Leben zu leben, okay?"

„Äh … okay", antworte ich zögernd, doch ich weiß nicht einmal, was das genau bedeutet. Nur weil Kynan verlangt, dass ich aufhören soll, mich schuldig zu fühlen, wird das Gefühl nicht einfach verschwinden. Jeder Soldat, der lebend aus einem Konflikt kommt, trägt die Schuld für die Opfer mit sich herum.

„Ich überlasse es Corinne, das mit dir hinzukriegen", fährt Kynan fort.

Ich kann nicht verbergen, dass ich mein Gesicht verziehe.

„Ich merke, dass du mich verstanden hast, aber ich muss erkennen können, dass du glaubst, nichts falsch gemacht zu haben. Und ich brauche ihre Bestätigung."

„Roger", murmele ich, unzufrieden damit, körperlich wieder für Einsätze bereit zu sein, aber trotzdem noch nicht zu dürfen.

„Und um Himmels willen", sagt Kynan erschöpft, „bring die Sache mit Anna in Ordnung. Die Frau mag dich und sie hat schon genug Leid hinter sich. Zieh es nicht so lange hin. Wenn du sie willst, mach es klar. Wenn nicht, lass sie gehen."

„Verstanden." Das Wort kommt mir schwer über

die Lippen, denn der Gedanke, ohne sie weiterzuleben, verursacht mir Mundtrockenheit.

„Guter Mann“, sagt Kynan und klopft mir auf die Schulter.

Er macht auf dem Absatz kehrt und geht.

*

Ich bleibe noch zwanzig Minuten auf dem Schießstand. Nicht, um meine Zielsicherheit zu üben, sondern um über Kynans Worte nachzudenken. Rein logisch betrachtet kann ich akzeptieren, was er über die Umstände gesagt hat.

Ehrlich gesagt erreiche ich den Punkt, an dem er mich haben will, je mehr ich unter normalen Umständen alles analytisch betrachten kann.

Aber Anna zu verfallen, sind keine normalen Umstände. Langsam denke ich, dass ich vielleicht das Geschehen in Syrien dazu benutze, Anna auf Armeslänge von mir zu halten, weil ich mich davor fürchte, wie schnell sich die Dinge so tiefgehend verändern.

Natürlich sind das alles nur Vermutungen, die ich vielleicht in einer oder zwei Sitzungen mit Corinne analysieren kann.

Ich gehe zu meinem Apartment im vierten Stock und habe vor, mir einen Bagel zu holen, bevor ich anfange zu arbeiten. Zwar setzt mich Kynan nicht im Außeneinsatz ein, aber wenigstens darf ich mit Ladd die New-York-Operation planen und war mit ihm vor Ort, um mir alles anzusehen. Doch ich muss unbedingt mit Anna sprechen, denn in einem hat er absolut recht: Ich darf sie nicht im Ungewissen lassen.

Das einzige Problem dabei ist, dass ich immer noch

nicht weiß, was ich mit ihr machen soll. Mein Herz und mein Körper sind voll für sie. Wollen Kynans Behauptung, dass es nicht meine Schuld war, glauben, und mal sehen, wie alles weitergeht. Doch mein Verstand versaut mir stets alles und wirft Unsicherheit und Zweifel ein, sagt mir, es sei alles viel zu kompliziert und am Ende könnten wir beide verletzt werden.

Ich selbst würde ein bisschen Herzschmerz riskieren, aber es würde mich fertigmachen, sollte Anna, wenn auch unbeabsichtigt, verletzt werden. Will ich sie wirklich in mein momentan ziemlich verkorkstes Leben hineinziehen?

Ich beschließe, sie später aufzusuchen und einen Termin festzulegen, an dem wir darüber reden können.

Ich hole den Schlüssel aus der Tasche, schließe auf und gehe hinein. In der Küche lege ich den Schlüssel auf den Tresen und greife nach der Kühlschranktür. Im selben Moment nehme ich aus dem Augenwinkel eine Bewegung vor dem Schlafzimmer wahr.

Erstaunt sehe ich Anna dort.

Sie steht seitlich zu mir, schaut aber auf mein Bett.

„Anna?“, frage ich, um sie aus ihrer Starre zu erwecken.

Langsam dreht sie sich mir zu und wirkt verlegen. „Hi.“

Ich lasse den Kühlschrank links liegen und gehe ins Schlafzimmer. „Was machst du denn hier? Und wie bist du überhaupt reingekommen?“

Nicht, dass es mich stören würde. Sie ist jederzeit willkommen, ob ich da bin oder nicht. Aber meine Tür war abgeschlossen.

Ein tiefes Rot färbt ihre Wangen und sie hält einen

Schlüsselbund hoch. „Ich habe den Generalschlüssel für alle Apartments. Als Kynans Assistentin muss ich öfter Handwerker reinlassen, wenn etwas repariert oder erneuert werden muss."

„Das erklärt das Wie." Ich neige leicht den Kopf zur Seite. „Aber nicht das Warum."

Erneut schaut sie aufs Bett und sagt hastig: „Ich will mit dir schlafen."

Schockiert taumele ich ein paar Schritte rückwärts. „Wie bitte?"

Anna schüttelt den Kopf und ihre schönen Haare umwehen sie. „Halt, nein, warte. Das klingt jetzt blöd. Ich meine, ja, ich will mit dir schlafen. Aber ich habe mit Kynan über Syrien gesprochen, und er hat mir erklärt, was wirklich passiert ist. Und was du getan hast, war nicht falsch. Es war sogar sehr richtig. Du hast Leben gerettet. Jimmy und Sal waren schreckliche Kriegsopfer, aber nicht wegen dir. Und … nun ja, ich will dich, Malik. Alles an dir. Also hatte ich die dumme Idee, herzukommen und mit dir zu reden. Aber dann dachte ich, nein, du wirst bestimmt stur und stoisch reagieren, dir weiter die Schuld geben und den sicheren Weg wählen und dich mir verweigern. Als Nächstes kam mir die Idee, dich ins Bett zu kriegen. Der Natur ihren Lauf zu lassen. Dich auf alle schönen Arten, die es gibt, zu überzeugen, dass ich dir keine Schuld gebe. Also wollte ich mich nackt ausziehen und im Bett auf dich warten. Aber … nun ja …"

„Du hast deine Meinung geändert?", vermute ich.

„Nicht, was den Sex angeht", antwortet sie entschlossen. In meinem Kopf dreht sich alles. „Aber über den Teil, nackt in dein Bett zu steigen. Weißt du … ich habe da ein kleines Problem, und das ist ein wenig peinlich."

Ich bin total verwirrt. Habe keinen Schimmer, worauf sie hinauswill. Dennoch muss ich sagen: „Du kannst mir alles erzählen. Und brauchst dich nicht zu schämen."

„Ja, okay, und das muss ich auch. Denn … du weißt ja, dass ich stille. Und das macht bestimmte Dinge mit meinen Brüsten, die peinlich werden könnten."

Ich starre sie nur an. Mein Gesichtsausdruck fühlt sich so leer an wie mein Kopf, denn ich kapiere nicht, wovon sie spricht.

„Ich laufe aus", murmelt sie und wendet den Blick ab.

„Du läufst aus?", wiederhole ich, immer noch ratlos.

„Milch", erklärt sie. „Also, nicht ständig. Aber es könnte passieren. Zum Beispiel, wenn ich, also … wenn ich erregt bin. Das heißt nicht, dass ich, seit Avery da ist, Sex hatte, denn das hatte ich nicht. Aber ich, du weißt schon, habe das öfter selbst erledigt, und dann könnten meine Brüste mitspielen wollen. Das passiert nicht immer, aber es kann. Wahrscheinlich momentan nicht, weil ich vor fünfzehn Minuten abgepumpt habe, also wäre es jetzt wohl okay."

Verdammt, guter Gott, jetzt verstehe ich. Das tut auch mein Schwanz, der in diesem Moment die Geschichte voll begriffen hat. Bei dem Gedanken, dass Anna es sich selbst macht, wird er hart.

„Also … wie dem auch sei", fährt sie fort mit dieser lang gezogenen und zugegebenermaßen seltsam faszinierenden Rede, „mir wurde klar, dass ich nicht nackt im Bett auf dich warten kann, denn dann müsste ich den BH anlassen, und der hat Einlagen drin gegen das Auslaufen, und das ist alles andere als sexy. Und damit war meine Idee dahin …"

„Anna, halt den Mund", murmele ich, ziehe sie an mich und lege eine Hand in ihren Nacken.

Fuck! Wir müssen so viel besprechen, aber dafür, dass sie herkommt, um mit mir zu schlafen, und keine Hemmungen hat, mir vom Masturbieren zu erzählen, was ich jetzt nicht mehr aus dem Kopf bekomme, muss ich sie einfach küssen.

Reden können wir später.

Kapitel 18

Anna

Unsere anderen Küsse sind zwar auch definitiv von intimer Art gewesen, aber jetzt weiß ich, dass sie doch nur aus Freundschaft und unserer einmaligen Verbindung geboren waren.

Dieser Kuss ist völlig anders und ich spüre ihn bis in die Zehen. Maliks Mund auf meinem ist besitzergreifend, fordernd und verschlingend. Sämtliche Mauern, die er wegen Syrien errichtet hat, wurden eingerissen.

Zumindest für den Moment.

Ich bin nicht darauf vorbereitet, wie prompt mein Körper auf Malik reagiert, und verstehe nicht, wie sehr mich die Begierde packt. Natürlich ist mein letzter Sex lange her. Auch ist mein Körper jetzt ein anderer, nachdem ich ein Kind bekommen habe. Und mein Hormonspiegel auch.

Doch ich glaube, dass vor allem die tiefe Verbindung zu Malik meine Sinne überempfindlich für jede Berührung und jeden Laut zwischen uns gemacht hat.

Nach nur ein paar Augenblicken, nur mit seinem Mund auf meinem, spüre ich ein fast schmerzhaftes Verlangen. Zwischen meinen Beinen pocht es. Obwohl ich immer ein langes und langsames Vorspiel gut fand, habe ich jetzt das skandalöse Bedürfnis, Malik aufs Bett zu zerren und ihn anzuflehen, mich zu vögeln. Fast fühlt es sich so an, als hinge mein Leben davon ab, dass er sich über mich beugt und wir zu dem verschmelzen, was auch immer hier gerade entsteht.

Mit den Fingerspitzen fahre ich in den Bund seiner Jeans und ziehe Malik näher. Eine schamlose Mitteilung an ihn, dass ich mehr brauche.

Sein Körper gibt jedoch nicht nach, und Malik scheint damit zufrieden, mich lediglich zu küssen, bis ich Sternchen sehe. Ich stöhne leise, gehe mit einer Hand tiefer und drücke sie auf die Wölbung in seiner Hose.

Malik holt zischend Luft. Er nimmt meine Hand nicht fort, legt jedoch seine eigene darauf und sieht nach unten. „Wenn du das machst, werde ich nicht mehr aufhören können."

„Ich will nicht, dass du aufhörst." Mit den Fingern umfasse ich seine harte Länge unter dem Jeansstoff.

Malik gibt einen sexy Laut von sich und schließt kurz die Augen. Wohl, um meine Berührung zu genießen, oder um Kraft zu sammeln, mich abweisen zu können.

Als er die schönen braunen Augen öffnet und mich ansieht, erkenne ich seinen Konflikt darin. „Wir haben noch nicht darüber gesprochen, was das bedeuten wird", sagt er leise.

Ein Rückzieher.

Ich gebe ihm jedoch keinen Spielraum. „Da gibt es nichts zu besprechen. Ich will dich. Du willst mich. Ich glaube nicht, dass du etwas getan hast, was zu Jimmys Tod geführt hat. Niemand glaubt das, außer dir. Du musst darüber wegkommen, aber ich werde nicht zulassen, dass du es zwischen uns stellst."

Malik senkt leicht den Blick und zieht die Augenbrauen zusammen. „Anna."

Ich schüttele den Kopf und sehe ihn entschlossen an. „Komm mir nicht mit Anna. Ich weiß, dass du mich willst. Ich verstehe, dass es dich belastet, aber jetzt nimmst du deine Chance wahr oder schickst mich weg. Entweder fickst du mich jetzt oder du nimmst die Hände von mir und lässt mich durch diese Tür gehen."

Als ich ihm sagte, dass er seine Chance wahrnehmen soll, änderte sich sein Ausdruck. Er hob leicht das Kinn und sein Blick verdüsterte sich. Als ich sagte, dass er mich vögeln soll, hob er leicht die Oberlippe wie ein knurrendes Tier. Und als ich ihm klarmachte, dass ich gehen werde, wenn er es nicht tut, merkte ich, dass er ebenfalls seine Entschlossenheit wiederfand.

Das sehe ich bestätigt, als er mich mit den Händen unter meinem Hintern schwungvoll hochhebt und murmelt: „Himmel noch mal, bist du herrisch."

Ich bekomme nicht die Chance, zu lachen oder meinen Triumph zu zeigen, da befindet sich sein Mund erneut auf meinem. Die Momente von süßer Glückseligkeit, seine Zunge, die über meine Lippen leckt, machen mich schwindelig. Noch schwindeliger wird mir, als wir fast perfekt und schräg auf die Mitte des Bettes fallen.

Fort ist die Zurückhaltung, die er an den Tag gelegt hat. Sowie er mich unter sich hat, sind seine Hände überall. Um mein Gesicht, das er festhält, um meinen Mund zu überfallen, auf meinem Schlüsselbein. Sie gleiten weiter auf meine Brust, die er zögerlich drückt. Trotz meines Shirts, dem BH und den Stilleinlagen bin ich dort so empfindlich, dass ich allein von der Berührung aufstöhne.

„Alles okay?", fragte er nach, und mir gefällt, dass er dabei nicht die Hände von mir nimmt.

„Alles gut", bringe ich heraus.

Malik rollt uns auf die Seite und schafft es, dass wir

uns weiterhin küssen, schiebt eine Hand unter mein Shirt und braucht nur eine Sekunde, um den BH zu öffnen. Dann zieht er mir mühelos beides auf einmal über den Kopf aus.

Als meine Brüste nackt sind und ich die kühle Luft an ihnen spüre, überkommt mich kurz die Scham. Meine Nippel werden hart, bevor Maliks Hand darauf liegt und sein Mund wieder meinen erobert. Meine Brüste fühlen sich schwer und angespannt an. Gott sei Dank habe ich vorher abgepumpt und hoffentlich kommt es nicht zu einer peinlichen Überschwemmung.

Doch er lässt mir kaum Zeit zur Sorge, denn seine Hände erforschen meinen ganzen Körper. Sanft streichelt er über meine Rippen und den Bauch, dann zu meinem Hintern, wo seine großen Hände mich packen und näher an ihn ziehen. Bei dem harten Druck seiner Erektion an meiner Hüfte merke ich, dass ich mich in Zukunft öfter selbst berühren muss.

Fast verzweifelt zerre ich an seinem Shirt und hebe es an. Malik unterbricht den Kuss und zieht es sich aus. Ich werfe es zur Seite, und bevor er sich wieder über mich beugen kann, halte ich ihn mit den Händen auf seiner Brust auf, um ihn zu betrachten.

Ich weiß nicht, wie er ausgesehen hat, bevor er nach Syrien ging oder nachdem er befreit wurde. Doch jetzt ist er wunderschön, mit straffer Haut und wohlgeformten Muskeln. Sein Herzschlag fühlt sich stark und gesund an. Es ist schwer, zu glauben, dass er so viel durchgemacht hat.

Ich beuge mich vor und inhaliere seinen würzigen Duft nach einem Duschgel, und küsse seine Brust. Malik legt eine Hand an meinen Hinterkopf und hält mich fest. Doch nur kurz, dann greift er in meine

Haare, macht eine Faust darin. Er zieht meinen Kopf nach hinten und sieht mich durchdringend an.

„Ich glaube, wir müssen den Rest unserer Klamotten loswerden."

Ich verziehe die Lippen zu einem Grinsen. „Das glaube ich auch."

Meine Hände wandern zu seinem Reißverschluss und seine an meine Hose. Gleichzeitig gleite ich aus meinen Schuhen und kicke sie aus dem Weg. Als Malik sich seiner Schuhe entledigt hat, habe ich seinen Reißverschluss unten und vergrabe meine Hand in seiner Hose.

Oh mein Gott! Ich habe ganz vergessen, wie erotisch es ist, die Erektion eines Mannes in die Hand zu nehmen und die harte Länge zu spüren, von seidiger Haut überzogen, und zu wissen, welche süßen Auswirkungen das schöne Ding auf mich hat. Malik ist ein großer Mann, auch untenherum. Geschätzte zwanzig Zentimeter liegen in meiner Hand. Ich pumpe ihn sanft, was Malik ein lustvolles Stöhnen entlockt.

„Mach das noch mal", fordert er.

Ich wiederhole es, aber diesmal fester. Hoch und runter. Ich fühle Seide und Stahl durch meine Hände gleiten und vergesse völlig das Verlangen zwischen meinen Beinen. Momentan denke ich nur daran, ihn auf den Rücken zu legen und ihm mit Händen und Mund Lust zu verschaffen.

Doch plötzlich ist er fort, stellt sich ans Ende des Bettes. Er sieht umwerfend aus, mit schlanker Figur und einer riesigen Erektion. Er greift nach meiner Hose und zieht sie mir zusammen mit dem Höschen aus.

Nun bin ich bei vollem Tageslicht auf Maliks Bett

splitternackt. Ich habe Dehnungsstreifen und mein Bauch ist weicher als früher, doch so, wie er mich ansieht, habe ich mich noch nie schöner gefühlt.

Er kriecht über mich, setzt die Knie rechts und links neben mich. „Es gibt eine Million Sachen, die ich jetzt gern mit dir machen würde."

Etwas zieht sich weit unten in mir zusammen bei seinen lustvollen Worten, und dann spüre ich seine Hand zwischen meinen Beinen. Ohne nachzudenken, spreize ich sie, und Malik küsst mich. Ich öffne die Lippen für ihn, nehme seine Zunge in meinem Mund auf und gleichzeitig reibt er mit den Fingern über meine Mitte.

Er knurrt und spricht in meinen Mund. „Du bist so nass, Anna."

„Für dich."

Als er mit seinem langen Finger in mich dringt, schnappe ich nach Luft und verdrehe die Augen. Malik küsst mich nicht mehr. Ich öffne die flatternden Lider und sehe, dass Malik zwischen meine Beine schaut. Er sieht zu, wie sein Finger in mich gleitet.

Er ist völlig fasziniert von dem Anblick und ich davon, ihm dabei zuzusehen. Etwas Erotischeres habe ich noch nie gesehen. Als er mir über die Klit reibt, zucke ich zusammen und sämtliche Nerven scheinen aufzuglühen.

Langsam richtet er den Blick auf mich und grinst schief. „Ich muss jetzt bald unbedingt in dich."

„Mir ist früher auch lieber als später", gebe ich zu und greife nach ihm.

„Spielen und erforschen können wir immer noch, okay?"

Ich nicke und bin ganz seiner Meinung.

Sanft nimmt Malik die Hände von mir und sieht

sich nach seiner Jeans um. Er holt seine Geldbörse hervor und daraus ein Kondom.

Es ist so sexy, wie er es mit den Zähnen aufreißt und dann fließend über seine Länge rollt. Mein Herz hämmert, als wir uns ansehen und er wieder aufs Bett steigt und sich über mich begibt. Langsam sinkt er auf mich herab, umfasst mein Gesicht und küsst mich. Das scheint der Punkt zu sein, von dem all unsere Sehnsüchte ausgehen. Ich spreize die Beine breiter und er legt sich dazwischen.

Mit einer Hand greift er zwischen uns, platziert sich an meinem Eingang und drückt nur leicht dagegen.

„Oh wow …“, stöhne ich. Langsam dehnt sich meine Mitte und nimmt ihn auf. Ich spüre einen kurzen Schmerz wegen seiner Größe und wahrscheinlich meiner Inaktivität, doch das Verlangen, ihn in mir zu fühlen, überwiegt jeden unangenehmen Moment. Ich presse die Hände auf seinen Hintern und versuche, ihn zu einem schnellen Stoß zu bewegen, doch er gleitet nur langsam in mich. Ein Stück hinein, ein Stück zurück, und dann wieder ein bisschen tiefer.

Es macht mich wahnsinnig. Ich hebe die Knie an, stemme ihm die Hüften entgegen und bettele. „Malik … bitte!“

Er bringt mich mit seinem Mund zum Schweigen. Als er erst halb in mir ist, berührt er mit dem Finger meine Klit. Sterne explodieren vor meinen Augen bei der festen Berührung der empfindlichen Knospe. Zusammen mit seiner Größe, die mich füllt, weiß ich, dass ich kurz davor bin. Ich beiße mir auf die Unterlippe und lasse mich von den Empfindungen überwältigen. Genieße, dass es Malik ist zwischen meinen Beinen, der zärtlich und langsam ist, und strenge mich gleichzeitig an, meinem Körper die Erlösung zu erlauben.

Der Orgasmus schlägt ganz plötzlich zu. Er beginnt mit einem Druck im Unterbauch und explodiert dann in meiner Mitte. Überrascht schreie ich auf und hebe zuckend die Hüften, rufe Maliks Namen.

„Verdammt, ja“, lobt er, als mich die Lust überrollt. Mit einem harten Stoß dringt Malik bis zum Anschlag in mich ein.

Becken an Becken sieht er mich an, während ich gegen die orgastischen Wellen ankeuche. Er sieht nur zu und spürt es mit Sicherheit auch, wie es ist, wenn zwei Menschen die Lust miteinander teilen. Ich lege meine bebende Hand an seine Wange und er lehnt sich dagegen, schließt die Augen und beginnt, sich in mir zu bewegen.

Reine Wonne überkommt mich, als er in mich hämmert, mit langen und sicheren Stößen, da er jetzt weiß, dass ich ihn voll aufgenommen habe. Ich spüre ihn überall und so tief in mir, dass ich weiß, dass dieser Teil von mir von jetzt an nur noch ihm gehören wird.

„Himmel, du fühlst dich so gut an, Anna“, knurrt er und küsst meine Kehle.

Seine Hand liegt auf meiner Brust. Als er den Nippel zwickt, spüre ich Feuchtigkeit dort. Doch ich schäme mich nicht einmal dafür. Malik scheint es nicht zu bemerken, während er in mich hämmert.

Obwohl ich seine zärtliche Zurückhaltung geliebt habe, mit der er meine Befriedigung sicherstellte, ist dieser starke Mann, der aus der Asche auferstanden ist, um mich zu erobern, erregender als alles, was ich je zuvor gefühlt habe.

„Mehr“, dränge ich und lege die Hände auf seinen Hintern.

Malik stöhnt tief an meinem Ohr und fickt mich härter. Ich biege den Kopf zurück, schließe die Augen und genieße diesen unglaublichen, aufregenden und wunderschönen Trip.

Malik schiebt einen Arm unter mein Bein in meine Kniekehle, hebt es an und öffnet mich noch weiter. Unglaublicherweise dringt er noch tiefer ein. Egal mit wem ich früher zusammen war, Ehemann oder andere Liebhaber, noch nie bin ich so gründlich durchgevögelt worden.

Kurz flackert mein schlechtes Gewissen auf, weil ich Malik mit Jimmy vergleiche, doch ich verdränge den Gedanken für spätere Analysen. Es sind zwei verschiedene Männer und niemals werde ich den einen schlechter beurteilen als den anderen.

Malik versenkt sich praktisch komplett in mir. Meine Beine sind so weit gespreizt, dass sie schmerzen. Ich öffne die Augen und sehe erneut, wie Malik fasziniert auf unsere Mitte schaut. Er sieht zu, wie sein großer Schwanz mich nimmt, und als ich ebenfalls hinsehe, werde ich davon überwältigt.

Ein zweiter Orgasmus bildet sich in mir. Ich halte kurz inne und an dem Gefühl fest, bevor ich mich gehen lasse und es mit Malik teile. Wieder bäume ich mich auf und kralle die Nägel in seine festen Hinterbacken. Sein Blick fliegt zu mir und er weitet die Augen, als er merkt, dass ich schon wieder komme, was vielleicht auch ihn überwältigen wird.

„Oh fuck …“, stöhnt er, verharrt tief in mir und legt den Mund auf meinen. Er atmet schwer und wartet … dann zuckt er heftig und stöhnt. „Ja, ja, ja …“, keucht er und entlädt sich.

Ich streichele seinen Rücken und spüre ein leichtes Beben, bevor Malik auf mir zusammensackt. Er ist schweißbedeckt und sein Schaft pulsiert noch in mir. Ich schlinge die Arme um ihn und halte ihn fest an mich gedrückt. Hoffentlich empfindet er keine Reue, wenn wir beide wieder bei Sinnen sind.

Ich jedenfalls nicht.

Malik rollt sich auf die Seite und zieht mich mit. Er küsst mich sanft und lächelt.

„Hi", sage ich. Ich habe Schmetterlinge im Bauch, denn die Intimität, jetzt zusammen hier zu liegen, fühlt sich genauso gut an wie das, was wir gerade getan haben.

„Hi", antwortet er und lacht leise in sich hinein.

„Fühlst du dich gut?", frage ich vorsichtig.

Das Lächeln in seinem schönen Gesicht verrutscht leicht. „Das werde ich müssen. Ich kann das hier nicht mehr rückgängig machen und werde jetzt auf keinen Fall mehr einen Schritt zurückgehen."

„Es war mehr als nur wunderbar, nicht wahr?" Ich brauche seine Bestätigung. Muss wissen, dass ich mir nichts einbilde, was gar nicht existiert.

„Sehr viel mehr als das", stimmt er zu und küsst mich wieder. Diesmal auf die Stirn.

Daraufhin fällt mir auf, dass sein Ausdruck ernster geworden ist.

„Was ist los?"

Ein kleiner Muskel an seinem Kiefer zuckt leicht, als er an mir vorbei zum Fenster schaut. Ich merke ihm an, dass ihn etwas beunruhigt.

Er sieht mich wieder an und hat seinen Gedankengang abgeschlossen. „Ich möchte, dass wir es noch geheim halten."

„Geheim?", wiederhole ich zögerlich.

„Kynan weiß über uns Bescheid. Er hat sich mit mir am Schießstand darüber unterhalten. Hat mir gesagt, dass du es ihm erzählt hast."

„Entschuldige", sage ich spontan. Doch ich bin auch etwas verletzt. Schämt er sich für mich?

Er schüttelt den Kopf und legt eine Hand zwischen meine Brüste. „Nein, ich drücke mich anscheinend nicht gut genug aus. Kynan hat nichts dagegen, dass wir zusammen sind. Ich finde dich umwerfend, und ja, ich habe so meine Probleme mit Syrien und schwöre, dass ich mich damit befassen werde. Kynan hat das sozusagen von mir verlangt."

„Und ich auch", merke ich an.

Malik lächelt. „Ja. Und ich habe die Warnung klar und deutlich verstanden. Es ist nur … es gibt so etwas wie einen Bro-Code. Eine Art Männergelübde."

„Einen Bro-Code?" Jetzt bin ich verwirrt.

„Man macht nicht mit der Frau eines Freundes herum. Der Frau eines ‚Bruders' oder Teamkameraden. Das ist ein ungeschriebenes Gesetz, der Bro-Code."

Ich starre ins Leere, während sich die Intimität, die ich empfunden habe, langsam auflöst und ich Probleme habe, zu verstehen, was er mir sagen will.

„Wenn sich zum Beispiel Cage und Jaime nicht mehr treffen würden, egal aus welchem Grund", erklärt er, „und sie an Dozer interessiert wäre und er an ihr … selbst wenn sich Cage und Jaime in gegenseitigem Einverständnis trennen würden und nicht daran interessiert wären, mit wem der andere zusammenkommt, wäre es gegen den Bro-Code, wenn Dozer mit ihr ausgehen würde."

„Verstehe." Ich streichele seinen Arm und verschränke die Finger mit seinen. „Und du glaubst, dass du den Code brichst, wenn du mit mir zusammen bist?"

„Ich weiß es sogar."

„Aber du bist bereit, ihn zu brechen?“ Dessen will ich mir sicher sein.

„Offensichtlich“, antwortet er trocken. „Aber es ist auf jeden Fall alles kompliziert.“

„Dir ist aber doch klar, dass der Fall hier anders liegt, oder? Jimmy ist tot. Ich verstehe, was du meinst, und den Bro-Code zu brechen, könnte Gefühle verletzen, aber nicht in unserem Fall.“

Malik schweigt, und ich merke, dass ich ihn nicht überzeugt habe.

„Ich habe ein bisschen mit Corinne darüber gesprochen“, fahre ich fort. „Ich hatte Schuldgefühle. Als ob ich Jimmy betrügen würde. Sie hat mich gefragt, was Jimmy wollen würde, und ich weiß, sollte er mich aus dem Jenseits sehen, würde er wollen, dass ich glücklich bin. Er wäre traurig, wenn ich nicht weiterleben würde. Kein Glück finden würde. Also ist es in meinen Augen keine Untreue.“

Malik seufzt und zieht mich enger an sich. Ich lege die Wange auf sein Schlüsselbein und einen Arm um seine Taille.

„Aber ich will nicht, dass hier jemand denkt, dass ich dich ausnutze“, sagt er leise. „Dass ich ein Territorium betrete, in das ich nicht gehöre.“

„Das wird keiner denken.“

„Könnten sie aber. Ich will nur … vielleicht können wir es eine Weile für uns behalten. Es ist kompliziert. Wir haben beide mit tiefen Emotionen zu kämpfen wegen allem, was wir verloren haben. Und wissen nicht, wie wir mit dem, was wir gewonnen haben, umgehen sollen. Es ist nur …“

Ich lege die Finger auf seinen Mund und unterbreche ihn mitten im Satz. Er muss noch mit so vielem fertig werden und hat sich bereits einigen seiner Dämonen gestellt, um sich überhaupt zu trauen, mir eine Chance zu geben. Ich will nicht, dass er unter noch mehr Befürchtungen leiden muss. Also stimme ich zu. „Okay, für eine Weile bleibt es unter uns."

„Und Kynan", fügt er hinzu.

„Und Corinne."

Malik lacht und drückt mir einen Kuss auf. „Und meiner Familie vielleicht auch." Ich hebe die Augenbrauen. Er grinst und erklärt es mir. „Ich stehe meiner Familie sehr nah. Ich werde ihnen von dir erzählen. Sie kommen nächste Woche her, weil das Team der Cold Fury gegen die Pittsburgh Titans spielt, und da wollen wir eine Art Familientreffen veranstalten. Sie wollen unbedingt sehen, wie es mir geht, damit sie sicher sein können, dass ich nicht ins Grübeln verfallen bin."

„Oh." Ich bin überrascht. Ein bisschen Freude durchfährt mich, dass er seiner Familie von mir erzählen will. Bei all seinem Zögern zeigt er doch eine Menge Zuversicht für unsere Beziehung. Vielleicht ist es aber auch der Zweifel, der ihn dazu bringt, sich deren Rat einzuholen, und deshalb will er ihnen von mir erzählen.

„Ich möchte, dass du sie kennenlernst", sagt er ernst.

„Oh." Automatisch heben sich meine Augenbrauen.

„Willst du das nicht?", fragt er unsicher.

Ich schüttele den Kopf und lächele. „Nein. Ich meine, doch! Ich würde sie gern kennenlernen, wenn du das möchtest."

Malik antwortet mit einem Kuss. Diesmal ist er innig und fordernd. Etwas in mir blitzt auf, und ich frage mich, ob es zu früh ist für noch eine Runde Sex.

Malik beantwortet diese Frage, indem er seufzt und mich loslässt. „So gern ich mich auch wieder in dir verlieren würde, ich glaube, wir müssen an die Arbeit, oder?"

Ich blinzele erstaunt. Habe ich doch die Außenwelt komplett vergessen und erst recht die Arbeit. Sicher wundert sich Kynan schon, wo ich abgeblieben bin.

Ungern gebe ich zu: „Ja. Das sollten wir wohl tun."

„Kann ich heute Abend zu dir kommen?", fragt er.

„Auf jeden Fall", antworte ich strahlend.

Kapitel 19

Malik

Ich bin noch nie ein tiefer Schläfer gewesen. Das führe ich auf die Zeit im Marine Corps zurück, wo dies eine antrainierte Fähigkeit war. Beim Special-Forces-Training lernte ich, wie man an den unbequemsten Orten einschläft und bei der geringsten Störung sofort wieder wach ist.

Kein Wunder, dass ich also beim ersten Schrei von Avery wach bin. Genau wie Anna. Sie zuckt in meinen Armen zusammen, hebt den Kopf vom Kissen und lauscht einen Moment.

Als Avery erneut weint, löst Anna sich aus meinen Armen.

„Alles in Ordnung mit ihr?“, frage ich.

Anna lehnt sich zurück, legt eine Hand auf meine Brust und flüstert: „Sie hat nur Hunger. Schlaf weiter.“

Schnell entschlüpft sie mir durch die Dunkelheit; sie schaltet das Licht nicht ein auf dem Weg von der Schlafcouch im Wohnzimmer, wo wir schlafen, in das einzige Schlafzimmer, das sie zum Kinderzimmer gemacht hat.

Ich drehe mich auf der dünnen Matratze um und setze mich auf den Rand. Das Ding quietscht und ächzt bei meinen Bewegungen, und ich weiß, dass mir morgen der Rücken wehtun wird. Ich habe keine Ahnung, wie Anna auf diesem scheiß Teil schlafen kann, aber ich bewundere aufrichtig ihren Wunsch, unabhängig zu sein. Sie hat mir beim Abendessen, das sie für mich gekocht hat – Hackbraten, Kartoffelbrei und Mais –, erzählt, dass ihre Mom wollte, dass sie nach Jimmys Tod zu ihr zog.

Dort hat sie zuvor gewohnt, weil der Stress zu Problemen mit der Schwangerschaft geführt hatte. Doch gleich einen Monat nach Averys Geburt hat Anna dieses Apartment gemietet und versucht, allein zu leben. Das bedeutet nicht, dass sie von ihrer Mutter keine Hilfe bekommt, denn das tut sie, aber so fühlt sie sich besser, wenn sie so unabhängig sein kann, wie irgend möglich. Es ist ihre Art, Jimmy zu zeigen, dass sie zurechtkommt, wo auch immer seine Seele jetzt sein mag.

Ich stehe auf und frage mich, wie sehr uns ihre Nachbarn wohl hassen, nachdem wir unglaublichen, lauten Sex auf dieser Couch hatten, als Avery eingeschlafen war. Ich muss lächeln bei der Erinnerung an das, was noch nicht lange her ist. Unbequeme Couch oder nicht, Sex mit Anna ist für mich eine fast göttliche Sache.

Im Dunkeln greife ich nach meiner Unterhose in meiner schnell ausgezogenen Jeans. Ich ziehe sie an, um ein wenig Anstand zu wahren. Normalerweise macht mir Nacktheit nichts aus, aber wegen Anna ziehe ich lieber etwas an. Nachdem wir Sex gehabt, gekuschelt und geredet haben, ging sie ins Bad. Als sie wiederkam, trug sie BH, T-Shirt und ein Höschen. Sie erklärte, dass sie so besser schlafen kann, besonders mit dem BH, der die Stilleinlagen hat, um das Auslaufen zu verhindern.

Wahrscheinlich sollte ich das alles eher lästig finden, aber das tue ich nicht. Ich bewundere die Art, wie Anna so pragmatisch damit umgeht. Ich finde es sogar verdammt sexy, dass sie eine sexuelle Beziehung anfängt, während sie sich mit dieser Sache herumschlagen muss, die normalerweise nicht zum Beginn einer intimen Beziehung gehört.

Vielleicht bin ich aber auch nur seltsam.

Ich tapse Richtung Kinderzimmer und stoße mir erst einmal den Zeh an den Metallbeinen des Couchbettes an. Ich humpele leise fluchend los, dem warmen Licht nach, das Anna eingeschaltet hat.

Sie sitzt in dem Schaukelstuhl und Avery saugt an ihrer Brust. Wie beim letzten Mal setze ich mich auf den Boden und lehne mich an die Kommode. Zufrieden sitze ich da und sehe zu, wie sie schaukelt und beim Stillen ein Lied summt.

Seltsam, wie schön ich diesen Moment finde. Zuzusehen, wie Anna ihre Tochter stillt – Jimmys Tochter. In meinen Zukunftsplänen haben Kinder nie eine Rolle gespielt. Ich weiß, dass ich eines Tages welche haben werde, doch es war mir nie ein brennendes Bedürfnis oder ein Gräuel. Ich dachte immer, entweder wird es passieren oder auch nicht.

Und es scheint mir nichts auszumachen, dass Anna ein Kind von einem anderen Mann hat. Ich verspüre keine Eifersucht oder das Verlangen, sie ganz für mich allein zu haben. Ich wusste, dass mein Besuch bei ihr heute zum Teil damit zu tun hatte, dass Anna und ich mehr Zeit zusammen verbringen, unsere Beziehung entwickeln und die Verbindung stärken können, vor allem sexuell. Aber mir ist auch bewusst, dass Avery zu Annas Leben gehört. Das bedeutet, dass es nie einen Tag geben wird, an dem ich nicht auf Avery Rücksicht nehmen muss, und das macht mir nichts aus.

Außerdem ist die Tatsache, dass Anna so in ihrem mütterlichen Element ist, nicht nur wunderschön, sondern auch verdammt tröstlich. Ich weiß, dass sie mit allem fertig werden kann, und ihre Stabilität hilft, mich auch zu verankern.

Anna legt Avery an die andere Brust an. Es ist faszinierend, wie schnell das kleine Wesen den Nippel findet und instinktiv weiß, was es tun muss, als Anna es in Position legt. Wahrscheinlich war das am Anfang gar nicht so leicht, aber jetzt sind die beiden echte Profis.

„Kommt sie damit durch den Rest der Nacht?“, frage ich leise.

„Ja, bis zum frühen Morgen“, antwortet sie ebenso leise. Sie lächelt das kleine Mädchen liebevoll an. „Meistens wacht sie zwischen fünf und sechs auf. Was gut passt, weil ich dann genug Zeit habe, mich für die Arbeit fertig zu machen und sie zu Mom zu fahren.“

Bewundernd schüttele ich den Kopf. „Es ist unglaublich, wie du das alles organisierst.“

Sie winkt ab. „Ach was.“

„Doch. Du bist erstaunlich.“

Anna sieht von Avery zu mir. „Du bist erstaunlich. Ich bin so froh, dass wir uns eine Chance geben.“

„Ich auch“, versichere ich ihr sanft. Trotz meiner Ängste, Bedenken und natürlich der Schuldgefühle bin ich auch sehr froh darüber.

„Okay“, sagt Anna, lächelt Avery an, nimmt sie von der Brust und zieht ihren BH wieder zurecht. „Ich glaube, das kleine Äffchen ist fertig.“

Im Licht der Lampe sehe ich, wie das Baby herzhaft gähnt. Anna erhebt sich aus dem Schaukelstuhl, also stehe ich ebenfalls auf. Ein Teil von mir fühlt sich wie ein Außenstehender, doch ein anderer Teil möchte sich mehr in die Familiendynamik einbringen. Anna und Averys inneres Band fasziniert mich. Wie Anna ihre Tochter versorgt und wie Avery von ihrer Mutter abhängig ist.

Anna geht an die Kommode, auf der eine dicke Auflage aus einem weichen rosa Material liegt. „Ich windele sie nur noch schnell, dann schläft sie gleich wieder ein."

Ich habe schon gesehen, wie Babys gewindelt wurden. Im Marine Corps hatte ich Kumpels, die verheiratet waren und Kinder hatten. Als ich ein Kind war, machte meine Schwester oft Babysitter, sodass wir öfter kleine Menschen im Haus herumrennen hatten. Meine Cousine Kathy bekam Kinder, sobald sie erwachsen war, und die liefen auch bei uns herum. Dennoch habe ich noch nie selbst ein Kind gewindelt.

Als Anna Avery auf die Unterlage legt und ihren Schlafanzugstrampler öffnet, frage ich: „Darf ich es mal versuchen?"

Mit großen Augen sieht sie mich überrascht an.

„Findest du das seltsam?", frage ich. „Übertrete ich gerade eine Grenze?"

„Gott, nein!" Sie lacht und schüttelt den Kopf. „Du hast mich nur sprachlos gemacht. Ich will dich nicht klischeehaft beleidigen, aber normalerweise haben Männer keine natürliche Neugier auf dem Gebiet, die sie unbedingt stillen wollen."

Ich lache mit, stelle mich neben sie, und Schulter an Schulter betrachten wir Avery. „Sie ist ein Teil von dir. Natürlich bin ich da neugierig."

Ich traue mich nicht, Anna anzusehen, doch sie lehnt sich leicht an mich und der zarte Stoß mit ihrem Arm sagt mir, dass meine Aussage sie berührt hat.

Unter Annas Anweisungen schaffe ich es, Avery, die glücklicherweise schläfrig ist und einen vollen Bauch hat, sodass sie nicht besonders viel herumzappelt, den Strampler auszuziehen. Außerdem ist sie mit fünf Monaten schon recht stabil im Vergleich zu einem Neugeborenen, sodass ich nicht befürchten muss, sie zu zerbrechen.

Ich bin sehr dankbar, dass die Windel nur nass ist, sodass ich mich nicht mit stinkenden Ausscheidungen abplagen muss. Vielleicht bin ich eine Pussy, aber dazu habe ich im Moment keine Lust.

Anna leitet mich schrittweise an und führt sogar meine Hände, um Averys Füße zu packen und sie anzuheben, um die Windel unter ihr zu entfernen. Ich stelle mich etwas ungeschickt an, bekomme es aber hin. Allerdings schließe ich die Klebebänder der Windel nicht straff genug. Die Windel sitzt zu locker und Anna muss eingreifen. Das meiste habe ich jedoch geschafft.

„War gar nicht so schwer, oder?“, fragt Anna.

„Frag mich das noch mal, wenn das nächste Mal noch etwas anderes in der Windel ist“, antworte ich und verziehe das Gesicht.

Anna nimmt ihre Tochter hoch an ihr Gesicht und küsst Averys strubbeligen Kopf. Ich sehe über Annas Schulter und frage mich, was das Kind wohl von mir denkt, als ich es so anstarre. Wahrscheinlich gar nichts, denn sie scheint nur Augen für ihre Mama zu haben. Jedenfalls gähnt sie erneut und ballt ihre Fäustchen.

Anna flüstert: „Schlafmützchen.“

Ich bleibe neben der Kommode stehen, und Anna geht ans Kinderbett, beugt sich hinab und legt Avery auf den Rücken. Es liegt keine Zudecke darin. Anna hat mir erklärt, dass diese in dem Alter eine Gefahr sein könnte. Deshalb zieht sie Avery warme Sachen an und heizt das Apartment entsprechend gut.

Als Anna sich umdreht, halte ich ihr meine Hand hin. Sie ergreift sie und ich führe sie aus dem Kinderzimmer. „Du musst jetzt weiterschlafen. Es dauert nicht mehr lange, bevor sie wieder weint."

Anna folgt mir, hält meine Hand fest, und ich halte inne, als sie sagt: „Ich bin nicht müde."

Ich drehe mich zu ihr um und werde von ihr überfallen. Ihr Mund landet auf meinem, ihre Hände umfassen mein Genick und greifen nach meinen Haaren. Mein Körper reagiert sofort, umarmt sie und erwidert ihren Kuss hungrig und fordernd. Ich lege die Hände auf ihren Hintern, ziehe sie an mich und weiß, dass sie meine Erektion fühlen kann.

Ich habe das Gefühl, dass wir morgen beide müde sein werden, aber es ist mir scheißegal. Könnte ich die Zeit anhalten und für immer mit Anna zusammen sein, würde ich jeden Schlaf aufgeben.

Kapitel 20

Anna

„Ich fühle mich wirklich nicht wohl dabei", sage ich zum gefühlt zehnten Mal, als Malik uns zu dem Restaurant fährt, in dem wir uns mit seiner Familie zum Dinner treffen.

Zumindest mit einem Teil davon. Seine Eltern und seine Schwester mit ihrem Mann sind einen Tag vor dem Spiel hergeflogen. Seine Brüder werde ich morgen kennenlernen.

„Entspann dich", sagt Malik beruhigend, greift über die Mittelkonsole und nimmt meine Hand. Kurz blickt er über die Schulter nach hinten und lächelt. „Avery ist ein braves Baby. Alles wird gut."

„Ja, aber das ist ein vornehmes Lokal. Es gehört sich nicht, ein Baby mitzubringen, ganz zu schweigen davon, dass ich deine Familie zum ersten Mal treffe. Das ist einfach ein bisschen außerhalb der Norm."

Ich drehe mich zu Averys Autositz um, der aus Sicherheitsgründen gegen die Fahrtrichtung montiert ist. Sie gibt keinen Ton von sich, was wahrscheinlich bedeutet, dass sie schläft. Autofahren wirkt wie ein Schlafmittel auf sie. Meistens sofort, nachdem sich das Auto in Bewegung setzt.

„Und was, wenn sie Hunger bekommt?" Ich klinge weinerlich vor Sorge.

„Du hast doch Milch abgepumpt", sagt er gelassen und rational. „Du holst einfach die Flasche raus und fütterst Avery. Höchstwahrscheinlich wird Mom sie dir sowieso wegnehmen und es selbst tun wollen. Sie liebt Babys."

Verstimmt knabbere ich an einem meiner Fingernägel. Das Ganze ist einfach falsch, unnötig kompliziert und …

Malik fährt auf den Parkplatz. „Anna."

Ich drehe mich ihm zu.

„Meine Eltern, meine Schwester und mein Schwager … alle werden dich anbeten. Und Avery auch. Und sie verstehen, dass du sie als alleinstehende Mutter immer dabei haben musst, wenn du keinen Babysitter hast."

Was der Grund ist, warum ich schlecht gelaunt bin. Mom wollte Avery heute Abend übernehmen, aber sie hat abgesagt, weil sie sich kränklich fühlt und Avery mit nichts anstecken will. Und jetzt frage ich mich, ob das vielleicht etwas damit zu tun hat, dass sie nicht so recht einverstanden damit zu sein scheint, dass ich Malik date. Ich habe ihr letztes Wochenende davon erzählt, als ich ihr Avery brachte, damit wir am Samstag ins Kino gehen konnten. Sie schien nicht schockiert darüber, mit wem ich ausging, sondern generell.

„Ist das nicht ein bisschen zu früh?", waren ihre Worte, noch bevor sie wissen wollte, mit wem ich ausgehe.

Als ich ihr von Malik erzählte, den sie nicht persönlich kennt, aber von dem sie schon gehört hat, weil er mit Jimmy im Einsatz war und sie wusste, dass er gerettet wurde, wurde sie seltsam still. So reagiert sie immer, wenn sie Einwände hat, aber nichts dagegen sagen kann, weil sie den Einfluss auf mich schon lange verloren hat.

Jedenfalls war sie nicht begeistert, als ich ihr sagte, dass ich Maliks Eltern zum Abendessen treffe und sie fragte, ob sie Avery nehmen könne. Ich konnte sie auch nicht damit versöhnen, dass ich versprach, an einem der nächsten Wochenenden mit Malik zum Essen nach Hause zu kommen, damit er sie und meinen Stiefvater kennenlernt.

Was auch immer sie daran so stört, gipfelte in dem Anruf am Nachmittag, dass sie Avery heute nicht nehmen kann. Meine erste Reaktion war, die Esseneinladung abzusagen. Ich rief Malik an und sprach mein Bedauern aus. Doch er weigerte sich, es zu akzeptieren, und bestand darauf, Avery einfach mitzunehmen.

Aus vielerlei Gründen verfalle ich diesem Mann immer mehr, aber das war jetzt wirklich einer, mit dem er sich bei mir mächtig eingeschmeichelt hat. Abgesehen von meiner Meinung, dies für eine furchtbare Idee zu halten, freute es mich unendlich, dass er Avery den wichtigsten Menschen in seinem Leben genauso gern vorstellen wollte wie mich.

Inzwischen weiß ich eine Menge über seine Familie, denn wir können stundenlang über alles Mögliche plaudern. Eigentlich weiß ich tief in mir, dass sie nichts dagegen haben werden, dass ich ein Baby habe und es auch noch in ein Restaurant mitbringe.

„Warum bin ich dann so nervös?“, sinniere ich laut. Es muss einen anderen Grund als Avery geben, der mich unter Stress setzt.

Malik parkt den Wagen und stellt den Motor ab. Er dreht sich zu mir und beugt sich nah heran.

„Weil du mich wirklich sehr magst. Und wenn einem so etwas passiert, dann ist es ein großer Schritt, die Familie kennenzulernen. Zumindest habe ich das so gehört.“

Ich grinse. „Hast du das schon oft gemacht?“

„Noch nie“, versichert er mir. „Außer man zählt Melanie Farris aus der Grundschule dazu. Ich hatte sie zum Wintertanz eingeladen und für die Liebe meines Lebens gehalten."

Ich lächele ihn mitfühlend an. „Tut mir leid, dass es nicht funktioniert hat."

„Mir nicht." Er lacht und gibt mir einen Kuss. „Das hier funktioniert wunderbar."

Damit verschwindet der Großteil meiner Nervosität. Einfach so.

Mir wird leicht schwummerig, als Malik eine Hand in meinen Nacken legt und mich ernst ansieht. „Ich freue mich darauf, dich meiner Familie vorzustellen. Ich hasse es, es nicht in die Welt hinausbrüllen zu können."

„Wegen dem Bro-Code und all dem." Ich nicke.

Er drückt meinen Nacken. „Genau. Aber vor meiner Familie brauche ich dich nicht zu verstecken. Sie würden nie über mich urteilen. Wollen immer, dass ich tue, was mich glücklich macht. Zwar sollten wir bei unseren Arbeitskollegen etwas vorsichtig sein, aber ich freue mich, dass du da bist und wir als Paar zusammen hier sein können."

„Ich freue mich auch." Diesmal lehne ich mich ihm entgegen. Meine Lippen streichen über seine und Malik seufzt zufrieden.

*

Ich blicke definitiv in überraschte Gesichter, als wir das Restaurant betreten und Malik den Maxi-Cosi trägt.

Als Malik den Sitz aus dem Auto holte und ihn mir nicht in die Hand gegeben hat, habe ich nicht widersprochen. Er nahm den Träger des Sitzes in seine Armbeuge, und mit der anderen Hand an meinem unteren Rücken eskortierte er mich ins Lokal.

„Babysitter ist ausgefallen“ ist das Erste, was Malik sagt, als seine Mutter die Babytrage sieht.

Dann beugt sich Marilyn Fournier näher und betrachtet Avery. Begeistert lächelt sie und sieht mich an. „Oh Anna … sie ist eine Schönheit.“ Sie streckt die Hand über Avery aus. „Ich bin Marilyn.“

Das bricht das Eis. Ich werde seinem Vater Laurence vorgestellt, seiner jüngeren Schwester Simone, die wie eine weibliche Version von Malik aussieht, mit dunklen Haaren und braunen Augen. Und dann ihrem Mann Van Turner. Der war früher ein Teamkamerad von Simones Brüdern Lucas und Max, entschloss sich aber, früh aus dem Team auszutreten und mit Simone nach Vermont aufs College zu gehen. Ich finde es bewundernswert, auf eine Profikarriere als Hockeyspieler zu verzichten, um zu studieren und mit der Liebe seines Lebens zusammen zu sein.

Als wir uns setzen, stellt die Kellnerin noch einen Stuhl bereit, auf den Malik Avery zwischen uns beide stellt. Sofort werde ich in die lebendigen Unterhaltungen seiner Familie einbezogen.

Ich habe damit gerechnet, mit Fragen bombardiert zu werden, finde jedoch schnell heraus, dass Malik ihnen bereits alles Mögliche über mich erzählt hat. Sie wissen, dass ich das College geschmissen habe und beim Militär war, welche Position ich bei Jameson habe und dass ich aus Pittsburgh stamme. Sie ziehen mich damit auf, dass ich morgen für mein geliebtes Pittsburgh-Titans-Team sein werde, und versprechen, dies nicht gegen mich zu verwenden.

Und ich merke, dass Malik wohl auch über meine Fähigkeiten als Mutter gesprochen haben muss, als

Marilyn sagt:

„Es ist bewundernswert, wie du als alleinerziehende Mutter zurechtkommst, Anna."

Es ist überwältigend, dass Malik mich zwar noch nicht dem Rest der Welt präsentiert, jedoch bei seiner Familie anscheinend oft von mir spricht. Ich weiß nicht, ob das auch auf seine Zweifel und Bedenken über unsere Beziehung zutrifft, doch das werde ich ihn fragen, wenn wir wieder allein sind. Ich möchte wissen, ob er ihnen alles erzählt hat, was wir bisher überwunden haben.

Mir wird klar, dass ich bei diesen Menschen wirklich nicht nervös sein muss. Sie akzeptieren mich so, wie ich bin.

So war es nicht, als ich Jimmys Familie kennenlernte. Er stand seiner Familie, die er im ländlichen Louisiana zurückgelassen hatte, nicht nah. Mit achtzehn ging er zum Militär, um einer Familie voller Alkoholismus und schlechten Entscheidungen zu entkommen. Sie sind nicht einmal zu unserer kleinen Hochzeit erschienen.

Auch bei meinem mittelklassigen Vorortumfeld, in dem ich groß wurde, ist die Fournier-Familie viel vereinter als meine. Nachdem mein Vater gestorben war und meine Mom wieder verheiratet, waren wir nie eine Einheit, obwohl es trotzdem eine Menge Liebe gab. Aber nicht so, wie ich es heute Abend an diesem Tisch erlebe. Laurence legt oft den Arm um den Stuhl seiner Frau oder streichelt ihre Schulter, während wir uns unterhalten. Marilyn betrachtet ihre Kinder mit uneingeschränkter Liebe und Stolz. Und beide Eltern lieben ihren Schwiegersohn Van ganz offensichtlich ebenfalls, necken ihn und spaßen mit ihm. Wenn es ins Thema passt, werde ich ebenfalls mit viel Lachen und Fröhlichkeit einbezogen.

Mitten im Hauptgang fragt Laurence Malik: „Wie läuft's bei der Arbeit?"

„Gut", antwortet Malik und wirft kurz seiner Mom einen vorsichtigen Blick zu. „Ich werde bald wieder in den Einsatz geschickt."

Ich sehe Marilyn an, die zum ersten Mal nicht so glücklich wirkt. Ihr Ausdruck ist sorgenvoll. Als hätte Laurence damit gerechnet, nimmt er ihre Hand und drückt sie.

„Musst du wirklich wieder auf diese Einsätze?", fragt Marilyn.

„Mom", sagt er sanft, doch der Ernst in seinem Ton ist nicht zu überhören.

„Ich weiß, ich weiß", antwortet sie, hebt eine Hand und schüttelt den Kopf. „Ich weiß, dass es dich verrückt macht, wenn ich mir Sorgen mache. Aber ich musste miterleben, wie du bei den Marines in Kriegsgebiete musstest, und in Gefangenschaft kamst. Ich habe wirklich geglaubt, dass wir das hinter uns hätten, als du befreit wurdest."

„Bei Jameson tun wir viele Dinge, die nicht gefährlich sind", wirft Malik ein, um die Stimmung zu aufzuhellen.

„Und trotzdem wurdest du entführt und fünf Monate gefangen gehalten", antwortet seine Mom mit stechend scharfer Stimme. Sie wirft mir einen Blick zu und entschuldigt sich sofort. „Es tut mir leid, Anna. Ich bin nur eine besorgte Mutter."

Ich lächele sie mitfühlend an, denn ich verstehe sie besser, als sie denkt. Mein Ehemann war bei derselben Operation dabei wie ihr Sohn und wird niemals mehr nach Hause kommen.

Es trifft mich wie ein Eimer Eiswasser.

Irgendwann wird Malik wieder zu einem gefährlichen Einsatz müssen. Das ist Teil des Jobs bei Jameson. Man muss bereit sein, sein Leben aufs Spiel zu setzen. Ich weiß nicht genau, was ich davon halten soll. Bei Jimmy schien es irreal, dass etwas passieren könnte. Jetzt weiß ich, dass das nicht stimmt. Nun ist mir klar, dass etwas Schreckliches passieren könnte. Bei dem Gedanken, dass Malik einmal nicht mehr nach Hause kommen könnte, wird mir übel.

Marilyn lächelt mich leicht verlegen an und dann ihren Sohn. „Okay, ich bin fertig. Ich habe meinen mütterlichen Senf dazugegeben. Danke, mein lieber Junge, dass du mich hast jammern lassen."

„Ich liebe dich, Mom", antwortet er gefühlvoll. „Du hast jedes Recht, dir Sorgen zu machen."

In diesem Moment ergreift Avery die Möglichkeit, aufzuwachen. Sie stößt einen hungrigen Schrei aus und dann ein langes Wimmern.

Schnell nehme ich sie hoch und entschuldige mich. „Es tut mir sehr leid. Sie hat wohl Hunger und braucht eine frische Windel."

„Keine Sorge", versichert mir Marilyn. „Das kenne ich."

Ohne zu fragen, nimmt sich Malik meine Wickeltasche, die ich immer dabeihabe, und erhebt sich. Ich schüttele den Kopf und nehme ihm die Tasche ab. „Ich mach das schon. Bleib du sitzen."

Ich gehe durch das Restaurant Richtung Toiletten, denn ich brauche etwas Privatsphäre, um Avery zu versorgen. Doch meine Gedanken drehen sich um die Frage, auf welche Art Einsatz Kynan Malik wohl schicken wird, sobald er ihn wieder regulär arbeiten lässt. Wird das Schicksal ihn beschützen, nachdem er schon einmal dem Tod so nahegekommen ist? Werden die Chancen größer oder geringer sein, dass ihm nichts passiert? Denn sicherlich wird Gott doch nicht so grausam sein und mir zwei Männer, die ich liebte, auf diese Art nehmen.

„Darf ich dir Gesellschaft leisten?"

Überrascht stelle ich fest, dass mir Simone in den Toilettenbereich gefolgt ist. Lächelnd stoße ich die Schwingtür mit der Hüfte auf und bin froh, dass meine Gedanken von Malik und der potenziellen Gefahr abgelenkt werden, in die er geraten könnte. „Natürlich."

Simone sieht mir zu, wie ich Avery stille, und plaudert drauflos. Als ich fertig bin, nimmt sie Avery kurz auf den Arm, während ich alles heraushole, was ich zum Windelwechseln brauche. Die Windel scheint randvoll zu sein.

Als ich Avery auf den Wickeltisch lege, der in diesem Restaurant zur Verfügung steht, traut sich Simone, eine persönliche Frage zu stellen.

„Wie läuft es so mit Malik?"

Ich blinzele überrascht, sehe sie kurz an und wende mich wieder Averys voller Windel zu. Mir kommt nicht einmal in den Sinn, ihr etwas vorzumachen. „Es ist nicht einfach, nach allem, was er durchgemacht hat."

„Und was du durchgemacht hast", sagt sie leise.

„Er hat dir von Jimmy erzählt und …"

„Er hat uns alles erzählt", sagt Simone. „Er spricht oft mit Mom, aber gleich danach komme ich. Malik und ich sind miteinander verschworen, so wie Max und Lucas."

Ich kichere und schüttele den Kopf. „Für mich ist das seltsam. Er will, dass es in der Firma niemand erfährt."

„Bro-Code." Sie verdreht die Augen.

„Ja." Ich lache. „Das hat er dir erzählt?"

Simone lehnt sich gegen die Wand und nickt. „Wie schon gesagt, Malik verheimlicht uns nichts. Hat er noch nie."

Ich wickele Avery zu Ende, ziehe sie wieder an, und dann wechseln wir uns ab, sie zu halten, und waschen uns jeweils die Hände. Beim Hinausgehen habe ich Avery wieder im Arm und Simone trägt die Wickeltasche. Sie legt eine Hand auf meine Schulter und hält mich auf. Fragend sehe ich sie an und erkenne, dass ihr Ausdruck ernst geworden ist.

„Er hat eine Menge durchgemacht, und du auch. Entweder es ist gut, dass ihr zusammen seid, oder es könnte mit der Zeit immer schwieriger werden. Bitte seid lieb und freundlich zueinander. Ich kann mir deinen Schmerz gar nicht vorstellen, Anna, aber er ist mein Bruder und ich mache mir Sorgen um ihn."

Sie sieht jetzt ehrlich beunruhigt aus. Anscheinend hat sie Angst, mich beleidigt zu haben. Ich nicke versichernd. „Ich passe auf ihn auf, versprochen. Ich bin immer bereit, ihm zu geben, was er braucht, selbst wenn es Abstand wäre."

„Du bist eine tolle Frau", meint sie.

„Er ist ein toller Mann."

„Zusammen seid ihr bestimmt etwas total Fantastisches."

„Das will ich doch hoffen."

Kapitel 21

Malik

Die Kellnerin bringt eine neue Runde Bier zu den Fournier-Geschwistern und teilt sie aus. Nach dem Hockeyspiel sind Mom und Dad gleich ins Hotel gefahren. Max und Lucas flogen nicht sofort mit dem Team zurück nach North Carolina, denn sie wollten noch eine Weile mit mir zusammen sein. Simone und Van waren auch voll dabei, den Abend bei ein paar Bieren zusammen abhängend zu verbringen.

Van, das Mitglied unserer Bande durch Heirat statt Blutsverwandtschaft, hebt seine Flasche und spricht einen Toast aus.

„Auf die beste Familie, zu der man gehören könnte", sagt er.

Ein kurzer Blick über die Runde am Tisch zeigt mir, dass alle davon gerührt sind.

Wir stoßen mit den Flaschen miteinander an und trinken. Das Bier ist gut, doch es würde noch besser schmecken, wenn Anna dabei wäre. Ich hatte mir wirklich gewünscht, dass Max und Lucas sie kennenlernen, aber das muss nun ein andermal stattfinden. Sie fühlt sich heute nicht wohl und konnte deshalb nicht zum Spiel mitkommen.

„Klärt mich mal auf", sage ich zu meinen Brüdern. „Was läuft an Weihnachten in ein paar Wochen?"

Beide meiner Brüder sind verheiratet und haben Kinder. Max' Frau Jules brachte drei Kinder mit in die Ehe. Annabelle, Levy und Rocco. Sechs, acht und neun Jahre alt. Eigentlich sind es die Kinder von Jules' Schwester, die verstorben ist, und Jules hatte die Kinder schon, als sie Max kennenlernte.

Die nächsten fünfzehn Minuten hören wir Max zu, der über Barbiepuppen und Fahrräder spricht, und zwar detaillierter, als wir alle es wissen wollen. Dennoch freue ich mich darauf, die Kinder wiederzusehen, wenn ich es einrichten kann, einen Ausflug nach North Carolina zu machen. Aufgrund meiner Zeit bei den Marines und der Gefangenschaft kennen sie ihren Onkel Malik kaum. Wenn mir der nahe Tod etwas klargemacht hat, dann, dass ich die Familienbindung noch mehr stärken möchte als sowieso schon. Die Fourniers standen sich zwar schon immer nah, aber das muss auch auf die neuen Mitglieder ausgeweitet werden, die durch Heirat dazukommen.

„Für dich muss es etwas leichter sein", sage ich zu Lukas mit einem Nicken. Er und seine Frau Stephanie haben vor ungefähr fünfzehn Monaten ein kleines Mädchen namens Marianna bekommen.

Lucas lacht. „Sie ist noch zu jung, um dem Weihnachtsmann ihre Wünsche zu schicken. Aber natürlich kaufen wir trotzdem Geschenke, die der Weihnachtsmann unter den Baum legt."

„Das habe ich mir auch nicht anders vorgestellt." Ich lache.

„Zurück zu Weihnachten", wirft Simone ein. „Kommst du nach Hause?"

Sie sieht mich so sehnsüchtig an, dass ich ein schlechtes Gewissen habe, sie zu enttäuschen. „Wahrscheinlich nicht."

Überraschenderweise wird ihr Ausdruck sanft und sie lächelt. Das verwirrt mich und ich habe das Bedürfnis, mich erklären zu müssen. „Ich habe so lange in der Firma gefehlt und möchte nicht auch noch Urlaub nehmen müssen."

Simone wendet sich Van zu und grinst. Dieser erwidert das Grinsen und wendet sich mir zu.

„Wenn du es sagst."

Max und Lucas wirken interessiert und Max sieht Simone an. „Was haben wir hier nicht mitbekommen?"

Simone zuckt mit den Schultern und sieht meinen Bruder keck an. „Ich nehme an, dass er an Weihnachten nicht nach Hause kommt, hat überhaupt nichts mit der Arbeit zu tun, sondern mit der hübschen Blonden, die Anna heißt, und …"

„Na gut", unterbreche ich sie und lache auf. Ich kann meinen Geschwistern einfach nichts vormachen. „Wenn du es unbedingt wissen willst, ich würde gern Weihnachten mit Anna verbringen."

„Das wurde ja schnell zu etwas Ernstem", sagt Lucas etwas zu düster, aber ich verstehe, warum.

Er weiß nur, was ich ihm erzählt habe und was Simone und Mom ihm vielleicht weitergetragen haben. Und leider lernt er sie heute auch nicht kennen, wie ich gehofft habe. Er will mich nur schützen.

Ich bestreite seine Aussage nicht. „Es ist auch was Ernstes. Und was du mit *schnell* meinst, ist relativ."

Vor sechs Wochen wurde ich befreit. Seit drei Wochen bin ich wieder bei Jameson und habe mit Anna gesprochen. Vor zehn Tagen haben wir uns das erste Mal geküsst.

Okay, das könnte man *schnell* nennen.

„Ich kann es nicht erklären, Luc", sage ich leise, schaue in mein Bierglas und dann wieder Luc an. „Ihr Mann wurde im selben Einsatz getötet, in dem ich gefangen genommen wurde. Wir beide haben unter einem Verlust gelitten, der auf denselben Umständen basiert. Sie versteht meinen momentanen

Zustand besser als jeder andere Mensch. Traurig, aber das schließt euch alle hier ein. Ich bin sicher, du weißt, dass das eine Menge sagt, weil ich euch und unsere Eltern mehr liebe als irgendwen sonst auf der Welt.“

Alle schweigen, während sie das verinnerlichen, doch keiner sieht aus, als ob er an meinen Worten zweifelt. Sie akzeptieren, was ich gesagt habe, als die Wahrheit. Zwar können sie mich nicht wirklich voll verstehen, aber sie begreifen, dass sie auch nicht wirklich nachvollziehen können, was ich durchgemacht habe.

Lucas nickt und sein Blick ist warm und mitfühlend. „Ich verstehe das, Bruder. Aber du weißt, dass du uns immer alles sagen kannst. Und was du fühlst. Wenn du uns brauchst, kannst du dir alles von der Seele reden. Ich kann mir gar nicht vorstellen, was du in all den Monaten alles durchgemacht hast …“

Erstaunt sehe ich, wie Lucas still wird, weil seine Gefühle seine Stimme ersticken. Meine Brust zieht sich zusammen. Er sitzt links von mir und ich lege eine Hand auf seine Schulter. Simone sehe ich gar nicht erst an, denn ich weiß, dass sie Tränen in den Augen hat.

In diesem Moment wird mir klar, dass ich meine Geschwister vernachlässigt habe. Als ich vor sechs Wochen zurückkam, waren sie alle für mich da, doch damals wagten sie es nicht, mich zu fragen, was ich erlebt habe. Ich war zu schwach, krank und traumatisiert. Sie haben mich schweigend unterstützt. Doch sie müssen alle die schlimmsten Albtraumvorstellungen haben und sich fragen, was ihrem Bruder genau passiert ist. Während ich fleißig mit Corinne gegen meine Dämonen und Ängste gearbeitet habe, stecken sie immer noch in ihren, die sie während der Zeit durchmachten, in der ich vermisst wurde.

Mein Fehler, das jetzt erst zu erkennen.

„Ich glaube", beginne ich und sehe alle am Tisch an, „es ist das Beste, wenn ich erzähle, was mir passiert ist. Nicht nur, damit ihr es versteht, sondern damit ihr es hinter euch lassen könnt, so wie ich es tue. Ich glaube, die Angst vor dem Nichtwissen könnte schlimmer sein als das eigentliche Wissen."

„Erzähl es uns", sagt Max.

Lucas und Van nicken ernst.

Simone blinzelt ihre Tränen fort und geht in den Großes-Mädchen-Modus, womit sie bei drei wilden und überwältigenden Brüdern nie Probleme hatte, und nickt ebenfalls.

Bei zwei weiteren Bieren erzähle ich ihnen alles. Es dauert nicht lange, denn es gibt nicht viel zu erzählen, weil ich zwar monatelang in Gefangenschaft war, jedoch jeder Tag gleich ablief.

Was länger dauert, ist, ihre Fragen zu beantworten. Ich bin ehrlich froh, dass sie welche stellen. Denn sie formulieren sie so, dass ich mir nicht schwach und verletzlich vorkomme. Sie bemitleiden mich nicht oder drücken sich übertrieben mitleidig aus. Die Fragen sind trotz ihrer Neugier sachlich, denn sie bemühen sich, mich zu verstehen. Und sie wissen, dass ich am besten reagiere, wenn sie es mehr wie einen sachlichen Abschlussbericht wie beim Militär ablaufen lassen anstatt wie eine Umarmen-wir-uns-und-alles-wird-gut-Sitzung.

Und natürlich erzeugt der Bericht über das Feuergefecht Mitleid für Anna.

„Wie schrecklich", sagt Simone in Bezug auf Jimmy. „Ich nehme an, sie kannte das Risiko, aber hat sicherlich nicht damit gerechnet, dass er nicht zurückkommt."

Ich zucke mit den Schultern, denn das weiß ich nicht. Anna und ich haben noch nicht darüber gesprochen, doch sicherlich werden wir das irgendwann. Was meine Schuldgefühle etwas dämpft, ist, dass sie weiß, dass ich bereit bin, mit ihr über Jimmy zu reden, und umgekehrt. Ich will nie wie auf rohen Eiern um die Tatsache herumschleichen, dass sie einen anderen Mann so sehr geliebt hat, dass sie ihn geheiratet und ihm ihr Leben gewidmet hat.

„Die Sache mit Anna", sage ich leise und habe sofort wieder die Aufmerksamkeit aller, „war erst ziemlich kompliziert, weil ich dachte, dass ich an Jimmys Tod schuld wäre."

„Wieso?", fragt Van verwirrt.

Das muss ich Corinne erzählen. Es ist ein Meilenstein, denn mir fällt auf, dass ich bei meiner Erzählung vom Feuergefecht nicht erwähnt habe, dass ich schuld daran war.

Ich erkläre ihnen meine Schuldgefühle. „Ich dachte, dass es in meiner Verantwortung lag, Jimmy und Sal abzusichern. Dass ich mich hätte entscheiden müssen, sie hinter mir zu decken, weil sie meine Teamkameraden waren, anstatt die Feinde vor mir zu beschießen."

„Aber jetzt verstehst du, dass dem nicht so war, oder?", will Lucas wissen.

„Ich glaube schon. Mir wurde immer wieder gesagt, dass ich alles richtig gemacht habe. Aber manchmal fällt es mir immer noch schwer, Anna anzusehen und es nicht unangenehm zu finden, dass ich bei ihr bin und Jimmy nicht mehr."

Simone greift über den Tisch und nimmt meine

Hand. „Oder das ist einfach, was geschehen musste, Malik. Ich würde davon ausgehen, dass Jimmy nicht dazu bestimmt war, für immer bei ihr zu sein."

„Ich wünschte, wir hätten sie heute kennengelernt, Bro", sagt Max. „Klingt, als wäre sie eine tolle Frau."

„Das ist sie." Ich halte meine Flasche hoch und trinke auf die Frau mit den goldenen Haaren, die so schnell mein Herz erobert hat. „Beim nächsten Mal."

„Komm mit ihr zu Besuch nach North Carolina", sagt er. „Und besuche deine Nichten und Neffen."

„Ich werde etwas arrangieren mit der Firma."

„Und wie bist du um den Bro-Code herumgekommen?", fragt Van.

Simone erstickt fast an ihrem Bier. Skeptisch sieht sie ihren Mann an. „Also gibt es den Bro-Code wirklich?"

Van ist überrascht, dass sie dies überhaupt infrage stellt. „Äh … natürlich. Jeder kennt den Bro-Code."

„Nein, nicht jeder", behauptet sie und sieht mich an. „Anna und ich haben uns gestern beim Babywickeln darüber unterhalten, aber ich halte das für albern."

„Das ist nicht albern", sagt Lucas überzeugt.

„Genau", wirft Max ein und hält prostend sein Bier hoch.

„Das ist total lächerlich", entrüstet sich Simone und blickt in die Testosteronrunde um sich. „Es unterstellt, dass Frauen Eigentum sind. Und dass es eine Frau zu so etwas wie *beschädigter Ware* macht, wenn sie mit einem Mann ausgeht."

„Nein, nein", widerspricht ihr Mann. „Damit hat es null zu tun. Sondern mit Eifersucht."

Simone hebt eine Augenbraue und kreuzt die Arme vor der Brust. „Oh. Erkläre es mir."

„Nehmen wir das Cold-Fury-Team als Beispiel",

beginnt Van. „Wenn wir beide uns getrennt hätten, hättest du keinen anderen aus dem Team treffen dürfen.“

Ich zucke innerlich zusammen, genau wie Lucas und Max, denn so verkauft man das Simone nicht, die so unabhängig ist, wie man nur sein kann.

Sie stemmt die Hände in die Hüften und neigt den Kopf zur Seite. „Wie bitte?“

„Sieh mal, du …“, beginnt Van erneut, doch Simone schlägt ihm mit der Rückhand gegen den Bauch.

„Oh nein, ich sehe gar nichts! Eine Frau kann ausgehen, mit wem und wann sie will. Wenn ich will, vögele ich das gesamte Team – außer meinen Brüdern natürlich, igitt – und du könntest nicht das Geringste dagegen machen.“

Meine Brüder und ich zucken erneut zusammen, als Vans Ausdruck bei der Vorstellung, dass sie das ganze Team vögeln würde, stinkwütend wird. „Ich würde dich irgendwo einsperren und den Schlüssel wegwerfen, bevor ich dich das tun lassen würde.“

Sie macht ein schnaubendes Geräusch und winkt ab. „Wenn wir getrennt wären, hättest du nichts mehr zu sagen.“

„Auf keinen Fall würdest du …“

„Okay!“, unterbricht Lucas und schlägt mit der Hand auf den Tisch. „Dieser Streit ist sinnlos, ihr zwei Sturköpfe. Ihr seid glücklich verheiratet, glaubte ich zumindest immer, und Simone wird nicht das Team vögeln. Außerdem seid ihr jetzt Bäume-Umarmer, die in Vermont wohnen.“

„Der Punkt ist doch“, sage ich zu meiner Schwester, bevor sie ihren Mann umbringt, „wer den Bro-Code kennt, würde das einfach nie tun. Noch einmal hypothetisch betrachtet: Wenn du und Van euch getrennt hättet, wäre nie ein anderes Teammitglied mit dir ausgegangen, weil es gegen den Bro-Code wäre."

„Das ist so dumm", beharrt Simone und sieht seitlich zu ihrem Mann. Wenn er ihr nicht bald zustimmt, wird er heute Abend keinen Sex bekommen. Sie sieht mich an. „Aber lass dich deswegen bitte nicht von deinem Weg mit Anna abbringen, Malik. Ihr beide habt eine besondere Verbindung."

Lucas, Max und Van teilen diese Meinung nicht laut, denn sie verstehen, warum mich der Bro-Code belastet. Aber ich weiß, dass sie alle mein Glück wollen und auch der Meinung sind, dass ich es mir schnappen soll.

„Werde ich nicht", versichere ich meiner kleinen Schwester. „Obwohl ich mir immer noch Sorgen mache, was die anderen denken werden, wenn es bekannt wird, hat Anna darauf bestanden, dass ich es nicht zwischen uns kommen lassen soll. Sie behauptet, dass Jimmy auch wollen würde, dass sie glücklich ist, egal wie."

„Also wirst du es den Leuten in der Firma irgendwann sagen?", fragt sie besorgt. „Weil Geheimnisse nie gut sind."

„Bald", verspreche ich. „Wir werden es bekannt werden lassen. Wir wollen erst beide eine Weile zusammen sein, um sicherzugehen, dass es etwas Echtes ist."

„Es ist echt", beharrt sie. „Ich weiß es."

„Du bist eben eine Romantikerin", antworte ich trocken.

„Na und? Es ist doch die Romantik, die es so schön macht. Sie macht es dauerhaft. Sie macht es zu etwas, was auf lange Sicht bestimmt ist. Rede das nicht klein."

Der Nachdruck, mit dem sie das sagt, und dass die Männer am Tisch nicht heimlich die Augen verdrehen und sogar Van nickt, lässt mich glauben, dass sie vielleicht recht hat.

Kapitel 22

Anna

Ich verfluche die Erfindung von Toastbrot, als ich über die Toilette gebeugt meine Bemühungen in das Erbrechen des Teigballs stecke, den mein Körper schlicht verweigert.

„Toast ist gut bei Übelkeit", hat meine Mutter gesagt, „danach geht es dir besser."

Ich werde nie wieder auf meine Mutter hören.

Höchstens fünf Minuten ist es mir besser gegangen, bevor mein Körper mir mitteilte: „Netter Versuch, Anna. Aber heute will ich nichts im Bauch haben."

Also bete ich erneut das Klo an.

Wir sind enge Freunde geworden, meine Toilette und ich. Sie hat mich die ganze Nacht unterstützt, nachdem ich tagsüber schon gemerkt hatte, dass mich irgendein Magenvirus erwischt hat, der später eine Party in mir feierte.

Gestern habe ich das Hockeyspiel sausen lassen, nachdem ich stundenlang mit Kopf und Herz darüber nachgedacht hatte. Mir ging es furchtbar, aber ich konnte nicht sagen, ob ich nur einen schlechten Tag hatte oder übermüdet war oder ob ich ernsthaft krank wurde. Als mich eine leichte Übelkeit überkam, wusste ich, dass ich unmöglich ein dreistündiges Spiel und hinterher Biertrinken mit Maliks Geschwistern durchhalten würde. Auf gar keinen Fall.

Ich hasste es, absagen zu müssen, denn vor allem wollte ich Maliks Freude und Stolz miterleben, seine Brüder spielen zu sehen. Auch wenn ich nicht für dieses Team gejubelt hätte, hätte ich mich für Malik gefreut. Für seine Rückkehr in unsere Welt voller

Spaß, Entspannung und in den Genuss eines wunderschönen Lebens.

Malik war zwar enttäuscht, doch verständnisvoll. Er bot mir sogar superlieb an, nicht zum Spiel zu gehen, sondern zu mir zu kommen und mir Gesellschaft zu leisten. Ich sagte ihm, es sei albern, auch nur vorzuschlagen, das Spiel seiner Brüder sausen zu lassen und die Gelegenheit, danach mit ihnen etwas trinken zu gehen. Es war unnötig, ihm das zu sagen, aber sein Angebot war trotzdem schmeichelnd.

Über Nacht wurde die Übelkeit schlimmer. Sie kam und ging und verschlimmerte sich dabei stetig, bis ich in den frühen Morgenstunden ein brechender, dauerhafter Bewohner des Badezimmers wurde. Es war schrecklich und so hatte ich es noch nie erlebt.

Das Schlimmste war, dabei noch einem Baby eine Mutter zu sein, zwischen Brechanfällen und Auf-der-Couch-Liegen und Gegen-die-Übelkeit-Ankämpfen.

Doch irgendwie schaffte ich es.

Um sieben stellte ich fest, dass das Erbrechen weniger wurde, auch wenn schon gar nichts mehr kam. Das trockene Würgen ließ nach. Trotzdem konnte ich auf keinen Fall arbeiten gehen. Ich schrieb Kynan und informierte Mom, dass ich eine Magengrippe habe und nicht zur Arbeit kommen kann.

Kynans Antwort war kurz und bündig. „Das ist bedauerlich. Gute Besserung.“

Mom war zutiefst besorgt, als sie anrief, anstatt mir zu schreiben. Dieses Gespräch war nervig, denn Mom liebt jede Gelegenheit, in den Super-Mutter-Modus zu gehen, um meine sture Eigenständigkeit zu durchbrechen. Sie war drauf und dran, sofort zu mir zu eilen und sich um mich zu kümmern. Mit einer Freundlichkeit, nach der mir nicht zumute war, versicherte ich ihr, dass es mir gut genug ging, mich um Avery zu kümmern, und ich ansonsten einfach nur schlafen wollte.

Am Ende des Gesprächs war sie gekränkt. Ich habe gedacht, dass sie mir den trockenen Toast in einem Moment mütterlichen Rats empfahl, aber jetzt denke ich eher, dass es eine Foltermethode war. Mein Körper ist noch nicht bereit für Essen, und nun hängt mir der Klumpen im Magen und es dauert ewig, bis er wieder herauskommt.

Tränen laufen mir über die Wangen, während ich immer wieder würge. Mein Kopf pocht von der Anstrengung.

Als ich die Spülung betätige, denke ich daran, dass ich schon weit Schlimmeres erlebt habe als eine Magengrippe. Außerdem habe ich es geschafft, den ganzen Tag Avery zu stillen und zu wickeln, auch wenn sie die OP-Maske nicht mag, die ich trage, wenn ich ihr nahe komme. Ich habe keine Ahnung, ob ich überhaupt ansteckend bin, aber ich will bei ihr kein Risiko eingehen.

Als es an der Tür klopft, befürchte ich, Avery könnte wach werden. Sie schläft schon ein paar Stunden, und auch wenn ich meine Tochter liebe, bin ich momentan froh, keine Windeln wechseln zu müssen. Das letzte Mal brachte mich der Geruch hinter der Maske zum Würgen und ich schaffte es gerade noch rechtzeitig ins Badezimmer.

Ich stehe vom Boden auf, vergesse in der Eile das Händewaschen, benutze aber schnell das Desinfektionsmittel. Ich trage eine zerknitterte Schlafanzughose, ein fleckiges T-Shirt und darüber eine lange Strickjacke, die ich eng um mich wickele, da ich keinen BH anhabe, und schlurfe an die Tür.

Durch den Spion sehe ich erstaunt Malik davor stehen. Ihm habe ich auch eine Nachricht geschickt. Ich sagte ihm Hallo und informierte ihn, dass ich einen Tag krank mache und ihn später anrufen werde.

Ich seufze. Schlimmer als jetzt könnte ich nicht aussehen, doch wenn das den Mann nicht in die Flucht schlägt, dann gar nichts. Ich öffne die Tür weit und lächele schwach. „Was machst du denn hier?"

Maliks Augen weiten sich, als er mich von oben bis unten ansieht. „Himmel, Anna … du siehst furchtbar aus."

„Vielen Dank auch." Ich lache leise und trete von der Tür weg. „Du siehst auch gut aus."

„Du musst zum Arzt", behauptet er und folgt mir.

„Ich muss mich nur kurz hinlegen, bevor Avery aufwacht." Ich gehe zur Couch und lasse mich darauf fallen. Ich drehe mich auf die Seite, rolle mich zusammen und ziehe die Decke über mich.

Sofort ist Malik neben mir und geht vor der Couch in die Hocke. Er befühlt meine Stirn, die kühl und feucht ist.

„Kein Fieber", murmelt er. „Was ist mit dir?"

„Nur Übelkeit und Erbrechen." Ich genieße seine Berührungen. Es ist schön, wenn sich jemand um einen kümmert, auch wenn ich weiß, dass meine Mom hier wäre, wenn ich nicht so stur wäre. Doch jetzt wundere ich mich. „Warum bist du hier?"

„Als du dich krankgemeldet hast, habe ich mir Sorgen gemacht." Er setzt sich neben mich auf die Couch und legt eine Hand auf meinen Rücken. „Also habe ich sehr früh Mittag gemacht und bin gekommen, um nach dir zu sehen. Avery schläft?"

„Ja." Jetzt wo Malik hier ist, bin ich plötzlich total erschöpft. „Meinst du, ich kann ein bisschen schlafen?“

„Natürlich“, sagt er und reibt mit dem Daumen meinen Rücken. „Ich kümmere mich um Avery, wenn sie aufwacht.“

„In der Küche steht eine Flasche Milch. Vor einer halben Stunde habe ich sie aus dem Kühlschrank genommen, damit sie auf Raumtemperatur kommt.“ Mir fallen die Augen zu.

„Bist du sicher, dass wir nicht zum Arzt fahren sollen?“

„Ich glaube, die Übelkeit hat nachgelassen.“ Ich spüre, wie ich in den Schlaf sinke.

„Hast du deinen Flüssigkeitsverlust ausgeglichen?“

Ich öffne die schweren Augenlider und bin etwas verstimmt, weil er nicht aufhört, mir Fragen zu stellen. „Ich habe etwas Ginger Ale getrunken.“

Malik lächelt. Er sieht und hört meine Genervtheit. Ohne an seine eigene Gesundheit zu denken, gibt er mir einen Kuss auf die Schläfe. Der reinste Horror, denn ich weiß, dass meine Haare aussehen wie ein Rattennest und ich bestimmt wie ein Klo rieche. Aber darüber werde ich mir später Sorgen machen.

„Ruh dich aus“, sagt er und meine Augen fallen erneut zu.

Ich spüre noch, dass er von der Couch aufsteht, und das ist alles, woran ich mich erinnere.

*

Beim Klang der Tür erwache ich und setze mich hastig auf. Ich blicke durch das Wohnzimmer und sehe Malik mit einer Einkaufstüte hereinkommen.

Er lächelt mich an. „Wie geht es dir?“

Ich verstehe nur Bahnhof, denn offensichtlich ist er

einfach gegangen, während ich schlief. Mein Blick geht Richtung Averys Zimmer und meine Stimme klingt hysterisch. „Wo ist Avery?"

„Sie ist hier", sagt Mom.

Ich blicke zur Küche. Mom kommt ins Wohnzimmer und hat Avery auf dem Arm. Verwirrt nehme ich an, dass ich nur träume, und schaue zu Malik zurück.

Er sieht mich verständnisvoll an. „Du hast fast drei Stunden geschlafen. Vor einer Stunde kam deine Mom vorbei. Da bin ich schnell etwas einkaufen gegangen. Hauptsächlich Ginger Ale, Cracker und Suppen für dich."

„Drei Stunden?" Ich setze mich aufrechter und wische mir das zerzauste Haar von den Augen.

„Du hättest mich anrufen sollen", sagt Mom und gibt einen Laut der Verständnislosigkeit von sich, bevor sie ihre Enkelin ansieht. „Gut, dass ich von selbst gekommen bin, um nach dir zu sehen."

Innerlich zucke ich zusammen, weil sie immer noch gekränkt ist und weil sie Malik auf diese Art kennenlernen muss.

Doch dann sieht Mom Malik freundlich an. „Auch gut, dass dein Freund gekommen ist, um auch nach dir zu sehen."

Sie betont das Wort Freund auf eine Art, die verrät, dass sie weiß, dass er mehr als nur ein Freund ist. Mir klappt leicht der Mund auf, weil Mom anscheinend Malik mag und meine Männerwahl gut findet, wo ich doch dachte, dass sie es viel zu früh finden wird. Weise enthalte mich jeglichen Kommentars dazu und sinke in die Kissen zurück.

Malik stellt die Einkaufstüte auf den Tisch und kommt zu mir. Er beugt sich herab. „Im Ernst, wie geht es dir? Du hast ziemlich tief geschlafen."

Schnell denke ich über meine Verfassung nach und stelle fest, dass mir nicht mehr übel ist. „Mein Magen ist okay. Ich will zwar absolut noch nichts essen, aber zumindest muss ich nicht mehr brechen. Ich bin nur total erschöpft."

„Stundenlanges Erbrechen verursacht das", sagt er mit einem Zwinkern. „Kannst du etwas Ginger Ale vertragen?"

Ich nicke mit einem lahmen Lächeln. Mom schaukelt Avery in ihren Armen und sieht uns zu.

„Wie wär's mit einem Bad?", schlägt Malik fragend vor.

„Stinke ich?" Ich verziehe das Gesicht.

Malik lacht und hebt kurz die Schultern. „Ich versuche, in deiner Nähe nicht tief einzuatmen, und glaube, die Zahnbürste wäre auch keine schlechte Idee."

Mom schnaubt und bewegt sich Richtung Kinderzimmer. „Die Kleine schläft schon fast. Ich lege sie ab und lasse dann Badewasser für Anna ein."

„Mom, das brauchst du wirklich nicht …"

Mit einem durchdringenden Blick sieht sie mich an. „Lass dir von deiner Mom helfen, okay?"

„Okay", murmele ich.

Nun schnaubt Malik. Die beiden verbünden sich gegen mich. Ich sehe ihn finster an, doch das prallt an ihm ab. Er grinst, geht in die Küche und nimmt den Einkauf mit.

Mom kommt zurück und geht ins Bad. Als ich das Wasser laufen höre, erhebe ich mich und trotte hinter ihr her. An die Badezimmertür gelehnt sehe ich zu, wie sie das nach Lavendel duftende Schaumbad einlässt. Sofort bilden sich Schaumblasen, die sich schnell ausbreiten.

Ich werfe einen Blick über die Schulter, wo Malik den Einkauf wegräumt, und sage dann leise zu Mom: „Es tut mir leid, dass ich dich nicht angerufen habe. Das hätte ich wirklich tun sollen.“

„Was?“ Sie richtet sich auf und sieht mich an.

Ich weiß genau, dass sie mich verstanden hat, aber sie verdient es, die Entschuldigung noch einmal zu hören. „Es tut mir leid, dass ich dich nicht angerufen habe. Das hätte ich tun sollen, denn ich war viel kränker, als ich dachte, und hätte Hilfe mit Avery brauchen können. Es war dumm von mir, es nicht zu tun.“

Sie legt eine Hand an meine Wange und lächelt sanft. „Süße, ich respektiere dein Verlangen nach Selbstständigkeit. Aber denke bitte daran, dass ich immer für dich da bin.“

Ich nicke. „Das weiß ich.“

Sie beugt sich näher zu mir und spricht leise. „Was ich nicht respektiere, ist, dass du mir verheimlicht hast, eine neue Bekanntschaft zu haben. Einen Mann, der so rücksichtsvoll ist, nach dir zu sehen, und der dich schlafen lässt, während er auf Avery aufpasst.“

„Mom“, beginne ich und trete weiter ins Bad. „Natürlich hatte ich vor, es dir zu erzählen. Ich wollte mit ihm zu dir kommen. Aber wir sind erst am Anfang und wissen noch gar nicht …“

„Das verstehe ich“, unterbricht sie mich. Mit genügend mütterlichem Vorwurf, dass ich mir überlege, ob ich ihr je wieder etwas verheimlichen werde. „Das ist ja auch eine wichtige Sache. Und was könnte deine Mutter schon zu bieten haben, wenn du Rat und Hilfe brauchst …“

„Okay.“ Ich lache. „Jetzt hast du mich genug ausgeschimpft, Mom.“

Sie kichert, dreht sich um und testet mit der Hand die Temperatur des Badewassers. Sie trocknet ihre Hand ab, sieht mich an und seufzt. „Ich will doch nur, dass du glücklich bist, mein Schatz. Und … na ja, ich weiß schließlich auch, wie es ist, einen Mann zu verlieren und eine zweite Chance für die Liebe zu bekommen."

Das ist wie eine Ohrfeige, jedoch eine heilsame. Die Erkenntnis, dass Mom ganz genau weiß, was ich mit Malik durchmache. Zwar unter anderen Umständen, aber mein Vater starb und sie war eine alleinerziehende Mutter und verliebte sich erneut. Natürlich nicht in einen Arbeitskollegen, der ihren Mann kannte, aber dennoch … sie weiß, wie es ist, von einer Liebe zur nächsten zu gehen.

Mein Ausdruck spiegelt hilfloses Schuldbewusstsein wider und Mom streckt ihre Arme aus. Ich lehne mich hinein, lege die Stirn an ihre Schulter und sie umarmt mich fest. „Es tut mir leid, Mom. Ich muss unbedingt eine bessere Tochter werden."

„Du bist eine wunderbare Tochter", antwortet sie leise und hält meinen Hinterkopf mit einer Hand, um mich noch enger an sich zu drücken. „Du brauchst nur ab und zu eine Lektion."

Wir lachen beide und alles ist wieder gut zwischen uns.

Sie lässt von mir ab und betrachtet meine Haare. „Steck sie dir hoch und steig in die Wanne. Ich hole dir ein Glas Ginger Ale und beauftrage Malik, auf Avery zu achten. Dann komme ich zurück und du erzählst mir alle Einzelheiten, wie ihr beide zusammengekommen seid. Und du wirst nichts auslassen, okay?"

„Jawoll, Ma'am." Ich salutiere gehorsam.

„Hier ist das Ginger Ale“, sagt Malik hinter uns.

Wir zucken zusammen. Er steht in der Tür, hat ein Glas der sprudelnden Limonade in der Hand, grinst frech und strahlt kein Bedauern darüber aus, dass er gelauscht hat. Dann grinst er Mom besonders keck an.

„Und Anna ist zuerst zu mir gekommen. Lass dir bloß nichts anderes erzählen.“

„Zur Kenntnis genommen“, antwortet Mom und nimmt ihm das Glas ab. Sie beginnt, Malik die Tür vor der Nase zuzumachen. „Achte bitte auf Avery, während ich ein Mutter-Tochter-Gespräch führe, okay?“

„Alles klar“, antwortet er und sie schließt die Tür.

Mom und ich fangen an zu lachen.

Kapitel 23

Malik

Corinne schaut auf ihren Block und tippt mit dem Stift darauf herum. Und ich mit den Fingern auf meinem Bein.

Ich bin fest entschlossen, dass dies meine letzte Sitzung ist, und habe es ihr soeben eröffnet. Dabei verlor ich keine Zeit und tat es sofort zu Anfang unseres Treffens um acht am Montagmorgen.

„Okay“, sagt sie und macht eine Handbewegung in meine Richtung. „Erkläre mir bitte, warum ich dich heute entlassen sollte. Und mach mir nichts vor, Malik, das rieche ich meilenweit gegen den Wind.“

Das muss sie mir nicht erst sagen. Schon früh habe ich gelernt, dass sich Corinne nicht von der Behauptung täuschen ließ, ich hätte eine Erleuchtung gehabt und meine Dämonen besiegt.

Ich mache es mir auf dem Stuhl bequem und atme tief durch. Wie soll ich nur diese Frau davon überzeugen, dass ich bereit für den Außeneinsatz bin? Ich schließe kurz die Augen, lehne den Kopf an die Wand hinter mir und überlege noch einen Moment.

Die letzten Wochen bin ich wirklich sehr viel weitergekommen. Viele Leute haben mir ihre Meinung erzählt, besonders zu dem Thema, wie alles gelaufen war. Es ist klar, dass ich der Einzige bin, der meine Handlungen bezüglich Jimmys und Sals Tod anzweifelt. Ich habe die Berichte gelesen, in denen ich nur gelobt werde. Sogar Jimmys Frau persönlich hat mir versichert, dass sie mir nicht die geringste Schuld gibt.

Noch wichtiger ist, dass ich mit Corinne viel über

meine Gefühle für Anna gesprochen habe und darüber, wie wir uns erlauben, dass sich die Dinge von allein entwickeln. Trotz meiner Bedenken wegen des Bro-Codes.

Dennoch … als ich die Augen wieder öffne, kann ich Corinne nur eins mit Sicherheit sagen.

„Ich werde nie hundertprozentig sicher sein, dass ich für Jimmy und Sal nicht doch hätte mehr tun können."

Es fühlt sich wie eine Kapitulation an, das zu sagen. Doch etwas an meiner Aussage interessiert Corinne. Sie setzt sich aufrechter hin, lehnt sich leicht vor und scheint begierig zu sein, mehr zu hören.

„Sprich weiter."

„Mit der Schuld muss ich allein fertig werden." Ich spreche irgendwie automatisch und lasse mein Bauchgefühl die Kontrolle übernehmen. „Egal, wie viele Leute mir sagen, dass meine Sichtweise falsch ist, muss ich doch allein weiter darüber nachdenken und es selbst herausfinden. Ich habe akzeptiert, dass ich die Schuld vielleicht sogar nie loswerde."

„Und du willst von mir entlassen werden?" Sie hebt eine Augenbraue, doch ich merke ihr an, dass sie spürt, dass ich noch mehr zu sagen habe.

„Ich glaube", fahre ich fort und werde immer selbstsicherer bei meiner eigenen Analyse, „dass ich schon weitergekommen bin. Ich habe akzeptiert, dass guten Menschen schlimme Dinge passieren können und dass bei der Sache mein Training übernommen hat und meine Handlungen der Situation angemessen waren. Und noch wichtiger ist, dass ich mit einer Frau zusammen bin, die mich akzeptiert, mit allen Fehlern, obwohl sie diejenige ist, die am meisten zu verlieren hat. Ich glaube, dass allein die Tatsache, dass ich mich zu Anna hingezogen fühle und sie sich zu mir und dass wir es zusammen versuchen, Beweis genug ist, dass ich meine Dämonen hinter mir gelassen habe und bereit bin, für was auch immer mir das Leben als Nächstes hinwirft."

Corinne lehnt sich zurück und sieht mich scharfsinnig an. Sie blickt auf ihren Block und macht sich Notizen. Dann schaut sie mich an.

„Ich werde Kynan empfehlen, dich mit sofortiger Wirkung wieder in den vollen Einsatz zu nehmen. Ich möchte dich aber weiterhin treffen. Einmal im Monat, kurz, um zu sehen, wie es dir geht."

Sie betrachtet mich mit stählerner Härte und scheint darauf zu warten, dass ich widerspreche. Doch das werde ich nicht. Ich spreche gern mit Corinne. Sie hat mir gute Ratschläge gegeben, besonders was Anna angeht.

Ich nicke nur. „Vielen Dank."

Ich stütze mich auf die Armlehnen, um aufzustehen, aber Corinne hält mich zurück.

„Noch eine Sache, Malik."

Ich halte inne und hebe eine Augenbraue.

„Der Bro-Code ist dämlich. Es gibt ihn gar nicht. Es ist weder fair noch nett, Anna wie ein schmutziges Geheimnis zu behandeln, nur weil du Angst hast, es könnte ein paar Kerlen nicht gefallen. Gib öffentlich zu, dass ihr ein Paar seid."

„Ist das ein direkter Befehl, der sich auf meinen Status auswirkt?", frage ich zögerlich. Nicht, dass ich widersprechen will, ich habe eigentlich gar nicht mehr darüber nachgedacht. Hatte zu viele andere Dinge auf den Schultern.

„Nein", sagt sie mit einem kleinen Lächeln. „Aber

als Frau kann ich dir sagen, dass sich Anna das nicht lange gefallen lassen wird. Wenn du deiner Frau etwas Gutes tun willst, dann führe sie stolz an deinem Arm. Gönne Anna die volle Erfahrung, sich wieder zu verlieben."

Das trifft mich tief.

Anna ist in mich verliebt?

Natürlich verfalle ich ihr gerade ziemlich gründlich, und ich will nicht, dass sie je an mir zweifelt. Wir sind beide gut auf der verbalen Ebene. Haben uns über absolut ernsten Kram tiefgehend unterhalten. Doch trotzdem wird sie mich auch an meinen Handlungen messen. Und wenn ich zögere, unsere Beziehung öffentlich zu zeigen, sende ich dann die Botschaft aus, dass sie nicht gut genug für mich ist? Mir nicht wichtig genug? Dass ich mich gar für sie schäme?

Ein furchtbarer Gedanke.

„Scheiß auf den Bro-Code", sage ich, stehe auf und gehe zur Tür. „Ich werde den verdammten Goodyear-Zeppelin mieten, um die Nachricht zu verbreiten."

„Süße Idee", sagt Corinne lachend. „Aber ich bin sicher, dass Anna so viel Aufwand gar nicht braucht."

Ich drehe mich zu Corinne um. „Das stimmt. Anna ist mehr von subtilen Hinweisen beeindruckt."

Corinne blinzelt kurz. „Du hast sie schon ganz gut durchschaut."

Ich lächele zufrieden. „Wieso auch nicht, ich erkenne vieles von mir in ihr wieder."

Corinne neigt leicht den Kopf zur Seite. „Ich schicke dir den nächsten Termin per E-Mail. Ich kann es kaum erwarten, zu sehen, wie gut Anna und du inzwischen zurechtkommt."

Mein Grinsen sagt ihr alles über meine Empfindungen, doch ich spreche es trotzdem aus. „Ich freue mich auch darauf."

*

Kurz überlege ich, ob ich erst um einen Termin bitten soll, doch meine Aufregung siegt über die Professionalität. Ich klopfe an Kynans Tür. Durch die Scheibe sehe ich, dass er allein ist. Zwar sollte man ihn vielleicht nicht unbedingt stören, denn sein Kopf ist über Akten gesenkt, aber … ich bin einfach zu erfreut.

Er hebt den Blick, sieht mich durch die Scheibe und winkt mich herein.

„Was gibt's?", fragt er, als ich die Tür öffne.

Ich schließe die Tür hinter mir und setze mich auf den Stuhl vor seinem Schreibtisch. „Corinne hat mich wieder zum vollen Dienst freigegeben."

Er wirkt weder überrascht noch erfreut, sein Ausdruck bleibt eine leere Leinwand.

„Also", sage ich und warte darauf, dass er dieselben Schlüsse zieht wie ich, „bin ich bereit für einen Einsatz."

Kynan richtet sich auf und sackt gleich wieder zurück. Er legt die Ellbogen auf den Tisch und faltet nachdenklich die Finger zusammen, ohne den Blick von mir zu nehmen. „Und du glaubst, dass du bereit bist, dich wieder voll hineinzustürzen?"

„Ich würde es vorziehen, wenn du mich beim nächsten Auftrag nicht verhätscheln würdest", sage ich ohne seine Frage direkt zu beantworten und lieber meine Forderung vorzubringen. „Du musst mir vertrauen."

„Und du vertraust dir selbst?“

Seine Fragerei nervt mich. Das ist etwas, was Corinne als Teil ihrer Beurteilung wissen will, aber er ist der Boss und ich verstehe, warum er fragt.

„Ich kann dazu nur sagen, dass ich viel bearbeitet habe, anderen und dir zugehört habe, und wenn ich mich noch einmal in einer Lage wie in Syrien wiederfinden würde, würde ich meinem Training und meiner Intuition folgen und wieder genauso reagieren.“

Auch wenn ich weiß, dass ich Jimmy und Sal vielleicht hätte retten können, indem ich nach hinten gegangen wäre und aufgepasst hätte, dies nicht die korrekte Vorgehensweise gewesen wäre. Das weiß ich jetzt. Ich hätte immer wieder den Kampf direkt vor mir ausgeführt, wie es mir mein Training und mein Instinkt sagten.

Und Kynan muss mir das einfach glauben.

Er antwortet mit einem akzeptierenden Nicken und blättert durch die Akte auf seinem Schreibtisch. Nachdem er gefunden hat, wonach er sucht, öffnet er die erste Seite. „Morgen schicke ich eine Gruppe nach Ft. Bragg. Die Army lässt uns an einem MFF-Training teilnehmen. Ich will dich dabeihaben, weil du Führungsqualitäten hast.“

Ich versuche, nicht über beide Ohren blöd zu grinsen, denn der Teil in mir, der sich nach Gefahr, Geschwindigkeit und Adrenalin sehnt, freut sich ungemein. MFF bedeutet beim Militär freier Fall aus einem Flugzeug. Eine Taktik, die vor allem bei den Spezialeinheiten genutzt wird, um so unauffällig wie möglich Truppen ins feindliche Gebiet zu bekommen. Dabei fliegt das Flugzeug so, dass es nicht auf dem Radar erscheint, wobei allerdings die Soldaten die Gefahr auf sich nehmen müssen, aus großen

Höhen abzuspringen. Wahrscheinlich werden wir in dem Training Sprünge aus großer Höhe üben und den Fallschirm spät sowie auch früh zu öffnen.

Letzteres macht mir am meisten Spaß. Der Schirm wird praktisch sofort nach dem Sprung geöffnet. Dabei treibt man dahin, manchmal dreißig bis vierzig Meilen, bis zum Zielpunkt. Dazu braucht man Übung, muss sich mit dem GPS und der Navigation auskennen und saumäßig viel Glück haben. Was es so aufregend macht.

„Demnächst steht eine Mission an, bei der wir per freiem Fall eindringen müssen."

Meine Freude, aus einem Flugzeug springen zu dürfen, wird gedämpft. Nicht, dass ich nicht mehr aufgeregt wäre. Aber bei dem Wort *Mission* gehe ich sofort in den hyperaufmerksamen, superfokussierten Modus über. Ich will, dass Kynan weiß, dass ich bereit bin, willig und alles tun kann, was er von mir verlangt.

„In Kolumbien sind amerikanische Touristen entführt worden", sagt er.

„Von der ELN?"

Er nickt. Die Ejército de Liberación Nacional ist dafür bekannt, Touristen zu entführen und durch den Dschungel zu karren, bis Lösegeld gezahlt wird.

„Ein reicher Banker aus Dallas und seine Familie wollten ein aufregendes Dschungelabenteuer im Urlaub erleben. Tja, das hat er bekommen."

„Und wann wird das stattfinden?" Anscheinend ist es nicht eilig, da er mich erst ins Freier-Fall-Training stecken will.

„Die Guerilla-Truppen wissen genau, wie sie das meiste Lösegeld erpressen können." Kynan lächelt schief. „Sie werden die Familie ein paar Wochen durch den Dschungel schleifen und per minimalem

Kontakt die erpressten Angehörigen bei Laune halten, damit sie so viel Geld wie möglich lockermachen. Eine übliche Verhandlungstaktik."

Kynan gibt mir noch weitere Informationen. Momentan verhandelt die Familie mit einem privaten Mittelsmann, weil sie die Regierung oder die Polizei nicht hineinziehen wollen, worauf die Entführer meistens bestehen. Der Mittelsmann steht mit den Entführern in Kontakt, führt die Verhandlungen, bis der Betrag akzeptiert wurde. Dann wird das Lösegeld bezahlt. Unsere Aufgabe wird es sein, die Übergabe zu überwachen, damit den Geiseln nichts passiert. Und falls etwas schiefgeht, sind wir da, um die Geiseln gewaltsam zu befreien.

„Und du lässt mich dabei sein?"

„Du hast doch gesagt, ich soll dich nicht verhätscheln", antwortet er trocken.

„Stimmt."

„Cage ist der Leiter der Mission." Kynan zieht ein Blatt Papier aus der Akte. „Du bist seine Nummer zwei. Hier ist die Zusammenstellung von allen Infos, die wir bisher haben. Das wird ständig per E-Mail auf den neuesten Stand gebracht. Auch während ihr Jungs in Ft. Bragg seid, um das Abspringen zu üben, müsst ihr euch jederzeit bereithalten."

„Verstanden." Ich nicke.

„Das könnte bedeuten, dass du Weihnachten im Dschungel verbringen musst", sagt Kynan als letzten Test meiner Bereitschaft. „Bist du sicher, dass du da nicht lieber bei deiner Familie bist?"

Ich betrachte bereits das Blatt, das er mir gegeben hat. Während ich lese, schüttele ich den Kopf. „Nein, nein, das geht schon klar."

„Sicher, dass du nicht lieber bei Anna bist?", bohrt

er weiter. „Es gibt doch nichts Schöneres, als mit seinem Mädchen neben dem leuchtenden Weihnachtsbaum zu schmusen."

Damit erreicht er mich, seine Worte dringen in mich und der Text auf dem Blatt ist vergessen. Ich sehe auf und Kynan starrt mich wie ein Falke an.

Tja, verfickt noch mal, ich würde gern Weihnachten bei Anna sein. Es ist eine magische Zeit, und nach all dem, was ich durchgemacht habe, könnte ich die brauchen. Doch ich habe mich soeben für Kynans Mission verpflichtet, und auf keinen Fall werde ich ihn denken lassen, dass ich nicht bereit bin, mich voll hineinzustürzen.

„Ich will diesen Auftrag", sage ich rundheraus. „Weihnachten ist jedes Jahr."

Ich weiß nicht, mit welcher Reaktion von Kynan ich gerechnet habe, aber ich könnte schwören, Enttäuschung in seinem Gesicht zu sehen.

Ich schiebe den Gedanken fort. Ich habe keine Zeit, über seine Vorstellung von Romantik zwischen mir und Anna nachzudenken. Wir passen zusammen, weil wir gut miteinander reden können und uns einfach verstehen. Anna wird besser als alle anderen nachvollziehen können, wie wichtig es für mich ist, wieder da rauszugehen und dem Team etwas zu beweisen.

Auch, um mir selbst, nun ja … *mich* selbst zu beweisen.

Kapitel 24

Anna

„Anna, Anna, Anna!“, ruft jemand durch den zweiten Stock.

Ich drehe mich um und sehe Cage, wie er sich durch die Schreibtische auf mich zu schlängelt.

„Hi“, sage ich und lächele ihn freundlich an. Er war ein paar Tage mit dem Team fort zu einem taktischen Seminar.

Er sieht sich um, tut geheimnisvoll, muss ich sagen, und packt mich am Ellbogen. Ich bin auf dem Weg zur Treppe und will in den vierten Stock, um Malik in der Mittagspause zu treffen. Womit ich Sex in seinem Apartment meine. Doch Cage lenkt mich in mein Büro.

„Hey!“ Ich versuche, mich von ihm loszumachen.

„Sorry“, sagt er leise, fasst aber nur fester zu. „Ich muss unbedingt mit dir reden. Es ist ein Notfall.“

Ich gebe nicht nur wegen seiner Worte nach, und ich gehe nun auch schneller, um mit ihm mitzuhalten. Es ist sein Tonfall, der mir sagt, dass er wirklich dringend mit mir sprechen will. Fast panisch.

Ich gehe voran in mein Büro. Er schließt die Tür und beginnt, auf und ab zu laufen. Was in meinem kleinen Büro bedeutet, nach zwei Schritten schon wieder umzudrehen. Also geht er praktisch im Kreis herum.

„Was ist los?“, will ich wissen.

Er hält abrupt inne, sieht mich an, und ich merke, was auch immer es ist, es muss schlimm sein. Sein Blick wandert zur Seite.

„Cage!“ Ich will, dass er geistig im Hier und Jetzt

bleibt. „Sag mir, was los ist, und ich versuche, dir zu helfen."

Ich stelle mir alle möglichen Horrorszenarien vor. Dass er versehentlich jemanden umgebracht hat, denn natürlich würde er das nie absichtlich tun, außer im Job. Oder er kennt ein unglaubliches Geheimnis und ist nicht sicher, ob er es mir erzählen soll. Oder er ist aus Versehen irgendwo reingeplatzt …

„Ich habe geheiratet", poltert er heraus.

Ich erstarre. „Du hast was?"

„Ich habe geheiratet", wiederholt er und sinkt so auf meinem Stuhl zusammen, dass ich befürchte, er wird sich nie wieder aufrichten.

„Geheiratet", wiederhole ich und hoffe, es klingt von mir selbst ausgesprochen realistischer als von ihm. Nein. Klingt immer noch unmöglich. „Wen denn?"

„Jaime." Er stöhnt das Wort praktisch.

Natürlich. Wen sollte er sonst heiraten als die Frau, die er anlügt? Ein furchtbarer Verdacht kommt mir. „Du hast ihr doch inzwischen die Wahrheit gesagt, oder?"

Mit einem elenden Gesichtsausdruck schüttelt er den Kopf.

„Was zur Hölle hast du dir dabei gedacht?", schimpfe ich und senke sofort die Stimme, weil die Glaswände dünn sind. Ich trete auf ihn zu und beuge mich zu ihm hinunter. „Man heiratet keine Frau, wenn man sie nicht wirklich liebt und sie die Wahrheit über den Job nicht kennt."

Er sieht mich verlegen an. „Also, die Hälfte davon stimmt zumindest."

Das überrascht mich. Zwar war ich davon berührt, wie sehr Cage dieser Frau verfallen ist, aber ich habe nicht damit gerechnet, dass er zugeben wird, dass es Liebe ist.

„Du liebst sie?“

„Dummerweise, ja.“ Er seufzt und reibt sich die Stirn.

Ich ziehe die Brauen zusammen. „Wieso dummerweise?“

„Weil sie mich hassen wird, wenn sie herausfindet, dass ich sie schon so lange belüge und sie dann auch noch an mich gebunden habe, während ich ein Doppelleben führe.“

Ich packe ihn am Arm und ziehe ihn vom Stuhl. „Und genau deshalb musst du sofort deinen Hintern hier rausbewegen, zu ihr gehen und ihr die verfickte Wahrheit sagen.“

Cage zuckt zusammen, als ich das versaute Wort sage, weil es normalerweise nicht zu meinem Vokabular gehört. Aber dann sinkt er nur noch tiefer in den Stuhl. Die stumme Aussage, dass er das nicht tun wird.

„Kann ich nicht“, sagt er.

„Warum nicht?“

„Weil ich morgen nach Ft. Bragg muss. Zu einem Training. Auf keinen Fall kann ich ihr so etwas sagen und dann tagelang verschwinden. Dann verliere ich sie. Sie wird mich so schnell verlassen, dass mir schwindelig wird.“

„Aber du kannst sie auch nicht einfach weiter anlügen“, knurre ich.

„Was du nicht sagst“, ruft er aus und setzt sich aufrechter hin. Er macht ein leidendes Gesicht und hält flehend die Arme hoch. „Aber ich brauche mehr Zeit und eine gut ausgedachte Rede, um ihr das zu verkaufen. Vielleicht kann ich sie entführen, irgendwo hinbringen, wo sie nicht fliehen kann, und sie dann zwingen, mich so zu lieben, wie ich bin."

Ich starre ihn an und stelle mir diese bescheuerte Idee vor. Als ich es nicht länger zurückhalten kann, breche ich in Lachen aus.

Cage starrt mich beleidigt an.

Darüber muss ich noch mehr lachen.

„Du bist nicht gerade eine gute Freundin", beklagt er sich.

Ich schnaube, lege eine Hand auf meinen Mund, unterdrücke mein Lachen und sehe ihn mitfühlend an. „Du sitzt in der Patsche, aber ich helfe dir."

„Danke", knurrt er.

„Was glaubt sie, wo du morgen hingehst?"

„Zu einer Autoversteigerung in Georgia."

„Und wann kommst du wieder zurück?"

„Freitag."

Damit kann ich arbeiten. „Okay, das bedeutet, du hast das ganze Wochenende. Ich schlage vor, du führst sie zu einem echt schicken Dinner aus. Bringst Blumen mit und Wein. Fährst mit ihr zurück zu … äh, wo wohnt ihr?"

„Momentan bei ihr", gibt er verlegen zu. „Konnte sie schlecht mit in mein Apartment in die Firma bringen."

„Okay. Also zu ihr nach Hause. Setzt euch zusammen, und du sagst ihr, dass du ihr etwas noch nicht gesagt hast und das nun von der Seele kriegen willst."

„Und dann sage ich ihr die ganze Wahrheit?"

Ich verdrehe die Augen. „Keine Ahnung, wie du das meinst, aber ja, die absolute Wahrheit. Halte nichts zurück, auch nicht deinen idiotischen Grund dafür. Aber dann musst du ihr auch sagen, was du für sie empfindest und dass du mit ihr verheiratet bleiben willst, weil du sie liebst.“

„Sie wird mich hassen.“

„Wenn sie das tut, ist sie sowieso nicht die Richtige für dich. Ich hoffe, sie liebt dich trotzdem, auch wenn du ein Idiot bist. Wenn sie so toll ist, wie du immer sagst, wird sie sauer sein, aber dir vergeben.“

„Glaubst du wirklich?“, fragt er hoffnungsvoll.

Ich schenke ihm ein ermutigendes Lächeln, wie ich hoffe. „Hey … das Gute daran ist, dass du einen coolen und sexy Job hast. Meine Theorie ist, wenn sie dich als Autoverkäufer liebt, wird sie es toll finden, dass du ein aufregender Sicherheitsagent bist.“

Cage lacht und streckt sich endlich entspannter auf dem Stuhl aus. Zuversicht kehrt auf seine Züge zurück, bricht aber gleich wieder etwas ein. „Alles ist gut und schön, solange wir nicht nach Kolumbien geschickt werden.“

„Kolumbien?“ Ich bin neugierig, welche Mission als Nächstes ansteht. Kynan hat bis jetzt noch nichts zu mir gesagt, was bedeutet, dass es sich um etwas Brandneues handeln muss. Normalerweise bin ich am Planungsstadium beteiligt.

„Ja, eine amerikanische Touristenfamilie ist von einer Guerilla-Bande entführt worden. Lösegeld wird verhandelt und wir sind bei der Übergabe dabei, sobald alles arrangiert ist. Es könnte allerdings morgen oder erst in zwei Wochen so weit sein. Das kann man nie wissen bei diesen irren Einsätzen. Kynan hat heute die Gruppe zusammengestellt. Malik kommt auch mit. Ich freue mich, dass er wieder im Sattel sitzt.“

Mein Körper erstarrt und ein Blitz der Angst jagt durch mich hindurch bei der Erwähnung von Malik. Natürlich fühle ich mich generell unwohl bei dem Gedanken, dass er wieder in einen Einsatz muss, aber jetzt, wo einer direkt bevorsteht, signalisiert mein Körper, dass ich total erschrocken bin von der Aussicht, dass er wieder in Gefahr geraten wird.

„Malik kommt auch mit?“, frage ich zögerlich und hoffe, dass das Beben in meiner Stimme nicht zu hören ist.

Pech gehabt. Cage sieht auf und betrachtet mich spekulierend. „Ja. Schließlich ist das sein Job in dieser Firma. Er ist ein früherer Special-Forces-Soldat, also ist das genau sein Ding.“

„Ja, stimmt“, antworte ich, gehe um meinen Schreibtisch herum und setze mich auf den Stuhl, bevor meine Knie nachgeben.

„Ich weiß, dass ihr beide euch befreundet habt“, sagt Cage vorsichtig, „aber du solltest dir um ihn keine Sorgen machen.“

„Wie sind mehr als Freunde“, plaudere ich aus, ohne es eigentlich beabsichtigt zu haben.

„Mehr als Freunde?“ Er hebt die Augenbrauen.

„Wir sind ein Liebespaar“, stelle ich klar. Cage verzieht das Gesicht. „Was ist los?“, frage ich nach.

„Ach, nur … Bro-Code“, sagt er angewidert. „Das ist los.“

„Daran ist gar nichts falsch, du Idiot, der seine Frau belügt. Wir haben eine Verbindung, die tief geht und auf etwas beruht, was wir beide erlebt haben und was du nie verstehen wirst. Erniedrige ja nicht, was wir haben, mit so etwas Lächerlichem wie dem Bro-Code. Und zu deiner Information, Malik hat genau deswegen erst gezögert, also bitte ich dich, es ihm gegenüber nicht zu erwähnen, denn das ist das Letzte, was ich jetzt brauche …“

„Okay“, sagt Cage und steht auf. „Verstanden. Ihr zwei habt was Ernstes am Laufen und der Bro-Code wird nicht in Erwägung gezogen.“

„Ich mache keinen Spaß, Cage“, warne ich ihn. „Er bedeutet mir etwas und ich ihm. Und hier mischt sich besser niemand …“

Mit erhobener Hand unterbricht er mich erneut. „Ich habe es laut und deutlich verstanden. Ich werde jedem, der den Bro-Code erwähnt, den Schädel spalten. Kapiert.“

„Danke.“

„Wow“, sagt Cage und sinkt wieder auf den Stuhl. Diesmal entspannter. Seine eigenen Probleme sind für den Moment vergessen. „Dich hat es schwer erwischt, oder?“

Ich sehe ihn scharf an. „Du hast ja keine Ahnung. Und jetzt muss ich mich mit den ganzen Sorgen herumschlagen, wenn er in einen Einsatz geht.“

„Aber das ist sein Job“, betont Cage vorsichtig.

„Das ist mir bewusst. Als Jimmy nach Syrien musste, habe ich mir auch gesagt, das ist eben sein Job. Ich hätte nie daran gedacht, dass ihm wirklich etwas passieren könnte. Aber jetzt weiß ich es, und es ist auch passiert, und das ändert alles. Jetzt stehe ich vor der Frage, ob ich damit leben kann, dass mein Mann ständig in Lebensgefahr schwebt.“

Ich rechne damit, dass Cage es locker abtut, denn erstens ist er ein Mann, und zweitens denkt er sich nichts dabei, in gefährliche Einsätze zu gehen. Er lebt für solche Sachen. Dann fühlt er sich lebendig. Es ist seine Leidenschaft. Deshalb mag ich es nicht Malik sagen, denn auch er liebt diese Art Arbeit.

Doch Cage beugt sich vor, stützt die Arme auf seine Schenkel und lässt den Kopf zwischen seinen Knien hängen. Er erkennt mein Problem. „Du weißt aber schon, dass die Chancen, dass etwas passiert, minimal sind?"

„Das scheint meiner Sorge egal zu sein."

„Hast du mit ihm darüber gesprochen?"

Ich schüttele den Kopf, nehme einen Kugelschreiber in die Hand und spiele damit herum. „Ich habe dieses schlechte Gefühl erst seit ein paar Tagen und konnte noch nicht so richtig etwas damit anfangen. Aber jetzt erfahre ich von dir, dass er wieder im Training ist und zu einer Lösegeld- und Geiselübergabe in ein gefährliches Land muss, und das versetzt mich irgendwie in Panik. Es ist das erste Mal, dass ich überhaupt darüber rede."

„Dann rate ich dir dasselbe, was du mir eben geraten hast. Sprich mit ihm darüber."

„Und was soll ich sagen? Dass ich nicht will, dass er weiter an gefährlichen Einsätzen teilnimmt? Soll ich ihm einen Beruf verweigern, der ihn glücklich macht? Soll er mich hassen?"

„Ich bezweifle, dass er dich deswegen hassen wird."

„Wenn ich von ihm verlange, seinen Job aufzugeben, wird er mich hassen."

Er denkt darüber nach. „Vielleicht findet ihr einen guten Mittelweg?"

„Und wie sollte der aussehen?"

Cage zuckt die Schultern und steht auf. „Ich weiß es auch nicht, Anna. Das müsst ihr beide selbst herausfinden. Ich schlage vor, es schnell zu tun, da er morgen mit uns zum Training nach Ft. Bragg fährt."

„Was? Da macht er auch mit?" Bevor er antworten kann, füge ich hinzu: „Was ist das für ein Training?"

„Freier Fall", antwortet er grinsend. „Das wird verfickt geil."

Ich verdrehe die Augen. Da ich in Ft. Bragg stationiert war, wo ich Jimmy kennenlernte, weiß ich alles über diese Fallschirmsprünge. Jimmy tat das oft, und ich war immer etwas besorgt, dass sich sein Fallschirm beim Fall aus großer Höhe nicht öffnen könnte. Aber mir wäre es lieber, wenn Malik für den Rest seines Lebens aus Flugzeugen springen würde, als dass er in den Dschungel eines gewaltreichen lateinamerikanischen Landes muss, um Geiseln von Guerillas zu befreien.

Sieht so aus, als ob wir wirklich darüber reden müssen. Ich weiß gar nicht so genau, ob ich überhaupt will, dass er das alles für mich aufgibt. Vielleicht muss ich mich nur meinen Ängsten stellen. Vielleicht brauche ich nur seine Versicherung, dass er okay sein wird.

Aber Jimmy hat mir genau dasselbe gesagt, bevor er wegging. Versprach mir, dass er sicher sein würde und sie die Operation bis ins letzte Detail geplant hätten und es ein Spaziergang werden würde.

Jimmy hat mich belogen.

Und das wird Malik wahrscheinlich auch tun, nur damit ich mir keine Sorgen mache.

Die wahre Frage ist, ob ich damit leben kann, jemanden zu lieben, der einen unglaublich gefährlichen Beruf hat und jederzeit sterben könnte.

Kapitel 25

Malik

Ich muss zugeben, dass ich mich schon lange nicht mehr so gut gefühlt habe. Sicherlich, weil ich langsam wieder all meine Persönlichkeitsteile zusammen habe und das Gefühl, dass das Leben wieder schön werden kann.

Angefangen bei meiner Befreiung in der kalten Wüstennacht, über die Rückkehr zu meiner Familie, bis hin zu der simplen Freude, etwas zu essen zu haben. Wieder bei Jameson zu sein.

Und natürlich, Anna kennenzulernen.

Sie näher zu erforschen.

Mich mit ihr zu verbinden.

Bei ihr zu sein.

Alle Schritte zur Heilung und wieder die Kontrolle zu erlangen.

Es kommt mir so vor, als ob das letzte Puzzleteil eingefügt wurde. Ein besonders eckiges Teil, bei dem alles genau stimmen musste, damit es perfekt ins Bild passte. Als Kynan meine Wiedereinsetzung akzeptierte und mir damit wieder das Leben seines Teams anvertraute, war das der Moment, an dem Malik Fournier sagen konnte, dass er sein Leben wieder vollständig zurückhatte.

Mit diesem wunderbaren Gefühl des Erfolgs gehe ich in den zweiten Stock, um Anna aufzusuchen. Nach dem Termin mit Corinne und dann Kynan war ich für ein hartes Work-out im Fitnessraum abgetaucht und hatte dann geduscht. Erst habe ich überlegt, für das morgige Training in Ft. Bragg zu packen, aber ich dachte mir, dafür wäre später noch Zeit.

Jetzt will ich erst einmal Anna die guten Neuigkeiten erzählen. Dass Corinne mich gesundgeschrieben hat und Kynan mich wieder mit den großen Jungs spielen lässt.

Ich jogge die Hängetreppe hinab und springe die letzten zwei Stufen hinunter. Links davon sehe ich Anna durch die Scheibe ihres kleinen Büros. Cage ist bei ihr, sitzt auf einem Stuhl, und es sieht aus, als ob sie eine intensive Diskussion hätten. Als er aufsteht, zuckt er mit den Schultern, was wohl bedeutet, dass das Gespräch beendet ist.

Ich gehe auf das Büro zu, und Anna blickt an Cage vorbei und sieht mich kommen. Sie lächelt kurz und wirkt blass. Wahrscheinlich hat Cage sie mit seinen lang gezogenen und höchst unmöglichen Geschichten über seine Freundin gelangweilt.

Ich öffne die Glastür und Cage dreht mir den Kopf zu. Ich nicke kurz und er lächelt.

Ich bin so glücklich, dass es mir egal ist, dass er Zeuge ist. Ich gehe an ihm vorbei hinter Annas Schreibtisch und scheiße auf den Bro-Code. Ich lege eine Hand in ihren Nacken und ziehe Anna für einen megaheißen Kuss an mich. Anna seufzt überrascht. Als ich den Kuss abbreche, blicke ich Richtung Cage und warne ihn stumm, eine blöde Bemerkung zu machen.

Doch er sieht mich nur neutral an.

Ich sehe Anna an, dann Cage und dann wieder Anna.

„Ich habe Cage von uns erzählt“, gibt sie schuldbewusst zu.

„Das ist okay.“ Bei meinem fröhlichen Ton verengt sie leicht die Augen. Ich wende mich an Cage. „Wie war's in Vegas?“

Cage wird rot, was ich seltsam finde.

„Cage hat Jaime geheiratet", sagt Anna.

Mir klappt der Mund auf. „Wirklich?"

Er nickt. Ich lächele breit und reiche ihm die Hand. Cage ergreift sie und sieht aus, als hätte er gerade etwas Ekelhaftes und Bitteres geschluckt. Verwirrt runzele ich die Stirn und sehe Anna an, um herauszufinden, warum er so belämmert tut.

Anna nickt mit zusammengepressten Lippen zu Cage. „Das Genie hat Jaime immer noch nicht gesagt, was er beruflich macht."

Mit weiterhin erstaunt geöffnetem Mund schaue ich Cage an. „Sie weiß es immer noch nicht? Und du hast sie trotzdem geheiratet?"

„Hör auf mit den Vorwürfen", sagt Cage. „Ich habe mir schon einiges von deiner Freundin anhören müssen."

Ja, es gefällt mir, dass er Anna so bezeichnet. Ich verstehe sein Schimpfen und lasse entschuldigend den Kopf hängen. „Sorry, Mann. Ich nehme an, Anna hat dir schon den Kopf gewaschen, dass du Jaime so schnell wie möglich die Wahrheit sagen musst."

„Ja, und das werde ich auch tun, sobald ich wieder mehr Zeit für sie habe. Morgen nach Ft. Bragg zu fahren, ist nicht gerade der ideale Zeitpunkt."

„Stimmt", sage ich und schweife sofort zu diesem Thema ab. „Wer kommt morgen noch mit?"

Ich kann kaum meine Aufregung verbergen, wieder im Sattel zu sein. Und nichts ist berauschender als der freie Fall aus einem Flugzeug. Für einen Adrenalin-Junkie wie mich war es sehr befriedigend für meine Seele, ein Aufklärungsmarine zu sein. In meiner aktiven Zeit trainierte ich sämtliche Absprungarten. Außerdem machte ich Wasser- und Tauchtraining,

High-Speed-Fahren und natürlich das unbeliebte, doch trotzdem nicht weniger coole SERE-Training, das Überlebenstraining, Flucht und Widerstand trainiert.

„Ladd McDermott. Er war mal beim CIA und Army-Ranger davor, hat das alles also schon mal gemacht. Und Jackson Gale. Er war ein Navy-SEAL wie ich. Und Bodie Wright vom Büro in Vegas macht auch mit."

„Bodie habe ich noch nicht kennengelernt." Nur seine Frau Rachel, die das Büro in Vegas leitet.

„Supercooler Typ", antwortet Cage. „Oh, und Kynan kommt vielleicht auch mit. Es gibt keinen größeren Adrenalin-Junkie als ihn. Der Kerl ist einmal in einem Flügelanzug die Angel Falls runter."

„Echt?" Ich bin ehrlich beeindruckt. Sosehr ich auch das Gefühl des freien Falls liebe, dieses Level von Wahnsinn werde ich nie erreichen.

„Hey", sagt Anna hinter ihrem Schreibtisch, „ich habe tonnenweise Arbeit, würdet ihr zwei mich bitte arbeiten lassen?"

Ich bewundere ihre Schönheit. Sie hat ein wunderbares Lächeln im Gesicht, das ihren Wunsch nach Arbeit legitimiert. Jetzt, wo ich wieder voll dabei bin, kann ich es verstehen.

„Okay." Ich trete wieder neben sie, beuge mich hinab, um sie zu küssen. „Kann ich heute Abend vorbeikommen? Ich bringe auch von unterwegs etwas zu essen mit."

Nickend lächelt sie. „Klingt super. Ich werde gegen halb sieben mit Avery zu Hause sein."

„Wunderbar. Bis dann." Ich gebe ihr noch einen Kuss auf die Lippen und dann gehe ich mit Cage aus ihrem Büro. Ich werfe einen Blick zurück über die

Schulter, aber Anna ist wieder über die Papiere gebeugt und hat mich anscheinend schon vergessen.

Ich folge Cage durch die Schreibtische zu seinem Arbeitsplatz, um über die morgige Fahrt nach Ft. Bragg zu reden. Dann habe ich vor, an meinen Schreibtisch zu gehen, um die Informationen über Kolumbien zu lesen. Doch Anna ruft mich zurück. Ich drehe mich um und sehe sie mit der Hand an der Klinke in ihrer Tür stehen.

„Hast du noch einen Moment Zeit?"

Bei ihrem Gesichtsausdruck zucke ich innerlich zusammen. Sie sieht unglücklich aus.

Ohne weiter nachzudenken, mache ich auf dem Absatz kehrt und lasse Cage stehen. „Klar", sage ich.

Als ich auf sie zugehe, senkt sie den Blick und geht ins Büro hinein. Ich folge ihr und schließe die Tür.

Sie setzt sich nicht hinter den Schreibtisch, sondern baut sich vor mir auf, legt einen Arm über ihren Bauch und die andere Hand an ihren Hals. „Hör zu … wegen dem Trip nach Ft. Bragg …"

„Ja", unterbreche ich sie und deute mit dem Daumen hinter mich, wo Cage jetzt sicherlich an seinem Schreibtisch sitzt. „Entschuldige bitte … ich bin ganz aufgeregt deswegen. Ich habe vergessen, es dir zu sagen, und als er davon anfing, habe ich einfach drauflos geplappert."

Sie schüttelt den Kopf und winkt ab. „Ja, nein … das wusste ich. Hat mich nicht überrascht."

„Gut", platze ich heraus, unfähig, meine Freude zu verbergen. „Denn ich freue mich total auf das Training. Ich hätte es dir heute Abend erzählt, aber Corinne und Kynan haben mich wieder in den vollen Dienst entlassen."

„Das ist echt toll", sagt sie.

Zwar glitzert Stolz in ihren Augen, doch ihre Stimme klingt zögerlich. Ich habe den Verdacht, dass sie nicht versteht, wie wichtig es mir ist. Ich versuche, es zu erklären. „Das bedeutet, dass ich nicht nur akzeptiert habe, dass es nicht meine Schuld war, sondern auch, dass Kynan mir vertraut, wieder rauszugehen."

„Ja, das verstehe ich vollkommen", beeilt sie sich, zu sagen, und nimmt meine Hände in ihre. „Und das ist mir wichtiger, als du es dir vorstellen kannst."

„Und warum habe ich dann das Gefühl, dass du nicht sehr glücklich darüber bist?", frage ich zögerlich.

Sie senkt den Blick auf ihren Schreibtisch. Beißt sich auf die Unterlippe. Das klassische Zeichen dafür, dass sie etwas sagen will, aber nicht so recht weiß, wie.

„Anna." Ich lege einen Finger unter ihr Kinn und zwinge sie, mich anzusehen. „Du kannst mir alles sagen. Wir können über alles reden. Du weißt, dass ich jedes verdammte Wort, das aus deinem Mund kommt, respektiere, und ich dich nie dafür verurteilen würde."

Es gefällt mir nicht, dass ich das überhaupt sagen muss, denn sie weiß, dass es so ist. Besonders, weil sie es mir ihrerseits schon zigmal bewiesen hat.

Entschlossenheit liegt in ihren Augen und sie nickt. „Du fliegst also im Anschluss an Ft. Bragg nach Kolumbien."

Ich seufze und begreife endlich die Tiefe ihrer Angst und woher sie kommt. „Ja. Auch darüber wollte ich heute Abend mit dir reden. Ich wusste, dass du dir darüber ein bisschen Sorgen machen wirst."

„Ein bisschen Sorgen?", wiederholt sie. Mir wird klar, dass ich unbeabsichtigt ihre Gefühle kleingemacht habe. Ehe ich mich erklären kann, spricht sie weiter. „Ich würde sagen, ich mache mir mehr als nur *ein bisschen* Sorgen."

„Natürlich ..."

„Ich will nicht, dass du mitfliegst", sagt sie resolut, hebt das Kinn und verschränkt die Arme vor der Brust. „Ich will nicht, dass du weiterhin diese gefährlichen Jobs machst."

Die Endgültigkeit ihrer Worte haut mich um und dass sie sich überhaupt traut, es mir auf diese Weise zu sagen. Ich verstehe, dass sie Angst hat. Verstehe, dass sie darüber reden will. Verstehe, dass sie positives Zureden braucht und Vertrauen in mich.

Aber ein direktes Verbot?

Ich versuche, mich vorsichtig auszudrücken. „Anna ... ich habe den Job bei Jameson exakt wegen dieser Art Arbeit angenommen. Ich hatte mit dem Militärleben abgeschlossen und suchte etwas Unabhängigeres, wollte aber trotzdem noch etwas Bedeutungsvolles tun. Das hast du über mich von Anfang an gewusst. Wir haben speziell darüber auch geredet."

Sie nickt mit traurigem Blick. „Ich weiß. Und ich weiß das auch über dich. Aber ich habe es wahrscheinlich bis jetzt nicht wirklich verstanden."

Ich umfasse ihr Gesicht und neige ihren Kopf nach hinten, um ihr in die Augen zu sehen. „Wie meinst du das?"

„Als wir beide öfter zusammen waren, geredet haben, uns näherkamen. Und später, als ich etwas für dich empfunden habe und du für mich ... da wusste ich, dass du diese Art Arbeit machen willst. Aber ich habe nicht richtig kapiert, was das eigentlich bedeutet, denn damals hast du am Schreibtisch gearbeitet.

Wir waren in dieser kleinen Seifenblase, in der du in Sicherheit warst, und ich war wohl naiv. Aber jetzt bist du gesundgeschrieben, gehst zum Training und in ein Team, das Geiseln in Kolumbien befreien soll. Das letzte Mal bei einem solchen Einsatz sind Menschen gestorben. Und du fast auch, und …"

Sie entzieht sich mir und dreht mir den Rücken zu.

„Jetzt ist es real und angsteinflößend", beende ich ihren Satz.

Anna lässt die Schultern sinken und schüttelt den Kopf. Ihre Körpersprache signalisiert, dass sie sich schämt, so zu empfinden. „Es tut mir leid."

Ich nähere mich ihr wieder und lege die Hände auf ihre Schultern. Gebe ihr einen Kuss auf den Hinterkopf. „Das ist eine Menge zu schlucken. Du verlangst von mir, meine Leidenschaft aufzugeben. Zu ändern, wer ich bin."

Anna dreht sich um und meine Hände fallen von ihren Schultern. Sie neigt den Kopf nach hinten und sieht mich mit wunderschönen, ernsten, doch entschlossenen Augen an. „Ich verlange nicht von dir, diese Arbeit aufzugeben. Ich sage nur, dass ich nicht glaube, dass ich mit jemandem zusammen sein kann, der diesen Job hat. Und ich will, dass du glücklich bist und jederzeit deiner Leidenschaft nachgehen kannst."

Ein würgendes Gefühl überkommt mich, als ob ich nicht mehr frei atmen könnte. Es ist eine Sache, wenn sie sagt, dass sie nicht will, dass ich den Job mache, denn dann kann man noch ausführlicher darüber reden. Aber eine ganz andere, zu sagen, dass sie mit niemandem zusammen sein kann, der diesen Job hat. Doch ehe ich antworten kann, spricht sie weiter.

„Ich habe einen Ehemann an diesen Job verloren, und es hat mich fast völlig zerstört. Und jetzt habe ich mich in dich verliebt und das Risiko ist wieder sehr real und nah. Du musst wissen, dass mein Herz nicht noch einmal so einen Verlust übersteht. Ich sehe, wie du mit Avery umgehst und wo das mit uns hinführt. Wir gründen eine Familie zusammen, und ich will auf keinen Fall, dass Avery noch einen Vater verliert."

Verdammt, das tut weh. Denn sie hat recht. Anna und ich werden eine Familie und Avery wird mein Kind sein.

Ich könnte sie fragen, was genau sie sich vorstellt. Hoffen, dass ich ihre Gefühle zerpflücken kann und mit ihr diskutieren, doch das wäre ein sinnloser Versuch, ihre Meinung zu ändern. Ich könnte verlangen, dass sie mutiger für mich ist, aber was für ein verdammter Arsch wäre ich dann, besonders, da sie bereits einen Ehemann an diesen gefährlichen Job verloren hat.

Schließlich fällt mir nichts ein, was ich sagen könnte, um sie umzustimmen und uns auf diesem Weg eine Chance zu geben.

„Ich muss darüber nachdenken", sage ich.

Sie nickt und lächelt. „Dafür bin ich dir wirklich sehr dankbar, Malik. Ich will dich nicht erpressen. Ich will, dass du glücklich bist, aber das will ich auch sein. Obwohl wir so perfekt zusammenpassen, gibt es, glaube ich, etwas zwischen uns, was nicht perfekt ist und unser Untergang sein könnte."

Fuck, ich hasse es, dass sie das sagt.

Hasse die verdammte Wahrheit darin.

Aber ich liebe sie dafür, dass sie so ehrlich ist. Wenn

ich je einen Beweis gesucht hätte, dass wir perfekt zusammenpassen, dann wäre es die Ehrlichkeit zwischen uns.

Doch das bedeutet nicht, dass wir füreinander bestimmt sind.

Kapitel 26

Anna

Ich beschäftige mich in meiner kleinen Küche, wische Oberflächen ab, die eigentlich nicht gewischt werden müssen, und wasche zum dritten Mal die Muttermilchflaschen aus.

Mom sitzt am Küchentisch und hält die schlafende Avery im Arm. Ich mache mir nicht die Mühe, ihr zu sagen, dass sie das Kind in sein Bettchen legen soll, denn sie würde mich nur stumm anblicken bei dem lächerlichen Vorschlag. Mit anderen Worten, Omas sollten jederzeit ihre Enkel knuddeln dürfen.

Es ist ungewöhnlich, dass Mom heute Abend hier ist, aber ich habe ihr heute Früh, als ich ihr Avery brachte, erzählt, dass es Ärger im Paradies zwischen mir und Malik gibt. Also hat sie sich kurzerhand selbst eingeladen. Sie hatte sogar angeboten, mir Avery zu bringen, anstatt dass ich sie abends selbst holen muss.

Ich habe nicht widersprochen, denn das ersparte mir eine halbe Stunde Fahrerei und ich brauche jemanden zum Reden.

Allerdings habe ich noch kein Wort gesagt, sondern beschäftige mich mit Putzen und behalte meine Gedanken für mich, statt sie mit Mom zu teilen. Denn wenn ich sie ihr erzähle, besteht die Gefahr, dass sie mir sagt, ich sei dumm. Und dann müsste ich mich meinen Ängsten ernsthaft stellen.

Und … ich habe Angst, mich ihnen zu stellen, denn dann müsste ich zugeben, dass ich mutiger sein muss, um ihn zu behalten, und das ist etwas, was ich einfach nicht will.

„Willst du mir nicht endlich erzählen, was los ist?“, fragt Mom schließlich.

Ich wusste, dass der Moment kommen wird, an dem sie mich dazu zwingen wird.

Jetzt ist der Ball auf meiner Seite des Netzes. Ich könnte behaupten, dass alles okay sei, doch sie wüsste, dass es gelogen ist, denn ich habe ihr bereits gesagt, dass nichts okay ist, und außerdem benehme ich mich wie eine Verrückte. Oder ich kann alles gestehen und mich ihrem Rat öffnen.

Ich stelle die Flasche ab, die ich schon seit einer Minute abtrockne, hänge das Handtuch über den Wasserhahn, stemme eine Hand an meine Hüfte und sehe Mom an. „Ich habe dir ja erzählt, dass es mit Malik ein wenig holprig läuft.“

Sie nickt und braucht diese Einführung nicht. Sie will den Knackpunkt der Sache wissen. Sie schaut kurz auf Avery und blickt mich dann mit erhobenen Augenbrauen fragend an.

„Er ist wieder für den vollen Dienst gesundgeschrieben. Heute Morgen ist er zum Training nach Ft. Bragg gefahren.“

Ich erwarte, dass sie die Stirn runzelt, besorgt das Gesicht verzieht und mich dann mitfühlend betrachtet.

Doch sie sieht mich nur neutral an.

Ich fülle die Lücken, die sie offensichtlich hat. „Er geht wieder in gefährliche Einsätze.“

Mom zeigt keine Reaktion. Sie zuckt nicht mal mit der Wimper bei diesen Neuigkeiten. Ich weiß nicht, ob sie absichtlich unbeeindruckt tut oder mich so dazu bringen will, mich meinen Ängsten zu stellen.

„Mom … er könnte sterben. Ich könnte ihn verlieren, nachdem ich gerade erst durch den Horror ge-

gangen bin, jemanden zu verlieren, den ich liebe."
„Also liebst du Malik?"
Das scheint das Einzige zu sein, was sie interessiert. Aber die Frage ist dreist, und sie konfrontiert mich mit einem Thema, das genauso heikel ist.
Was empfinde ich eigentlich genau für Malik?
Da muss ich noch genauer hinsehen, denn es war einfacher, ihm zu sagen, dass ich nicht mit jemandem in dem Job zusammen sein kann.
Mom ist aber nicht so nett und lässt es mich weiterhin verdrängen. Sie schaut mich strenger an, besteht darauf, dass ich die Schichten abtrage und mir die harten Fakten ansehe.
„Liebst du ihn?", fragt sie nun direkt.
Ich atme tief aus und schaue Richtung Spülbecken. Was empfinde ich wirklich für Malik? Immerhin ist er ganz anders als Jimmy.
Mein Mann war immer aktiv und ein exzellenter Multitasker. Er kümmerte sich um alles, denn er war immer gut in … einfach allem. Ich war in vielem auf ihn angewiesen. Er war nicht so geschickt mit liebevollen Worten, dafür aber gut bei wichtigen Sachen. Ich liebte ihn, wenn er extra langsam tat, um mit mir zusammen zu sein, präsent in jedem Augenblick.
Dahingehend ist Malik genauso, ein ganzer Mann wie Jimmy. Wahrscheinlich sind die Männer beim Militär alle ähnlich, dennoch sind Malik und Jimmy unterschiedlich. Malik ist tiefenentspannt und kommt mir zwar sofort zu Hilfe, lässt es mich aber auch erst selbst versuchen. Diesen Respekt gab es bei Jimmy nicht, denn er wollte alles für mich erledigen.
Einer der größten Unterschiede liegt in der Intimität. Jimmy war ein rücksichtsvoller Liebhaber, der mir

Selbstvertrauen gab. Wenn er mich berührte, schmolz ich, gab mich ihm hin.

Malik ist da ganz anders. Ich will nicht darauf warten, bis er mich berührt. Am liebsten würde ich ständig über ihn herfallen. Mitten in einem ernsten Gespräch denke ich daran, wie anziehend ich ihn finde. Ich habe ein schlechtes Gewissen deswegen, doch so ist es. Die sexuelle Anziehung zwischen uns ist etwas, von deren Existenz ich nichts gewusst habe.

Aber es sind nicht die Unterschiede zwischen den beiden Männern, die mich verwirren, denn ich glaube, dass es durchaus möglich ist, von verschiedenen Männern aus verschiedenen Gründen angezogen zu sein. Nein, es ist die eine Gemeinsamkeit, die mir den Magen verknotet, und das ist der gefährliche Job. Im Besonderen, dass dieser so gefährlich ist, dass er einen das Leben kosten könnte.

Und damit erneut mich mein Herz.

Geduldig wartet Mom darauf, dass ich ihre Frage beantworte. Liebe ich Malik?

Ich kann es nur so ausdrücken. „Ich glaube, die Tatsache, dass ich Angst habe, ihn genauso verlieren zu können wie Jimmy, bedeutet wohl, dass ich ihn liebe. Weißt du, ich hätte nie gedacht, dass ich je wieder so für jemanden empfinden könnte. Ich habe gedacht, Jimmy war meine einzige Chance. Aber aus irgendeiner göttlichen Gnade heraus bekam ich noch eine. Er bedeutet mir viel, Mom. So viel, dass ich mich bei dem Gedanken, ihn zu verlieren, am liebsten irgendwo einschließen würde und einfach nur dankbar für die gemeinsame Zeit und Erinnerungen sein will. Ich würde sie im Herzen behalten, hegen und pflegen und ab und zu hervorholen und betrachten. Aber ich will nicht noch einmal so verletzt werden."

„Du wirst verletzt werden, wenn du Malik gehen lässt."

Ich hebe das Kinn. Sie hat recht, aber auch wieder nicht. „Nicht auf dieselbe Art. Glaube mir, Mom, der Schmerz, jemanden zu lieben, der dann stirbt, ist viel schlimmer als die Liebe zu finden und sie wieder gehen zu lassen."

Sie sieht mich an, denkt über meine Worte nach und schüttelt dann langsam den Kopf. „Du enttäuschst mich, Anna."

Überrascht blinzele ich. Eigentlich dachte ich, den Wunsch nach der Zustimmung meiner Mutter lange überwunden zu haben. Ich habe sogar nach Jimmys Tod alles getan, um mir und der Welt zu beweisen, dass ich allein zurechtkomme und selbst für Avery sorgen kann.

Dennoch trifft mich die Enttäuschung meiner Mutter hart. Vor allem, weil sie damit sagen will, dass ich nicht ehrlich zu mir selbst bin. Und da hat sie recht. Wäre ich wirklich die mutige, unabhängige Frau, die mit Witwe- und Muttersein fertig geworden ist, könnte ich mit Sicherheit auch diese Ängste überwinden.

Habe ich denn nicht schon das Schlimmste erlebt und überstanden?

Aber da liegt das Problem.

Ich bin nicht sicher, ob Jimmy zu verlieren wirklich das Schlimmste war. Davon habe ich mich erholt. Es war schmerzlich und höllisch schwer, da durchzukommen. Den Ehemann zu verlieren und unsere Tochter allein auf die Welt zu bringen, war schrecklich.

Doch die Verbindung, die ich mit Malik habe, ist anders. Tiefer, stärker und intimer.

Würde ich den Sprung wagen und mich unsterblich in ihn verlieben und er würde sterben, würde ich es nicht überleben.

*

Später, nach dem Gespräch mit Mom und als Avery schläft, liege ich auf meiner Ausziehcouch und scrolle durch mein Handy.

Malik ist heute Früh abgereist. Seit unserem Gespräch im Büro gestern habe ich ihn nicht mehr gesehen. Er meinte, er brauche Zeit zum Nachdenken, also ließ ich ihn in Ruhe.

Innerlich habe ich bereits mit unserer Beziehung abgeschlossen, also hat der Herzschmerz bei mir schon eingesetzt, auch wenn Mom mich restlos verwirrt hat, indem sie darauf bestand, beide Möglichkeiten zu durchdenken. Und Aspekte wie Mut, Opferbereitschaft und Risiko.

Doch Malik hat mir heute Morgen eine Nachricht geschickt. Schön und simpel, was mich noch mehr durcheinanderbrachte.

Malik: *Ich werde dich vermissen.*

Ich bin nicht sicher, in welchem Bezug er das meinte. Während des Trainings? Oder nachdem wir uns getrennt haben, weil ich mit jemandem wie ihm aus Angst nicht leben kann?

War das seine Art, zu sagen, dass es mit uns jetzt offiziell aus war?

Ich habe nichts geantwortet, denn alles würde nur banal klingen. Schließlich war ich diejenige, die den Ärger begonnen hat, indem ich sagte, dass ich nicht damit fertig werde, welchen Beruf er hat. Außerdem hat er gesagt, dass er erst darüber nachdenken muss.

Er ist derjenige, der zwischen mir und seinem Job hin- und hergerissen ist.

Zugegebenermaßen tat das etwas weh, doch ich verstehe es.

Ich lese seine Worte noch einmal.

Ich werde dich vermissen.

Ich wische über das Display und ein Gefühl der Panik überkommt mich. Habe ich ihn schon verloren, weil ich ganz allein entschieden habe, dass ich die realen Bedingungen, mit ihm zusammen zu sein, nicht ertrage?

Meine Nachricht ist kurz, aber kommt direkt aus meinem Herzen.

Ich: *Ich vermisse dich.*

Keine Vergangenheits- und keine Zukunftsform. Nur, was ich in diesem Moment fühle.

Ich vermisse dich.

Ich warte ein paar Minuten auf eine Antwort. Doch er schreibt keine. Es ist spät und gut möglich, dass er schon schläft. Bestimmt hatte er einen anstrengenden Tag. Oder er ist mit den Jungs unterwegs, trinkt Bier und feiert das Abspringen aus Flugzeugen. Was auch total cool wäre.

Jedenfalls werte ich sein Schweigen nicht als einen Abschluss mit mir. So ist Malik nicht. Wenn er sagt, dass er Zeit braucht, um über unsere gemeinsame Zukunft nachzudenken, dann tut er das und redet später mit mir darüber.

Ich lege das Handy auf den Tisch und schalte das Licht aus, nehme hin, dass unsere Zukunft noch immer in den Sternen steht.

Kapitel 27

Malik

Als das Flugzeug in Pittsburgh landet, kribbelt ein seltsames Gefühl durch mich hindurch. Wie ein Heimkommen. Es ist Jahre her, dass ich das empfunden habe. Als ich meine Familie in Montreal besuchte. Aber nun ist es, weil Anna hier lebt.

Sicherlich lautet die Botschaft, die mir durch meine Gefühle übermittelt wird, dass Anna jetzt mein Zuhause ist.

Kynan half mir, das Problem zu lösen.

Das ist nicht überraschend, denn mir wurde erzählt, dass er dafür bekannt ist, sich in Beziehungsangelegenheiten seiner Angestellten einzumischen.

Es fand bei ein paar Bieren nach unserem ersten Tag in Ft. Bragg statt. Kynan hatte sich entschlossen, beim Training mitzumachen, da er früher bei den British-Special-Forces war. Zwar nahm er nicht mehr an Einsätzen teil, aber er verpasste keine Gelegenheit für adrenalinfördernde Aktionen. Als Besitzer der Firma und als Mann mit den Verbindungen zur Regierung, die solche Trainingsmissionen zusammen mit den staatlichen Truppen möglich machten, hatte er jedes Recht dazu, mitzumachen.

Da ich sämtliche Bedenken über das Verletzen des Bro-Codes über Bord geworfen habe, weil ich diese nicht meinem Glück, und besonders Annas, im Weg stehen lassen wollte, hatte ich kein Problem damit, über Anna zu reden. Als Kynan mich an einem langen Tisch in einer Bar in Fayetteville beim Bier fragte, wie die Dinge so laufen, erzählte ich ihm die Wahrheit. „Nicht gut.“

Das führte zu einer Diskussion zwischen Ladd, Jackson, Bodie, Kynan und mir über unseren Beruf und wie er sich auf unsere Lieben auswirkt. Bodie ist ebenfalls schon bei einem Einsatz in Schwierigkeiten geraten und hat den Tod mitangesehen. Das war, bevor ich in die Firma kam. Es hat jedoch nicht zu Stress mit seiner Frau Rachel geführt.

Aber das ist wie Äpfel mit Birnen zu vergleichen. Rachel ist auch eine Agentin von Jameson und war selbst schon in gefährlichen Einsätzen. Sie ist für das Risiko von Gefahr und Tod geboren. Es gehört zu ihrem Job und ihrer Leidenschaft.

Anna ist nicht so.

Jedenfalls schaffte ich es, mit dem Bauch voller Bier und dem Kopf voller Optionen zwischen Liebe und Pflicht herauszufinden, wie ich mit Anna vorgehen kann.

Selbst am nächsten Tag und nüchtern kam mir Kynans Angebot noch als eine gute Lösung vor.

Als er die Nachricht aus Kolumbien erhielt, dass die Geiseln ausgetauscht werden können, verspürte ich kein bisschen Bedauern, die Teilnahme an dem Einsatz abgesagt zu haben und nach Pittsburgh zu fliegen, um mit Anna zu reden.

Kynan flog an meiner Stelle nach Kolumbien, und ich gehe voran, um für mein zukünftiges Glück zu sorgen.

Mit einem Uber fahre ich in die Firma, da Donnerstag ist und Anna in ihrem Büro sein sollte. Wahrscheinlich ist das zwar nicht der angemessene Ort, unser Gespräch am Arbeitsplatz zu führen, aber das ist mir egal.

Es kann absolut nicht warten.

Der Fahrer lässt mich an der Tiefgarage raus. Mit meinem Passwortgenerator öffne ich das Rolltor und gehe über die Parkplätze zum Eingang. Ein Augenscanner bestätigt meine Identität und ich bin drin, gehe zum Lastenaufzug und fahre in den zweiten Stock.

Beim Aussteigen treffe ich auf Corinne.

„Hi, Fremder“, sagt sie.

„Keine Zeit“, antworte ich knapp, aber mit einem freundlichen Lächeln. „Bin auf einer Mission für die wahre Liebe.“

Corinne blinzelt, öffnet leicht den Mund, bevor sie Worte findet. „Wahre Liebe, ja?“

„Habe es endlich herausgefunden“, gebe ich mit einem fröhlichen Grinsen zu.

„Und was?“

„Wegen Anna habe ich überlebt.“

„Das ist ziemlich philosophisch.“

„Trotzdem wahr.“ Ich gehe um sie herum und winke ihr zum Abschied.

Dann sehe ich Anna. Sie sitzt an ihrem Schreibtisch und ist über ihre Arbeit gebeugt. Es ist keine Einbildung, dass sie recht mürrisch aussieht. Es wäre arrogant von mir, zu glauben, dass sie diesen Ausdruck wegen mir hat. Aber ich kenne sie. Es ist so.

Ich gehe schneller und klopfe an ihre Tür. Sie blickt hoch, wirkt erstaunt und dann lächelt sie. Sie weiß nicht, wieso ich hier bin, freut sich aber trotzdem.

„Hi.“

„Hi“, antworte ich und schließe die Tür hinter mir. „Ich habe dich vermisst.“

„Ich dich auch“, antwortet sie ohne ein Zögern in der Stimme.

Dies von der Frau, die mir vor ein paar Tagen noch

gesagt hat, dass sie mit meinem Lebensstil nicht umgehen kann.

Egal. Wenn sie will, dass ich ihn aufgebe, werde ich es tun.

Ich würde alles tun, um sie zu behalten.

„Ich habe doch gesagt, dass ich nachdenken muss." Ich frage mich, ob ich die Distanz wahren und mich setzen oder mich Anna nähern soll. Denn meine ersten Worte haben ihr das Lächeln gestohlen und in ihren Augen schimmert Skepsis. Ich entscheide mich für mehr Nähe, gehe hinter ihren Schreibtisch und setze mich auf die Ecke der Tischplatte. „Das Team ist nach Kolumbien geflogen. Kynan hat meinen Platz eingenommen."

Ihr skeptischer Blick bleibt. Ein Anflug von Schuld färbt ihre Wangen rosa. Es bringt mich fast um, dass sie sich schuldig fühlt, dass ich nicht beim Einsatz bin, auch wenn sie innerlich mit Sicherheit total erleichtert ist.

Ich berühre mit der Handfläche ihr Gesicht. „Fühle dich nicht schlecht deswegen."

Sie schüttelt den Kopf, wodurch meine Hand wegrutscht, doch sie legt ihre darauf und drückt sie wieder an sich. „Ich will nicht, dass du Dinge aufgibst, die du liebst. Ja, ich habe Angst, aber ich werde irgendwie damit fertig. Ich will, dass du glücklich bist, und das beinhaltet nun mal einen gefährlichen Beruf. Wir schaffen das schon irgendwie."

Verdammt, wie ich diese Frau liebe. Ich weiß, dass sie Angst hat, und dazu hat sie jedes Recht. Schließlich ist ihr Mann bei derselben Arbeit gestorben, wie ich sie mache. Wie konnte ich je von ihr erwarten, mit dieser permanenten Angst zu leben?

„Nun, dann haben wir ein Problem", sage ich. Ich

entziehe ihr meine Hand und Anna von ihrem Stuhl. Ich stehe auf und presse sie an mich. „Du willst, dass ich glücklich bin, und ich will nicht, dass du Angst hast."

„Das werde ich nicht", sagt sie schnell. Eine absolute Lüge. „Versprochen."

Ich lache leise und küsse sanft ihren Mund. Dann rüge ich sie. „Kleine Lügnerin. Aber ich glaube, ich habe eine Lösung."

Anna neigt den Kopf zur Seite und sieht mich mit diesen schönen Augen fragend an. Ja, ich könnte mich daran gewöhnen, sie Tag und Nacht anzusehen.

„Ich habe mit Kynan gesprochen und er hat mir eine spezielle Position bei Jameson angeboten."

„Und die wäre?"

„Er will mich zum Director of Tactical Training machen." Zufrieden ziehe ich Anna enger an mich, schlinge die Arme um ihren Hintern, bis sie sich zurücklehnen muss, um mich anzusehen. „Er stellt mehr Männer ein, die verschiedene Fähigkeiten haben, aber nicht alle haben ein Spezialeinheitstraining hinter sich. Zum Beispiel Freier-Fall-Springen, Tauchen, Flüchten, Widerstandskampf, Sprengstoff und so weiter. Er will, dass wir selbst trainieren können, statt an Kursen der Regierung teilzunehmen, und er will, dass ich diese Abteilung leite."

Anna klappt der Mund auf. „Echt jetzt?"

Ich nicke und fahre fort. „Die meiste Zeit werde ich hier sein. Das meiste können wir in Pittsburgh trainieren, aber ich muss auch ab und zu reisen. Das bedeutete, dass ich bei dir und Avery bleiben und trotzdem den ganzen coolen Scheiß machen kann, wie aus Flugzeugen springen und Sachen in die Luft jagen. Aber das Wichtigste ist, dass ich aus Rücksicht auf dich nicht mehr an hochriskanten Einsätzen teilnehmen werde."

Erneut schüttelt sie den Kopf und versucht, aus meiner Umklammerung zu entkommen, doch ich halte sie fest, denn ich will sie nie mehr gehen lassen.

„Aber ich will nicht, dass du aufgibst, was dich glücklich macht", beharrt sie. „Ich schwöre, ich habe eine Menge nachgedacht. Ich kann damit umgehen, Malik. Ich verspreche es dir, also kannst du …"

Mit einem stürmischen Kuss bringe ich sie zum Schweigen und beuge sie nach hinten. Mein Körper reagiert sofort, als meine Zunge ihre berührt. Die zwei Tage ohne sie waren lang.

Als ich schließlich den Kuss abbreche, wirkt Anna leicht benebelt. Das nutze ich aus und spreche weiter. „Du musst mir jetzt zuhören, Anna." Ich warte, bis sie sich wieder auf mich konzentriert. „Du bist es, was mich glücklich macht. Bei dir zu sein, macht mich viel glücklicher als alles, was ich je beruflich tun könnte. Für einen Tag mit dir würde ich diesen Job und eine Million andere sofort aufgeben, also bitte glaube mir. Ich opfere gar nichts damit. Das Jobangebot von Kynan ist nur ein Bonus, weil es mir erlaubt, weiter bei Jameson zu arbeiten, denn ich mag die Leute hier, aber das ist nicht das Wichtigste."

Ich spüre, wie sie gegen mich sackt, und ihr Blick ist voller Erleichterung. Jetzt weiß ich, dass diese Entscheidung für uns beide die richtige ist. Sie hätte tatsächlich ihren mentalen Frieden für mich aufgegeben, doch ich bin froh, das nicht von ihr zu verlangen.

„Ich liebe dich, Anna." Nur diese Worte können angemessen erklären, warum ich das alles tue. „Ich will mein Leben mit dir verbringen. Und mit Avery. Und ich will, dass es ein schönes Leben wird, was nur geht, wenn wir einen Weg wählen, der uns beide glücklich macht. Sozusagen eine Win-win-Situation für uns beide."

Falls ich erwartet habe, dass sie bei diesen Worten dahinschmilzt, fast ohnmächtig wird und mir dasselbe sagt, habe ich mich geirrt. Stattdessen windet sie sich in meinem Armen und dreht mir den Rücken zu.

Eine Sekunde denke ich, ich habe alles falsch verstanden. Alles, was ich über Anna dachte und was sie für mich fühlt … vielleicht habe ich alles falsch interpretiert.

Doch dann wirbelt sie herum, ihre Haare fliegen und sie hat einen ungläubigen Blick. „Du liebst mich?" Ihre Augen sind erstaunt geweitet und in ihrer Stimme schwingt Hoffnung.

Ich runzele die Stirn. Genau das habe ich doch eben gesagt. „Natürlich liebe ich dich."

Sie schreit auf. Vor Begeisterung. Ich bin leicht erschrocken, doch dann wirft sie sich in meine Arme. Volle Kanne, mit den Beinen um meine Hüften geschlungen, die Arme um meinen Nacken, sodass ich sie mit den Händen am Hintern stützen muss.

Dann küsst sie mich. Zwar hatten wir schon fantastische Küsse, aber der hier ist der beste von allen.

Als sie mich ansieht, schimmern Glückstränen in ihren Augen. „Ich liebe dich auch, Malik. So sehr. Und als du es mir eben gesagt hast, hatte ich Angst, mich schuldig zu fühlen. Deswegen habe ich mich umgedreht, weil ich dachte, dass ich mich schlecht fühlen werde. Wie eine Hürde, über die ich drübermuss, weil ein anderer Mann mich liebt. Aber ich habe es nicht gefühlt. Kein bisschen. Nur Glück und Frieden, und ich weiß, dass Jimmy dasselbe für mich wollen würde. Es ist nur …"

Sie wendet den Blick ab, ihre Lippen beben, und dann sieht sie mich wieder an. „Ich will auch mein Leben mit dir leben. Unser *bestes* Leben mit Avery und hoffentlich noch mehr Kindern."

Ich kann mich nicht beherrschen. Dass sie mit mir leben will, mich Averys Dad sein lässt und dass ich noch öfter Vater werden soll … ich stoße auch etwas wie einen Schrei aus und wirbele Anna im Kreis herum. Sie neigt den Kopf zurück und lacht.

Als ich schwindelig anhalte, sehe ich, dass uns Leute vor der Scheibe beobachten.

Anna kichert. „Unser Geheimnis ist jetzt keins mehr."

„Scheiß auf den Bro-Code." Ich küsse sie wild.

Jetzt beginnt mein Leben erst. Nie werde ich einen Augenblick daran verschwenden, mir über etwas anderes Sorgen zu machen als Annas Glück.

Epilog

Anna

„Würdest du bitte zugeben, dass es ein kleines bisschen beengt ist?“, murmelt Malik und betrachtet den Weihnachtsbaum, den wir gerade in meinem Apartment geschmückt haben.

„Das gebe ich total zu.“ Sinnlos, einen Streit über etwas anzufangen, bei dem wir uns einig sind. Es gibt nur eine Stelle, an die der verdammte Baum passt. Wenn wir die Bettcouch aufklappen, drückt die eine Ecke in die piksigen Plastikäste.

Natürlich ist das Maliks Seite, sodass heute Nacht seine Füße hineinragen werden.

„Aber … es ist gemütlich, oder?“

„Wir brauchen eine größere Wohnung“, beharrt er, dreht sich um und geht in die Küche.

Vor fünf Tagen, als wir uns unsere Liebe gestanden haben, war alles noch in Ordnung. Heute ist Heiligabend, also versuche ich, ihn nicht so sehr auf die Palme zu bringen. Seit fünf Tagen will er, dass sich die Dinge schneller entwickeln. Seine erste Amtshandlung war, darauf zu bestehen, dass wir zusammenziehen.

Ich hatte nichts dagegen und dachte auch nicht, dass es dafür noch zu früh ist. Das Apartment bei Jameson kam nicht infrage. Auf keinen Fall will ich Avery in einem Apartment über meinem Arbeitsplatz großziehen. Ganz zu schweigen davon, dass es nicht größer ist als dieses hier.

Ehrlich gesagt habe ich kein Problem damit, hier auszuziehen. Etwas Größeres, vielleicht ein bisschen abseits der Stadt mit einem Garten, wäre schön.

Jetzt ist erst einmal Weihnachten und wir haben viel Zeit, zu entscheiden, wohin wir wollen. Im Moment freue ich mich, dass es schneit und dass Malik, Avery und ich unser erstes Weihnachten zusammen verbringen.

Ich folge ihm in die Küche, wo er Milch aus dem Kühlschrank nimmt. Er holt den Kakao aus dem Küchenschrank und macht uns zwei Tassen heiße Schokolade, mit der wir unseren ersten Heiligabend einläuten.

Das ist so lieb und aufmerksam von ihm, dass ich ihn heute nicht mehr mit der Wohnsituation nerven werde. Ich stelle mich hinter Malik und schlinge die Arme um ihn. Weil er so groß ist und ich nicht mit dem Kinn an seine Schulter reiche, presse ich meine Wange zwischen seine Schulterblätter. „Wie wär's, wenn wir nächste Woche anfangen, uns umzusehen, sobald wir aus Montreal zurück sind? Vielleicht finden wir ein Haus mit Garten?"

Malik dreht sich um, legt die Arme um mich und grinst. „Du willst mich nicht beeinflussen, oder?"

„Vielleicht ein bisschen", gebe ich grinsend zu. „Aber es stimmt, wir brauchen etwas Größeres."

„Ich könnte den Flug nach Hause absagen. Dann können wir sofort anfangen zu suchen", schlägt er vor.

Ich lache und schüttele den Kopf. „Einen Besuch bei deinen Eltern abzusagen, kommt nicht infrage."

„Nein, das wäre wohl keine gute Idee", gibt er zu und wendet sich wieder der Kakaozubereitung zu.

Wir wollen mit Avery nach Montreal fliegen, wenn die ganze Familie dort zusammenkommt. Seine Mutter hat mich höchstpersönlich angerufen und eingeladen und darauf bestanden, Avery mitzubringen, falls ich nichts dagegen hätte, mit ihr zu reisen.

Es macht mir nichts aus, und ich freue mich darauf, die Leute kennenzulernen, die durch eine Heirat zu meiner Familie werden. Vielleicht eile ich da ein wenig voraus, aber in den letzten fünf Tagen haben wir über mehr gesprochen als nur eine größere Wohnung. Wir sprachen über die Zukunft, was das Heiraten miteinbezog, weitere Kinder und ob wir eher Hunde- oder Katzenliebhaber sind.

Tatsächlich beides, und wir haben vor, das Haus auch voller pelziger Kinder zu haben.

Bei Jameson scheint uns niemand als Paar seltsam zu finden. Malik ist ein bisschen verschnupft, dass seine Bro-Code-Theorie nichts weiter als heiße Luft war, aber heimlich ist er, glaube ich, erleichtert, dass er seine Ehre nicht verteidigen muss, weil er mich liebt.

„Ich weiß, dass dir einiges vielleicht schnell vorkommt“, sagt er leise und nimmt eine Tasse unten aus dem Schrank. Als er sich wieder aufrichtet, sieht er über seine Schulter. „Ich werde mir allerdings Zeit nehmen, bevor ich dir einen Antrag mache.“

Ich halte inne. Obwohl wir locker über das Zusammenleben mit Kindern gesprochen haben, habe ich keinen formellen Heiratsantrag erwartet. Das alles erscheint mir so natürlich und richtig. Auch wegen der schrecklichen Erlebnisse, die wir beide gehabt haben. Sodass ich nie über den Ernst nachgedacht habe, vom Verlieben zum festen Zusammensein auf allen Ebenen. Bildlich, mental oder amtlich.

„Mich hält nichts mehr zurück“, sage ich ihm als Versicherung, dass ich meine Trauerzeit überwunden habe. Jimmy befindet sich jetzt an einem Platz in meinem Herzen. Ein sehr besonderer Platz, an dem ich mit ihm rede – fast täglich – und seine Erinnerung an ihn für Avery und mich am Leben erhalte.

Der Rest meines Herzens ist von Malik belegt. Die ganze Zeit. Wenn er dafür bereit ist.

„Mich auch nicht“, versichert er mir. „Es wird passieren, wenn die Zeit reif dafür ist. Ich werde wissen, wann es so weit ist, und auch tief im Herzen weiß ich, dass du Ja sagen wirst.“

„Dann vertraue ich dir, zu wissen, wann das ist.“

Malik lächelt. Und ich weiß, dass wir uns einig sind.

Aus dem Kinderzimmer ertönt ein Weinen. Wir halten beide inne und lauschen, ob es sich wiederholt. Das tut es, also setze ich mich in Bewegung.

Aber Malik hält mich auf. „Lass mich zu ihr gehen.“

Kurz sehen wir einander an und dann nicke ich. Malik reicht mir die Tasse. Jetzt muss ich offiziell den Kakao fertig machen. Er küsst mich auf den Mund und geht ins Kinderzimmer, um unsere Tochter zu holen.

Eines Tages, wenn er mir einen Heiratsantrag macht, wird meine Antwort, ohne zu zögern, Ja sein.

Autorin

Seit der Veröffentlichung ihres ersten modernen Liebesromans „Off Sides" im Januar 2013 hat Sawyer Bennett viele weitere Bücher herausgebracht, von denen ein Großteil auf den Bestsellerlisten der New York Times, USA Today und des Wall Street Journals zu finden war.

Als reformierte Strafverteidigerin aus North Carolina bedient Sawyer sich Erfahrungen des Alltags, um ansprechende Geschichten zu schreiben, mit denen ihre Leserinnen und Leser sich identifizieren können. Angefangen bei New Adult Literatur bis hin zu erotischen Liebesromanen schreibt Sawyer Bücher für fast jeden Geschmack.

Sawyer mag ihre Bloody Marys stark und ihre Martinis schmutzig; ihre Helden sind in der Regel eine Kombination aus beidem. Wenn Sawyer nicht gerade fiktive Liebesgeschichten zum Leben erweckt, arbeitet sie als Chauffeurin, Frisörin, Köchin, Putzfrau und persönliche Assistentin für ihre äußerst aktive Tochter und als Vollzeitbedienstete für ihre bezaubernd frechen Hunde. Sie glaubt an das Gute im

Menschen und dass ein schlechter Tag mit einem Besuch im Fitnessstudio und einem Stück Kuchen gerettet werden kann – oder am besten mit beidem.

Besuchen Sie Sawyer im Netz!
sawyerbennett.com
twitter.com/bennettbooks
Facebook.com/bennettbooks

CPSIA information can be obtained
at www.ICGtesting.com
Printed in the USA
LVHW031251151221
706194LV00004B/268

9 783864 955051